당신에게도
가슴이 부르는 만남이
꼭 찾아가길 ……

______________ 님께

______________ 드림

# 가슴이
# 부르는
# 만남

# 가슴이 부르는 만남

변택주 지음

# 만남이 결을 이룬다

우리는 살아가면서 일어나는 일을 고를 수는 없다. 그러나 어떻게 맞설지는 뜻대로 고를 수 있다. 내가 고른 결과가 바로 나 자신. 어제 올바른 선택을 했다 하더라도, 지금 여기에서 또 새로운 선택을 해야 한다. 날마다 새롭게 피어나 바람직한 삶을 이어 가는 일이 바로 '행지(行持)'.

스승은 일본 스님 도겐(道元)이 기록한 『정법안장』 「행지」 편을 각별히 여겨 길상사 주지실 이름을 '행지실'이라 했다. '행지'는 수행자가 지녀야 할 실천 덕목으로, 행지실은 바른 삶을 사는 이가 머무는 방이다.

우연한 스침은 있어도 우연한 만남은 없다. 만남이 결을 이룬다. 물이 논에 들어 벼를 살리고 산에 들어 푸나무를 살리듯이, 뜻 맞는 사람들이 만나 비벼 대며 서로를 빛내는 결이 바로 숨결이다.

스승이 만난 한 분 한 분,
저마다 독특한 빛을 지닌 스무 분이
스승과 어우러져
켜켜이 이룬 행지를 들춰 본다.

이 책은 네 마디로 나눠 첫째 마디에는 세상을 벼리는 분들을, 둘째 마디에는 씨줄날줄로 엮어 어깨동무하는 수행자들을, 셋째 마디에는 일상에서 독특한 새 길을 내는 분들을, 넷째 마디에는 삶을 곱다라니 엮어 가는 분들을 사려 담았다.

"말이라는 게 참 허망해. 내 뜻은 그게 아니었는데 듣는 사람마다 다 제 처지에서 헤아려 듣거든. 또 말을 하다 보면 어느새 삼천포로 빠지기 쉽구. 그래서 난 말하는 게 별루야. 그렇지만 글은 달라요. 글을 쓰노라면 생각이 정리되고 틀림없는 목소리를 낼 수 있거든. 그러니까 글은 200프로라도 책임지겠지만 말은 책임 못 져."라며 스승은 당신이 쓰신 글에 무한 책임을 진다는 무서운 말씀을 하셨는데, 아둔하고 생각도 모자라는 놈이 괜한 짓을 했다.

## 차례

둘째 마디

## 어우렁더우렁



셋째 마디

## 내가 길이다

넷째 마디
## 맑고 향기롭게

# 세상을 버리다

곧음을 부르는
곧은 소리가 모여 결을 이루고
곧고 바른 결이 무리지어 내는 화음이
결 고운 세상을 이룬다.

결 고운 세상은
버리지 않고 버림받지 않는
있어야 할 것은 있고 없어야 할 것은 없는 세상이다.

있어야 할 것은
자유, 사랑, 평화, 기쁨, 정, 그리움, 도타움……
없어야 할 것은
구속, 미움, 증오, 싸움, 시기, 질투……

흔히 내 목숨은 내 안에
네 목숨은 네 안에 있다고 여기지만
이웃은 또 다른 내 모습,
한 뿌리에서 나눠진 가지임을 알아
살가워지는 만큼 누리 결이 고와진다.

꽃은 향기로 비워 향기로 충만하고,
나비는 춤으로 비워 춤으로 충만하다.
꽃과 나비가 향기와 춤으로 비우고 나누듯
비워 나누는 일이 바로 무소유.

# 첫째 마디

김선우

# 우리 안에 들어 있는 예쁜 것들

시인. 1970년 강릉에서 태어나 1996년《창작과비평》에 시 열 편을 싣고 머리 얹었다. 시 「숭고한 밥상」에서 생일상을 들다가 문득 음식을 먹는 일이 어머니를 먹는다는 생각이 든다며, 너나들이 이 별에 씨 뿌려져 물과 공기와 흙으로 함께 길러졌으니 내뱃동기라 짚어 내는 김선우 시는 늘 태에서 터져 나와 목숨 줄을 아우르는 '알아차림'이다.

집 바깥에서 공양을 할 때 늘 까다롭게 고르지만 낭패를 볼 때가 많아 집에서 먹는 밥이 좋다는 김선우 시인과 오대산 산나물을 갈무리해 쓴다는 소박한 한정식 집에서 마주 앉았다.

"살짝 걱정이 되었어요. 선생님 책 『법정, 나를 물들이다』를 보니까 다 법정 스님을 뵀던 분들이던데 전 스님을 뵌 적이 없잖아요. 오늘까지도 무슨 말씀을 어떻게 드릴 수 있을까? 이 인터뷰가 도움이 되기나 할까? 걱정이 되었어요."

말을 하면서 웃는 품이 봄볕처럼 해사하다. 조심스럽긴 하지만, 취재를 하면서 한두 분쯤은 법정 스님과 직접 만나지 않은 분이기를 바랐다. "뜻을 같이하는 사람은 시대와 거리를 뛰어넘어 함께 있지만, 뜻을 같이하지 못하는 사람은 곁에 있어도 십만 팔천 리 떨어져 있는 것이나 다름이 없다."는 스님 말씀을 새기며.

## 불편을 못 견디는 사람이 세상을 바꾼다

"정신이 없는 봄이에요. 해마다 봄이 되면, 신경을 쓰지 않으면 내가 불편할 일들이 우리 사회에 꼭 생기는 것 같아요. 4대강 공사를 시작할 때도 계속 울면서 다니고, 지난해 희망버스도 '한 목숨이 저 크레인 꼭대기에서 저러고 있는데 어떻게 다들 아무렇지도 않게 밥 먹고 잠자고 이럴 수 있지?' 하는 마음에 울고, 이번 강정마을 일도 마찬가지고. 꼭 그러려는 건 아닌데 가만히 있으면 내가 불편해서 안 될 일이 연이어 생기네요."

세상은 불편을 견디지 못하는 사람들이 바꾸는가. 온몸이 촉수인 시인은 '작은 힘'들이지만 모이고 인연이 만들어지면 조금씩 움직이는 것 같다며 희망을 이야기한다.

"세상에는 문제가 너무나 많아요. 그 문제에 모두 반응하며 바깥일에 쓸려 가다 보면 내 안에 평화가 이어지지 않고, 에너지가 생기지 않으면 하지 않느니만 못하잖아요. 내 방에서 만든 에너지를 세상에 흐르게 하면서 자연스레 인연을 만들고 도움 되는 일들을 해 가야 하는데, 거꾸로 내 에너지가 너무 빨리 소진되고 나면 지속할 수 없어요. 물 흐르듯이 마음이 가는 일에 정성을 다하고, 힘에 부친다 싶으면 얼른 내 자리, 내 방, 내 중심에 문제가 없는지를 살펴야 하겠더라고요. 그렇게, 움직이지 않으면 내 마음이 도저히 견디지 못하는 일만 하나씩 동참할 뿐인데도 이렇게 바쁘네요."

두 차례 강정마을에서 오는 전화 통화를 하고 나서 꺼낸 말씀이다.

세상을 행복하게 만들려면 내가 먼저 행복해져야 하고, 행복한 에너지를 가진 사람이 있다는 사실만으로도 세상이 충분히 맑아질 수 있다는 김선우 시인.

"스님들 말씀처럼 꼭 의도를 가지고 뭘 해야지 하지 않더라도 자연스럽게 모든 인연들이 만들어지고, 때가 되어 '나'라는 그릇이 잘 쓰일 수 있도록 필요한 것들을 차곡차곡 채워 가다 보면, 내 힘이 필요한 인연이 딱 맞춰 찾아와요. 그러면 기꺼이 그 일을 하면서 커지는 삶이 어느 순간 다가오는데, 제게는 지금 같아요."

## '참 괜찮은 사람이네' 싶으면

4대강 문제로 가슴앓이를 하고, 한진중공업 사건으로 높다란 크레인 꼭대기에 올라간 목숨 때문에 울고, 강정마을 구럼비에 오르며 가슴을 찧는 시인을 멀찌막이 바라보면서 전사(戰士)라고 여겼다. 그런데 막상 마주한 시인에게는 전사다움이 없다.

그동안 풀어낸 『내 혀가 입 속에 갇혀 있길 거부한다면』이나 『도화 아래 잠들다』 같은 시집을 보면서 홍매를 떠올렸는데, 눈앞에 있는 시인은 해사한 청매 같다. 촛불집회 이야기를 담은 소설 『캔들 플라워』부터 오로빌에서 보낸 행복 편지 『어디 아픈 데 없냐고 당신이 물었다』에 이은 이번 시집 『나의 무한한 혁명에게』로 이어지는 흐름이 탈속이었을까? 담백하고 가녀린 한 마리 하얀 나비처럼 나붓이 앉아 있는 시인은 무게를 느낄 수 없을 만큼 가붓하다. 왜 그런 느낌이 들었을까? 돌아오는 길 시인이 쓴 첫 소설 『나는 춤이다』를 떠올리며 빙긋 웃었다. 시인은 소설에서 전설이 된 춤꾼 최승희 어린 시절을 이렇게 그렸다.

"뛰어놀던 어린 시절 산야는 어디나 춤과 음악이 가득했다. 나무들은 지칠 줄 모르는 춤쟁이들이었고 구름들이 보여 주는 온갖 몸짓은 한나절을 아무것도 먹지 않고 바라보아도 배고픈 줄 몰랐다. 여자가 모르는 것들이 세상에 가득 차 있었고, 모르는 그 세계에 두려움을 갖지 않을 수 있었던 까닭은 그것들이 모두 익숙한 리듬으로 연결되어 있기 때문이었다. 단지 땅속을 제외하고 말이다. 세상은 춤이구나……. 몸을 가진 것들은 어느 것 하나 빠짐없이 어떤 형태로든 춤을 추고 있었다."

고향 마을에서 뛰놀던 어린 선우를 되살려 냈으리라. 늘 내면세계로 들어가 맑은 고요를 생성했기 때문일까? 세상이 한바탕 춤이라는 걸 일찍이 깨달은 탓일까. 4대강으로, 희망버스로, 강정마을로 콩콩거리며 다니는 소란 가운데서도 맑음을 잃지 않았다. 조그만 몸 어느 구석에서 그런 에너지가 샘솟는 것일까. 목소리가 맑고 가녀린 시인은 말끝마다 까르륵 웃음을 터뜨린다. 요정처럼.

나는 글을 쓸 때 3인칭 어법을 쓰지 않지만 김선우 시인에겐 왠지 '그여'라고 불러야 할 것만 같다. 고울 여(麗), 곧은 줏대를 뜻하는 음률 여(呂), 말갛게 거를 여(濾), 넉넉할 여(餘), 나누어 줄 여(與), 같을 여(如)…….

"기억을 더듬어 보니까 중학교 때, 지금은 출가해서 스님으로 사는 둘째 언니 서가에서 『무소유』를 만나 법정 스님을 처음 뵈었어요. 문고판으로 나온 그 얇은 책. 그 뒤로 법정 스님에 대한 기억이 없다가 삼십 대 중반이 되어 '이 사람은 참 괜찮은 사람이네.' 하는 생각이 드는 사람과 이야기를 하다 보면 늘 법정 스님과 맞닿아요. 인도 실험 도시 오로빌(Auroville)에 갔을 때 한국인 오로빌리언들을 만났어요. 여행자는 짐이 많으니까 책을 몇 권 지니지 못하잖아요. 몇 권 되지 않는 책들 가운데 꼭 빠지지 않는 책이 법정 스님 책이에요. 『무소유』가 없으면 마치 늘 손목에 걸고 다니던 염주를 잃어버린 것처럼 평정을 잃고 불안해하는 사람들을 보면서, 뭐랄까 특별하다는 느낌을 받곤 했어요. 그렇다고 그분들이 모두 법정 스님을 뵈었느냐 하면 아니에요. 책에서만 법정 스님을 뵙고 『무소유』 같은 책을 자기 삶에 특별한 표징처럼 늘 가지고 다녀야만 마음이 놓이는 그런 사람들을 세계 어디를 가도 만나게 돼요. '법정 스님이

책에서만 법정 스님을 뵙고 『무소유』 같은 책을
자기 삶에 특별한 표징처럼 늘 가지고 다녀야만
마음이 놓이는 그런 사람들을 세계 어디를
가도 만나게 돼요. '법정 스님이 책을 쓰지 않고
그저 승려 생활만 하셨더라도 이런 영향력을
가지셨을까?' 하는 생각이 들면서 귀한 어떤 분이
세상에 끼치는 많은 영향들, 민들레 솜 씨처럼
곳곳으로 날아가 스며든 인연을 떠올리게
되더라고요. 뵌 적이 없어도.

책을 쓰지 않고 그저 승려 생활만 하셨더라도 이런 영향력을 가지셨을까?' 하는 생각이 들면서 귀한 어떤 분이 세상에 끼치는 많은 영향들, 민들레 솜 씨처럼 곳곳으로 날아가 스며든 인연을 떠올리게 되더라고요. 뵌 적이 없어도."

## 인연이 드나드는 모습은 자연스러워야

법정 스님이 돌아가셨다는 문자메시지를 받고 둔기로 머리를 맞은 것처럼 머릿속이 하얘지면서 가슴이 먹먹했다.

"한동안 그랬어요. 그렇게 처연히 앉아 있는데 《세계일보》 기자가 전화를 했어요. 아무래도 법정 스님 추도사를 김선우 시인이 써야겠다고. '저는 스님을 한 번도 뵌 적이 없는데요.' 그랬더니 아무리 돌아봐도 김 시인이 써야겠다고 하더군요."

"흰 눈 덮인 낮은 한옥 지붕들을 내려다보고 있었다. 가볍게 덮였구나. 생각했던 것 같기도 하다. 지붕의 살갗처럼 눈이 희구나. 생각했던 것 같기도 하다. 삼월에 내린 눈 위로 '봄 햇살'이라고 할, 꼭 그런 햇살이 내려오고 있었는데, 이상하게 아침부터 내내 마음이 두근거렸다. 무슨 일이 있으려는가.

……창밖으로 보이는 눈 덮인 지붕들이 어제보다 조금 가벼워져 있다고 생각한 순간이었나. 햇살에 몸이 닿으며 아지랑이처럼 화하는 눈의 입자들이 허공을 촉촉하게 하고 있다고 생각한 순간이었나. '법정 스님 입적'이라는 메시지가 들어왔다. 내가 참 좋아하는 수녀님이 보낸 메시지였다. 햇살이, 흰 눈을, 건너고 있다. 중얼거리면서 티브이를 틀었다. 화면 하단에 자막으로 속보가 지나간다.

……'왕생기원'이라고 메시지를 보낸 뒤, 백팔 배를 올렸다."

– 김선우, 「법정 스님을 보내며……」 가운데

뭇 목숨이 어울려 살아가는 방방곡곡 이 땅이 근래에 와서 어느 곳 하나 성한 곳이 없다. 성찰을 잊은 개발 때문에 온 땅이 피 흘리고 신음하고 있다며 대운하와 4대강 사업을 바라보며 가슴 아파하던 법정 스님을 떠올리는 시인.

"한 번도 뵌 적이 없는 스님을 꼭 뵙고 싶다는 생각도 한 적이 없어요. 어떤 귀한 분이 어느 곳에 계시다, 그것으로 충분했어요. 그분을 꼭 뵈어야 하고 알아야 하는 것은 제 욕망과는 상관없는 일이라서. 그런데 시간이 흐르고 보니까 스며 있는 거예요. 이미 내가 살아가는 동선 안에. 이 사람은 참 곱게 살고 있구나 하고 느끼는 사람들 안에 다 스며 있더라고요. 스님 숨결이 맑고 향기롭게. 인연이 드나드는 모습이 이렇게 자연스러워야 하죠."

## 우리 안에는
## 예쁜 것들이 많이 들어 있다

시가 남다른데 어디서 왔을까.

"제가 가지고 있는 세계가 어떻게 이루어졌느냐고 물으면 저도 잘 모르겠어요. 그냥 여러 전생을 거치면서 만들어진 것이라는 느낌이 들어요. 제가 열심히 공부하고 쓰는 것이 아니라. 특히 시를 쓸 때 '툭' 나오는 순간들이 있어요. 써 놓고도 내가 쓰긴 했으나 그냥 온 것이라는 느낌이에요."

여러 삶을 이어 오며 켜켜이 쌓인 인연이 대한민국, 하필이면 강원도 어느 골짜기에 목숨을 떨구었기에, 당신이 아닌 것들이 무수하게 모여서 '그여'가 되고. 그 바닷가, 그 강가, 그 나무 아래서 일찍부터 나무랑 어우렁더우렁 구름이랑 어우렁더우렁 떨어지는 햇빛 속에서 행복해하며, 일찍부터 나와 남이라는 경계가 얼마나 부질없는지 자연스럽게 받아들이다 어느 순간 '툭!' 석류가 벌어지듯이 시상(詩想)이 터져 나왔단다.

그처럼 모든 사람 안에 선하고도 존귀한 씨앗들이 발현해 세상은 아름답다고 여기던 시인. 그 아름다운 세계가 대학교 1학년 때 광주민주항쟁 사진을 보면서 무너져 내렸다.

"아름답고 착함만 있을 것만 같았던 이 세상에 존재하는 폭력과 불의를 보면서, 인간 속에 깃든 부정과 불의 따위와 어떻게 맞서야 하나 고민하며 대학교 4년을 운동권으로 지내며 거칠게 싸웠어요. 두 극단 요소가 한꺼번에 제 인생을 뚫고 지나갔어요. 내부에 있는 선한 씨앗에 대한 절대 믿음과 그 반대를 겪으며 살아내야 하는 사회인으로서 어떻게 살아가야 하는가. 존재 요소들이 확 부딪쳐 오면서 시 쓰는, 글 쓰는 김선우를 만든 것 같아요."

사람들에게는 글쟁이들, 특히 시인은 그저 순수한 무엇이기를 바라는 로망이 있다. 이슬 머금은 꽃 같은 줄 알았던 사람이 현장에 나가서 거친 발언을 하고 가슴 아파하면, 대중들은 그런 행동을 이해하면서도 거부감을 갖기도 한다.

"순수함을 견지할 것이냐 우회할 것이냐 고민하다가 '가슴이 시키는 대로 하자.' 마음먹었어요. 내 글을 통해서 뭔가 해야 할 일이 있기에 내가 지금 이곳에 있다는 생각이 고개를 들었어요. 글쟁이라는 정체성 속에서, 어떻게 하면 세상에 이로운 향기들을 널리 퍼뜨리며 살 수 있을까 생각하죠. 가장 좋은 방식은 법정 스님처럼 많은 사람들 속에 물처럼 자연스럽게 스미는 걸 텐데."

불교를 내세우지는 않지만 절집과 인연이 깊은데.

"의도가 없어요. 굳이 운명 지어진 까닭을 훑어보자면, 저희 집 가족계획에는 원래 제가 없었어요. 큰오빠가 중학교 때 사고로 죽으면서 갑자기 딸만 셋이 남게 되어, 이 집안에 남아를 생산해야 한다는 놀라운 사명을 띤 어머님이 명산대찰을 찾아다니면서 9년이란 오랜 기도를 올린 끝에 제가 태어났어요. 게다가 스님이 되어 출가한 둘째 언니랑은 특히 어렸을 때부터 많은 이야기를 나누며 교감이 커서 불교가 너무 자연스러웠어요. 열한 살 차이 나는 둘째 언니 서가에 꽂혀 있던 책들을 보면서 자랐어요."

둘째 언니는 불교, 셋째 언니는 기독교, 아버지는 유림(儒林), 할아버지는 동학. 다양한 종교 성향을 가진 식구들 사이에서 김선우는 중립을 지켰다. 그래서일까. 시인은 불교를 종교라기보다 인류가 가진 가장 매력 있는 철학 사상으로 받아들인다. 불교 철학은 지구 생태계가 직면한 21세기 위기로부터 인류와 지구를 구할 가장 강력한 대안 철학이라면서.

사람이 갈 수 있는 끝, 지구 끝이 보이는데도 마구 써 대는 씀씀이, 지구를 쓰고 있는 패턴을 보면서 '200년 뒤에 지구가 멀쩡할까?' 하는 비관론이 20대 시인 김선우를 지배했다.

"지난해 희망버스에 오른 사람들이 모두 평범한 생활을 하던 분들이에요. 그곳에 갈 때 내 마음이 그랬듯이, 정말 많은 사람들이 구해야 하는 목숨이 있기 때문에 선뜻 나섰더라고요. 아무런 계산 없이 내 돈, 내 시간을 들여 가면서 움직이는 사람들을 보면서 '사람들 안에 내가 생각했던 것보다 예쁜 것들이 훨씬 더 많이 들었네. 우리에게 가능성들이 많구나.' 하는 생각이 들었어요. 그 씨앗들을 더 예쁘고 더 자유롭게 끄집어내는 데 내가 어떤 구실을 할 수 있을지는 모르겠으나, 정말로 환희로워요. 분명 우리에겐 연화장 씨앗, 부처님 씨앗이 있어요. '당신이 바로 부처'란 말은 공허한 말이 아니에요. 그 씨앗을 발견해 낼 수 있도록 서로 도와야죠."

석가모니나 예수, 신라에 나툰 붓다라는 원효, 얼마 전까지 우리와 함께 숨 쉬던 법정 스님도 바로 사람들 안에 있는 씨앗을 발견하고 싹을 틔우려고 애쓰셨으리라. 봄, 흙이 몸살을 앓는 덕분에 세상이 온통 잎과 꽃이다. 날마다 꽃처럼 새롭게 피어나길.

박석무

소리 없는
함성,
우레 같은
침묵

다산연구소 이사장. "아는 것은 반드시 실천해야 한다."는 다산 선생 말씀 따라 앎을 참다이 실천하는 학문이 실학이라는 박석무를 사람들은 '박다산'이라 부른다. "생각을 실현하는 데 언제나 앞에 나서려 해서 로맨틱한 대학 생활은 꿈도 꾸지 못했다."며 멋쩍게 웃는 노장. "한 번 배부르면 살찐 듯하고 배고프면 야윈 듯 견디지 못한다면, 어찌 사람이 짐승과 다르다고 하겠느냐?"며 외친다.

"다산은 타의로 전라도 땅 끝 강진에 유배되어 외롭고 쓸쓸한 다산초당에서 18년에 걸쳐서 학문 대업을 이루었고, 법정 스님은 자의로 17년 동안 불일암에 칩거하면서 '무소유' 불도를 깨치셨지요."

다산과 법정 스님이 닮았다고 이야기하는 다산연구소 이사장 박석무 선생. 2003년 다산연구회를 만들어 다산 사상을 널리 펴고 있는 선생은 2004년부터 〈풀어쓰는 다산 이야기〉 메일링을 시작해서 현재 35만 명 남짓한 사람들에게 다산 말씀과 정국을 연결시켜 풀어내는 시사 메일을 보내고 있다.

## 사회로
## 나와 주십시오

"76년 8월 나, 김남주, 김정길 셋이서 불일암을 찾았어요. 법정 스님에게 불교를 배우러 간 게 아니라, 독재정권이 강고해지는데 스님이 불일암에만 계셔서는 안 된다는 문제의식이 있었어요. 우리들이 떠들어봤자 씨알이 먹히지도 않지만 스님 같은 어른이 한 말씀을 하면 파문이 크지 않겠어요. 스님을 존경하고 무소유가 좋아서 모시러 갔지요."

점심을 들고 광주에서 출발해서 해질 무렵에야 불일암에 도착했는데 스님이 계시지 않았다.

"엄청나게 더울 때였어요. 한참을 마루에 앉아 있으려니까 스님이 땀을 뻘뻘 흘리면서 올라오셨어요. 그때 밤새 나눈 이야기가 다 기억나지는 않지만 스님 수필 이야기도 하고, 민주 회복을 향한 우리 열망 이야기도 드렸어요. 가지고 갔던 수박을 쪼개 먹었는데 스님이 땅바닥에 떨어진 수박씨를 하나하나 쓸어 담으시더군요. 왜 번거롭게 줍느냐고 여쭸더니 그냥 두면 냄새를 맡고 개미들이 달려드니까 잘못하면 밟아 죽이게 될지도 몰라서 쓸어 담아야 한다고 그러셨어요."

예로부터 스님들은 여름 한 철, 겨울 한 철 선방에서 치열하게 제 모습을 찾아 정진하다가 안거를 마치고 나면 바랑 하나씩 걸머메고 만행

(萬行) 길에 나선다. 만행이란 공부를 마친 운수납자(雲水衲子)들이 그동안 닦은 저마다 독특한 빛을 세상과 나누는 일이다. 섬광처럼 날카롭게 또는 달빛처럼 은근하게. 여름 안거를 마치고 만행 길에 오를 때 짚신을 절반은 쫀쫀하고 단단하게 삼고 나머지 절반은 헐겁고 느슨하게 삼아 바랑에 걸고 다니다, 잘 다져진 길을 걸을 때는 단단하게 삼은 짚신을 신고 풀섶이나 산길을 걸을 때는 헐거운 짚신을 신었는데, 이 또한 무의식중에라도 벌레 하나라도 덜 죽이려는 만 가지 실천 가운데 하나이다.

"불일암 마당 뒤쪽으로 달맞이꽃이 많은데 밤이면 꽃이 펑펑 쏟아지잖아요, 촛불 켜지듯이. 달맞이꽃이 벙그는 모습을 보면서 내가 '민주화 함성이 들리듯이 소리 없는 함성입니다.' 그랬더니 스님이 '그 표현이 좋습니다.' 그러셨어요. '스님도 밖에 나오셔서 소리쳐야 합니다.' 이런 소리를 드리고 싶었어도 분위기에 눌려 가지고 차마 말을 못하고는 헤어지면서 '여기서 좀 추스르시고 밖으로 나오십시오. 서울로 안 가시면 광주로 오십시오. 광주에서라도 자리를 잡으셔서 세상일을 도모해야지 암자에서만 앉아 계시면 되겠습니까?' 이야기드렸어요. 스님은 '세월이 약이니까 세월을 좀 두고 봅시다.' 그러면서 우리말을 거절하거나 막아서지는 않으셨어요."

## 법정 스님
## 길

“도인이든 종교인이든 당신이 했던 말씀과 글대로 실천한 사람이 옛날 성인군자라면 모를까 없었잖아요. 그런데 스님이 입적하신 뒤에 길상사에서 널도 없이 얇은 홑청 같은 가사 하나 덮고 나오는데, 스님 뒤를 불자들이 따라오면서 ‘아이고, 우리 스님 추우시겠다. 널에도 안 들어가고…….’ 하며 안타까워해요. 그 모습을 보면서 요새 세상에 글과 말을 실천하는 일이 가장 어려운 일인데, 유일하게 가까이 간 분이라는 생각을 했어요. 무엇보다 무소유를 실천하신 일은 참 대단하다고 봐요. 다만 그만한 경지에 이른 어른이 정말 잘못되어 가는 시국에 대해서 ‘네 이놈들! 백성 무서운 줄 알아야지. 어느 역사책에 이렇게 백성을 탄압하고 집권해도 된다고 쓰여 있느냐?’ 하고 한마디 하셨어야 하는데 그러지 않아 몹시 아쉬웠어요. 사회에서 가장 존경받는 어른이 나라에 큰 변괴가 있을 때 나서 주셨더라면 좋았으련만…….”

선생과는 세상을 다르게 보는 눈도 있다. 시인 안도현은 1980년대에는 시를 통해 민주화와 통일이라는 커다란 일을 이루는 데 보탬이 되고 싶었지만, 1990년대 중반에 이르러서는 현실을 바라보는 방식을 바꿔 들꽃, 나무, 양철지붕, 연탄과 같은 작고 하찮은 것들이 세상에 기여하는 바를 시로 표현하고자 했다고 돌아보았다. 큰 기관차가 나사못 하나 빠지면 멈춰서는 이치를 깨닫고 '작은 것이 얼마나 아름다운지' 세상 사람들에게 말하고 싶었다는 뜻이다.

하지만 실학자 다산을 연구하는 선생 눈에는 안도현 시인 같은 이가 행동하는 방식이 성에 차지 않았으리라.

"법제를 만들고 생산도 하고 기술도 개발해야 나라를 통치할 수 있지요. 다산은 합리주의자이고 증거주의자이기 때문에 합리성이 없으면 뭐든 부인했어요."

선생은 불교를 무위나 이에 치우친 종교로 여긴다. 그러나 당신이 한 말일지라도 그대로 따르지 말고 거듭 확인해 보고 증명이 되면 따르라고 할 만큼 붓다 가르침은 철저하게 실학이었다. 그런데도 선생 같은 학자가 오해를 했으니, 그 책임은 온전히 한국 불교계에 있다.

법정 스님은 1971년 민주수호국민협의회에, 1972년 12월 유신철폐개헌서명운동에 뜻을 함께했고, 1973년 《씨알의 소리》 편집위원, 1974년 민주회복국민회의 운영위원으로 활동했다. 1975년, 독재 정권은 인혁당재건위 사건이라 불리는 정치 조작극을 벌인다. 도예종을 비롯한 여덟 인사들을 국가전복기도 혐의로 구속, 사형을 언도했다. 그때 민주 인사들은 입 모아 독재 정권 조작극이라고 외쳤다. 그러자 독재 정권은 대법원이 상고를 기각한 지 채 스무 시간도 지나지 않아 여덟 사람을 모두 사형시키는 만행을 저지른다. 큰 충격을 받은 스님은 죄 없는

"그들을 우리가 죽인 거나 다름이 없다.
칼자루를 쥐고 있는 독재자들에게
조작극이라고 가장 아픈 곳을 찌르자
보란 듯이 서둘러 사형을 집행했다.
생때같은 젊은이들을 하루아침에 죽게
만든 반체제운동이 어떤 의미가 있는지
곰곰이 되돌아보지 않을 수 없었다."

그들을 우리가 죽인 거나 다름이 없다. 칼자루를 쥐고 있는 독재자들에게 조작극이라고 가장 아픈 곳을 찌르자 보란 듯이 서둘러 사형을 집행했다. 생때같은 젊은이들을 하루아침에 죽게 만든 반체제운동이 어떤 의미가 있는지 곰곰이 되돌아보지 않을 수 없었다면서 불일암을 짓고 산으로 들어갔다.

"민주화운동을 할 때 박해를 받으니까 증오심이 생기더군요. 내 마음에 독을 품는 게 증오심인데 이래선 수행에 도움이 안 되겠구나 하고 느꼈어요. 순수한 마음에서 이탈하는 게 괴롭고. 중노릇하는 내 본분사가 뭐냐고 스스로 물었지요. 본래 자리로 돌아가자. 그래서 산으로 들어갔어요. 그렇지만 지금도 세상일에 관심을 가지지 않을 수는 없지요."

법정 스님은 붓다는 고유명사가 아니라 보통명사라면서 생생하게 살아 숨 쉬는 불교를 주창하며 철저한 실천만이 불교라 했다. 불일암 시절 스님은 선생 말씀처럼 '소리 없는 함성'을 외치다가 강원도로 들어가신 지 이태 뒤인 1994년 몸을 일으켜 맑고 향기롭게 운동을 펼쳐, 시민들 스스로가 마음과 세상 그리고 자연을 맑히며 수행자로, 사회운동가로, 자연주의자이며 생태철학가로 조용히 작지만 큰 뜻을 펼치는 터전을 마련하고, 2010년 3월 11일 '우레 같은 침묵'에 드셨다.

## 다산초당
## 그리고 불일암

"스님이 어디선가 『유배지에서 보낸 편지』를 다산초당에 가서 읽으니까 집에 앉아서 읽는 맛과는 견줄 수 없게 아주 느낌이 다르더라고 쓰신 글을 읽었어요. 스님 입적에 앞서 나온 『내가 사랑하는 책들』에 소개된 국내 서적이 몇 권 안 되는데, 거기 『유배지에서 보낸 편지』가 들어가 있더군요. 스님도 『유배지……』 보급에 한몫을 하셨어요."

13, 14대 국회의원을 지낸 선생은 전남 무안 사람으로 다선(茶仙)으로 알려진 초의 선사와 동향이다. 1964년 대학 시절에 한일회담 반대 시위로 처음 구속되었던 선생은 1965년 월남파병 반대 시위를 하다 또 구속됐다.

"집회법과 반공법을 위반했다면서 조사를 했죠. 변호사들이 시험 때가 되었다며 구속적부심을 신청해서 불구속 재판을 받으라고 풀어줬는데 집에 와 보니까 영장이 나왔더라고요. 구속됐을 때 학교에서 퇴학시켰기 때문이었어요. 하는 수 없이 군대를 갔죠. 68년에 제대해서 재입학을 했어요."

그 뒤로 선생은 1973년 김남주 시인이 저지른 전남대 《함성지》 사건으로 수감됐다. 대학을 졸업하고 교사로 있을 때였다. 12월 27일 항소

심에서 박석무 무죄, 이강, 김남주 징역 2년 집행유예 3년을 선고해 석방됐다.

"풀려날 때까지 73년 한 해 동안 감옥 생활을 했는데, 시국사범에게 들어오는 도서 검열이 굉장히 심해요. 검열을 피하려고 아예 한문 책을 들여오면, 잘 모르기도 하고 한문은 보수라고 지레짐작을 하고는 검열을 하지 않았어요. 그래서 『다산전서』도 다시 정독을 했지요. 책만 읽는다면 1년이란 시간은 엄청난 시간입니다."

할아버지와 증조부가 한학자여서 어릴 때부터 아버지와 할아버지가 글을 놓고 토론하는 모습을 보고 자란 선생에게 감옥은 안성맞춤 교실이었다.

"80년, 8개월을 도망 다니며 숨어 지내는 동안 번역한 책이 창비에서 나온 『다산 산문선』입니다. 82년에 출소하고 난 뒤 수정을 해서 84년에 간행됐어요. 책 발문에 다산이 마치 유배지에서 많은 저서를 남겼듯이, 나 역시 자의 반 타의 반으로 숨어 지내면서 외롭고 쓸쓸한 불안을 넘어서기 위해 이 작업을 했다고 썼어요. 여러 가지로 감회가 깊은 책이에요."

법과대학을 다닌 선생이 대학원을 가려고 하는데 교수가 불러 세웠다. "동양 법제사는 중국이 중요한데 우리나라는 법률을 공부하는 사람들이 한문을 모르기 때문에 손도 대지 못하고 있다. 자네처럼 한문을 잘

시국사범에게 들어오는 도서 검열이
굉장히 심해요. 검열을 피하려고 아예
한문 책을 들여오면, 잘 모르기도 하고
한문은 보수라고 지레짐작을 하고는
검열을 하지 않았어요.
그래서 『다산전서』도 다시 정독을 했지요.
책만 읽는다면 1년이란 시간은 엄청난
시간입니다.

하는 사람이 한국 법제사를 전공하면 학계에 큰 기여를 할 뿐 아니라 대학에서 강의도 할 수 있다."는 말을 했다. 귀가 솔깃해진 선생은 다산 정약용 정치, 경제 사상 연구 글을 봤다.

"고등학교 때나 대학 1~2학년 때 《사상계》를 많이 봤는데 가끔 실학 관계 글들이 나와 매력을 느꼈어요. 우리나라 법제를 보려고 『경국대전』과 『대전통편』, 『경세유표』를 보다가 다산 법사상이 주제로 떠오르면 좋겠다 싶어서 『다산전서』를 다 봤어요. 다산 책은 영인본이 한둘 있을 때니까 아주 희귀하고 비쌌어요. 그래서 대학 도서관에서 빌려다가 봤어요.

69년에 대학을 졸업하고 학교 교사로 있으면서 대학원을 다니는데, 그때 우리는 이미 삼선개헌 반대도 하고 64년에 한일회담 반대를 하면서 완전히 반정부로 돌아서 있었기 때문에 다산이 쓴 반체제 글에 끌렸어요. 요즘으로 보면 진보 논리랄까. 그래서 71년에 「다산 정약용의 법사상」이라는 석사학위 논문을 썼지요. 학술사로 보면 대개 역사 쪽이나 철학 쪽에선 다산을 많이 썼는데, 사회과학 쪽에서 처음으로 다산에게 다가갔어요. 그 덕분에 전남에서는 다산 권위자로 떠오르기 시작했어요. 79년에 『유배지에서 보낸 편지』를 번역하면서 다산을 연구하는 사람으로 알려져, 서울서도 다산 관련 글을 내게 청탁하곤 했어요."

다산을 연구하며 다산이 쓴 불교 관련 글도 자주 만났을 텐데.

"다산은 불교 비판 글을 쓴 적이 없어요. 스님 일대기라든가. 유명한 도승들 시집에 서문이나 발문을 쓴 글이 많아요. 그걸 읽어 보면 다산은 꼭 끝머리에다 재주 있고 학문이 깊은 분이 유교에 들어와서 과거도 보고 현장에 나와서 정치도 하고 제자도 길러 냈어야 하는데, 왜 이렇게 훌륭한 지식인이 불교에서 빠져나오지 못했는지 안타깝다고 쓰곤 했어요."

당시 불교는 숭유배불 정책에 막혀 뜻은커녕 기조차 펼 수 없는 처지였기에 스님들은 그야말로 무위(無爲)할 수밖에 없었다. 사슬이 풀린 오늘날, 학문이 깊은 스님들은 과연 제 몫을 하고 있을까? 신음하는 산과 강을 바라보면 마음이 급하기만 하다.

최완수

# 줏대를
# 곧추세우는
# 삶

간송미술관 연구실장. 늘 한복을 말쑥이 차려입고 휴대폰을 가져 본 적도 없는 영락없는 조선 선비. 일찍이 불교 유적을 찾아 온 나라를 누비며 '옛'과 호흡했다. 조선 진경시대 중심인물인 겸재가 '달'이라면 진경시대를 돌려준 최완수는 '손가락'이다. 달을 가리키면 달을 봐야지 손가락을 보면 어떻게 하느냐는데, 최완수는 달보다 더 보고 싶은 손가락이다.

"법정 스님하고 인연이 깊어요. 1971년도 10월, 처음 전시를 시작할 때부터 오셨어요. 제가 추사 연구를 할 때 번역한 추사집을 보내 드리면 스님도 책 보내오시고, 늘 편지 왕래를 하고 서로 찾았지요. 봉은사에 계실 때 두어 번 가 뵙고, 불일암에는 여름과 겨울 방학 때, 한 해에 두 번은 꼭 제자들 데리고 가 뵈었어요."

간송 선생 동상 앞, 옛 서책 향이 감도는 담백한 연구실에서 간송미술관 연구실장 최완수 선생과 마주 앉았다. 한복을 입고, 컴퓨터나 핸드폰을 쓰지 않는 선생은 조선 선비 삶 그대로 산다. 하얀 모시동옷 차림에 속이 다 들여다보일 만큼 말간 모습이 마치 하늘에서 내려온 동자 같다. '세상에 이런 어른도 계시구나.' 생각하는데 느닷없이 동저고리 바람으로 손을 맞을 수 없다면서 두루마기를 입고 오겠다고 하는 선생을, 셔츠 바람으로 찾아온 내가 민망하지 않겠느냐면서 막아섰다.

## 제자는
## 지옥

방학 때면 제자들과 어김없이 불일암을 찾았다는 말씀에, 송광사 수련회에 동참한 적이 있느냐고 여쭸더니 당신은 불교를 믿어도 계는 받지 않았다면서 절집 행사에는 참여하지 않는다고 했다.

"못 지킬 계를 어떻게 받아요? 안 받고 안 지키는 게 낫지. 받고 안 지키면 약속 위반이지요. 그러려면 아예 출가하지 이러고 있겠어요? 계에 묶여서 괜히 불편할 일을. 법정 스님을 비롯해 저를 좋아하는 스님들은 그래서 더 좋아하지."

어느 해 겨울, 선생이 불일암을 찾으니 법정 스님이 삼동결제를 하면서 묵언패를 내걸었다.

"묵언 수행을 한다고 앉아 계시더라고. 그래서 내가 갖은 농담 다 해 가지고 실컷 웃기고 묵언을 다 깨뜨려 놓고 왔지요. 하하. 그때는 법정 스님이 제자를 받지 않을 때인데 내가 제자를 여럿 거느리고 가서 '상좌 두세요. 상좌를 빨리 두셔야 노후가 편안하실 테니까.' 그랬는데 그 뒤에 보니까 상좌 두셨더라고. 그러니까 상좌들이 어리지. 그때 그랬는걸. 상좌 하나가 지옥 한 덩어리라고."

선생은 속세 인연은 짓지 않아 자식은 없다. 그러나 자식이나 다름

없는 제자들이 30여 명이나 된다. 법정 스님 지옥은 일곱 칸이지만 선생 몫은 서른 칸이 넘는다고 농을 건넸더니 "그래도 지옥을 짊어지고 가야지. 지옥고를 받아야 극락도 오는 거니까."라면서 너털웃음을 짓는다. 그 말씀에 "지옥, 내가 먼저 들어갈 거야." 했다던 조주 스님이 떠올랐다.

## 꼼꼼한 기록은
## 나침반이 되어 줄 것

"법정 스님하고 상당히 친했는데 강원도로 떠나시고 난 뒤에는 굳이 어디 계시는지 알려고 들지 않았지요. 꼭꼭 숨었다는데 뭐하러 찾아요. 그래도 봄, 가을 열리는 전시회 때는 꼭 오시고, 서로 부탁할 일이 있을 땐 반드시 찾았지요. 85년 8차 송광사 중창불사 때 법정 스님이 현호 스님을 데리고 오셔서 부탁했어요. 그러니 어찌 인연이 각별하다고 하지 않겠어요. 그 뒤로 송광사나 길상사 불사는 제가 맡았지요."

길상사는 1995년 6월 13일 송광사 중앙 분원, 창건주 김연한, 대법사로 사설 사암 등록을 마치고 현문 스님이 주지 취임을 했다. 그러나 1997년 2월 14일 이름을 길상사로 바꾸어 다시 등록하고 청학 스님이 초대 주지를 맡았다. 길상사를 시작할 때 법정 스님은 불사는 최완수 선생이 맡아 달라고 했다. 청학 스님은 인수가 다 끝나지 않은 상태에서 부처님을 당장 모셔야겠다고 했다. 선생은 "급하면 태성불교사에서 아무 불상이나 모셔야지 도리가 있느냐."고 해 급한 김에 지금 어린이 법당에 모셔져 있는 부처님을 서둘러 모셨다.

한숨 돌린 청학 스님은 선생에게 구조물 가운데서 뭘 어떻게 해야 할지 모르겠다고 하소연했다. 선생은 중심 건물이 어디냐고 물어 지금 극락전 자리를 중심 법당으로 정하고, 신라 이래로 개인 집을 절로 만들 때 대체로 아미타불을 모시고 극락전으로 했는데 극락왕생을 발원하려는 마음에서 생긴 전통이니 따르는 것이 어떻겠느냐고 의견을 내어 중심 전각이 대웅전이 아닌 극락전이 되었다.

"우리 고유 특색 같은데, 고려 중반기 무신란 이후로 아미타불 좌우 보처를 경전 가르침대로 관음, 세지를 모시지 않고 관음, 지장을 모셨어요. 과거, 현재, 미래를 다 통섭해 버린 거지요. 우리 겨레는 종합해서 함축하기를 좋아해요. 요점 정리를 해서 단순하게 만들지요. 그 전통을 따라 길상사 극락전에 아미타 삼존불을 모셨어요."

우리 정서로 보아 시작이 반이라고 무슨 일이든 시작하면 바로 되는 줄 아니까, 선생은 그렇게는 못한다, 서두르겠지만 내 마음에 들어야 일을 끝내겠다고 못을 박았다. "잘못되고 나서, 일을 서둘러 마쳐서 잘못됐다고 그럴 수는 없으니까." 선생은 부처님 모실 공간을 만들어야 불상 크기가 나올 테니 건물 개조부터 해야 한다면서 닫집을 조각하고 불단을 조성할 사람, 후불탱화 그릴 사람들을 모두 한자리에 모아 아귀를 지었다.

우리 선조들이 불상을 모실 때 불상을 어떻게 조성했는지 하나하나 적어서 복장(服藏, 불상 배 안에 넣어 두는 사리나 불경 같은 유물)에 넣어 놨더라면 좋았으련만, 그런 기록이 거의 없어서 불상 연구에 많은 어려움을 겪던 최완수 선생. 송광사 불사를 하면서부터 복장 연기문에 불상 조성 과정이 얽힌 사연을 낱낱이 적바림해서 넣었다.

"송광사 불사를 하면서 그 내용을 동판에 부식시켜서 넣었어요. 그런데 길상사는 시간이 빠듯하기도 하고 법정 스님이 그런 데 매달리기 싫어해 종이에 쓰겠다고 해서, 되도록 변하지 않도록 제자들이 만든 종이하고 글을 드렸어요."

## 달 같은 부처
## 해 같은 부처

길상사 극락전 아미타 부처님이 달처럼 은근하고 푸근하다면, 설법전 석가모니 부처님은 해처럼 씩씩한 기상이 조어장부답다.

"극락전 부처님 원형은 보덕사 부처님이에요. 내 머릿속엔 인도에서 중국을 거쳐 우리나라에 이르기까지 어떤 부처님이 어떻게 아름다운지 대강 담겨 있지요. 처음 송광사 대웅보전 부처님 조성 부탁을 받고 어느 부처님을 본본(本本)으로 할까 고민고민하다가 열 살 때 처음 보았던

선생은 그렇게는 못한다,
서두르겠지만 내 마음에 들어야
일을 끝내겠다고 못을 박았다.
"잘못되고 나서, 일을 서둘러 마쳐서
잘못됐다고 그럴 수는 없으니까."

보덕사 부처님을 떠올렸어요. '그리 돌아가자!' 마음먹고는 바로 현호 스님한테 전화를 해서 내가 태어나서 가장 먼저 친견했던 부처님한테 초점을 맞춰야 할 것 같다고 하고는 한겨울에 제자들과 현호 스님, 태성불교사 사장하고 같이 내려갔어요. 마음속으로 이미 결정을 내렸어요. '현호 스님 마음에 들면 더 좋지만 마음에 들어 하지 않아도 내 마음대로 헌다.' 법정 스님이야 이미 경지를 다 넘은 분이니까 그렇다지만 현호 스님이 대단해요. 흔연히 그 자리에서 바로 답을 하더군요."

충남 예산군 가야산 보덕사 극락전에 홀로 계신 아미타여래상은 높이가 117센티미터로 고려 명종(1170~1197) 때 조성하고, 조선 영조2년(1726)에 중수한 종이 불상이다.

"길상사 극락전 불사를 시작할 때도 현호 스님이랑 다시 갔어요. 가서 보니 뭘 잘못했는지 부처님 손가락 하나가 부러져 무엇으로 붙여 놨더라고요. 그냥 둘 수가 없어서 보완 불사를 하려고 바로 제자들과 태성불교사 사람을 내려오게 했어요. 불사를 하면서 제자들이 부처님을 친견하고 만지면서 도면을 그리고, 조각을 할 때 감수도 했으니까. 송광사 부처님보다 길상사 부처님이 더 보덕사 부처님에게 가까울 수밖에요."

같은 해, 청학 스님이 긴 방이 하나 있는데 아무래도 사람들이 많이 모이는 강당으로 써야겠다고 했다. 선생은 무설전으로 할지 설법전으로 할지 법정 스님과 의논하라고 했다.

"법정 스님이 무설전은 싫으셨던 모양이야. 수 쓰는 거니까. 그냥 평범하게 설법전으로 하자고 그러더라고. 그래서 법을 설하는 곳이니까 석가모니 부처님만 모시자고 했어요."

청학 스님은 마침 시주자가 나타났다면서 시줏돈에 맞춰 순금 불상을 예술품으로 잘 만들어서 봉안하자고 했다. 선생은 그도 좋지만 너무 작으면 집어가기 쉬우니까 사람 하나 도둑놈 만들기 딱 좋지 않겠느냐면서 널따란 방에 조그만 불상 하나 놓였을 때 구성미도 생각해 보라고 했다. 천정이라도 높으면 작은 불상이라도 높이 모실 수는 있지만, 평방이라 뒤에서는 일어서서도 겨우 보일까 말까 하지 않겠느냐며 법정 스님하고 의논을 하라고 했다.

"얼마 있다가 와서 선생님 뜻대로 하시래요. 그래서 이곳은 법을 설하는 설법전이니까 강인하고 장대한 느낌을 가진 부처님이면 좋겠다는 생각에서 지금 국립박물관에 모셔져 있는 황복사 삼층탑에서 나온 순금 불상을 원형으로 삼았어요."

극락전 부처님은 태안반도 백제 불상이 본본인데 설법전 부처님은 신라 불상을 본본으로 삼았으니 다를 수밖에 없다. 백제가 멸망할 때까지는 남북조 시대, 육조시대 불상 양식 틀에서 크게 벗어나지 않다가 당나라로 오면서부터 불상 양식이 확 바뀐다. 그런 까닭에 처음 당나라 양식을 받아들인 황복사 불상은 근엄하고 당당하다.

"후불탱화 걸어 봐야 멀리선 보이지도 않을 테니 단독상으로 모시고 광배를 했어요, 단이 낮으니까. 뒤에서 광배 끝이라도 뵈어야 하지 않겠어요?"

## 새롭게 하지 않을 거라면 나서지도 않았다

2004년 지장전을 지을 때도 아무래도 선생님이 맡아 주셔야겠다면서 찾아온 덕조 스님에게 선생은 "법정 스님 뜻이라면 마땅히 해 드려야지." 하고 선뜻 승낙을 했다. 규모나 방향을 알아야 알맞은 불상을 조성할 수 있기에 현장 나들이를 여러 번 했다. 그때마다 법정 스님이 자리를 같이했다. 선생은 속으로 '왜 하필 지장전이누? 그 자리가 중심 자리인데 지으려면 대웅전을 지어야지.' 그러다 '아! 금고가 필요하구나.' 하는 생각에 입을 닫았다.

"하하, 또 고민이 시작이지. 흔히 명부전이라고 해 놓고 시왕상 중심이잖아요. 그런데 법정 스님이나 나나 모두 도깨비굴이라고 맞지 않아 하거든. 내가 법정 스님 의도를 알아차리고 '시왕상을 모실 거냐?' 물었더니 스님이 '그 도깨비굴 귀신들 다 끌어다가 뭐할 거냐.'고 그러셔서 삼존상만 모시기로 결정하고는 지장보살 연구를 한참 했지. 우리나라 지장보살이 독특해요. 그냥 맨머리 승두상과 두건을 쓴 지장보살상이 있는데, 우리는 고려시대 이래로 두건 쓴 피모지장(被冒地藏)이 주로 신앙 대상이 되어 불화로 그려지고 그랬어요. 혹 조각상으로 남겨진 것은 없는가 곰곰이 생각해 보니까 고창 선운사 도솔암에 있더란 말이에요."

지장보살은 하늘, 땅, 사람을 상징하는 천장(天藏), 지장(地藏), 인장(人藏) 삼장(三藏)이 있는데, 지장보살 세 분을 빠짐없이 볼 수 있는 곳이 선운사다. 모두 두건을 쓴 선운사 지장보살 가운데 도솔암 지장보살상이 가장 좋은 줄 익히 알고 있었던 선생은 그 불상을 본본으로 하자고 마음을 먹고 일행과 함께 내려갔다.

"한 번 보면 흠결이 없어 보여도 자세히 살피면 파탄된 게 많아요. 기본 틀만 두고 모두 바로잡았어요. 법고창신(法古創新)이에요. 새롭게 하지 않는다면 내가 나설 까닭이 뭐겠어요?"

그 뒤 법정 스님이 만나자는 기별이 와서 가 보니 전각 이름을 정하는 자리였다. 당신이 먼저 뭐라고 입을 열면 생각을 접을 수도 있으니까 가만히 앉아 있는 선생에게 법정 스님이 명부전은 귀신이 사는 집 같으니 지장전으로 하면 어떻겠느냐고 물었다.

"저도 그렇게 생각을 한다고 그랬지요. 지장전이란 명호를 일반화시킨 건 송광사부터예요. 그 전엔 모두 명부전이라고 했지. 가끔 지장전이라고 하는 데도 있었겠지만 유행하지는 않았어요. 지장보살을 모셨으니 지장전이라고 해야 한다고 내가 우겼지요."

서예 쪽 인연이 많았던 선생은 송광사 불사를 하면서 대웅보전은 일중(一中) 김충현 선생, 승보전은 일중 선생 바로 아래 동생 백아(白牙) 김창현 선생에게 맡기고, 지장전은 지역사회에서 가장 잘 쓰는 분한테 맡긴다면 더욱 뜻이 깊지 않겠느냐고 해서 광주에 사는 근원(槿園) 구철우 선생이 썼다.

"근원 선생은 화순 분으로 평생 서화에 종사를 했는데, 한학에 조예가 깊은 분이셨어요. 이 분이 우리 전시회 시작하면서부터 오셨어요. 그때 내가 서른이고 그분은 예순이 넘어 일흔 가까이 되셨는데도 망형지교(忘形之交)가 되어서 그분 만나러 가면서 법정 스님까지 만나고 왔어요, 방학 때마다. 부탁을 드렸더니 서울서 쟁쟁한 일중 형제 글씨하고 나란히 한다는 생각을 허니까 당신 필생 역작으로 마음먹고 심혈을 기울이셨어요."

선생은 현대 건물에는 마땅히 현대 문화가 녹아들어야 한다고 생각했다.

"일중 선생한테 대웅보전 현판 글씨를 써 달라고 부탁드릴 때도 현호 스님하고 나하고 같이 갔지. 일중 선생은 우리 스승 형님이니까 같은 스승이라고 할 수 있지요. 가서 떼를 썼어요. '선생님 큰 붓으로 원철(原鐵)나게 쓰셔야 합니다.' 커다란 붓으로 써야 하는데 얼마나 힘들어요.

"현대 건물에 현대 글씨를 써야지요.
선생님이 예전 분보다 못하지 않으시잖아요."
그랬더니 "예전 어른들하고 날 어떻게 견줘.
말 배울 때부터 평생을 붓 잡고 사셨던 분들하고
내가 어떻게 같을 수가 있어. 그 어른들은
생활로 하던 분들 가운데 명필인데. 그러니까
평생 배워야 해. 평생." 그러시더라고.

요새 컴퓨터로 확대해서 하고 말지 힘들여 쓰지 않으려고 그러거든. 그런데 쓱 쳐다보더니 '그래, 허지 뭐.' 그래요. 일중이니까 가능한 거지, 일중이니까. 귀찮지, 알맞은 붓을 새로 구해야 하고. 그런데 그렇게 허셨어요. 처음엔 '옛날 글씨 모각해 가지고 하지.' 그런 말씀을 꺼내시기에 '현대 건물에 현대 글씨를 써야지요. 선생님이 예전 분보다 못하지 않으시잖아요.' 그랬더니 '예전 어른들하고 날 어떻게 견줘. 말 배울 때부터 평생을 붓 잡고 사셨던 분들하고 내가 어떻게 같을 수가 있어. 그 어른들은 생활로 하던 분들 가운데 명필인데. 그러니까 평생 배워야 해. 평생.' 그러시더라고. 이게 또 대단한 면이야."

길상사 지장전을 세울 때 많은 사람들은 입 모아 법정 스님에게 현판 글씨를 써 주십사 부탁드렸다. 그러나 법정 스님은 말씀도 붙이지 못하게 하고 최완수 선생에게 물었다. 어떻게 했으면 좋겠느냐고. 선생은 서슴없이 송광사 지장전 근원 선생 글씨를 탁본해다 쓰는 것이 좋겠다고 말씀드렸다.

"법정 스님도 잘 아시지, 그 과정을. 근원 선생이 지장전 글씨를 쓸 때 같이 가서 놀리고 그랬으니까. 근원 선생이 쓴 송광사 지장전은 어떠냐고 그랬더니 '참! 그러면 되겠네. 아, 좋아요.' 그러셨어요."

그 인연으로 송광사 지장전 현판과 길상사 지장전 현판은 혼신을 기울인 힘찬 근원 선생이 나은 일란성 쌍둥이로, 지옥에 있는 중생 모두가 부처를 이루고 나서야 부처가 되겠다는 지장보살 서원을 하루빨리 이루려는 뜻을 담아 손을 모으고 있다.

## 바뀌어야 할 때
## 바뀔 줄 알아야

선생에게 조선은 당파싸움만 하다 망한 형편없는 문화를 가졌다는 조선정체설이, 일제 식민사관으로 왜곡된 역사관이라는 굳은 믿음이 있었다. 바로잡으려고 불상을 찾아 전국 방방곡곡을 다니다가 대장경을 읽지 않으면 안 되겠다고 생각해 신수대장경을 보려고 간송미술관을 찾았다가 그만, 발이 묶였다. 1966년 일이다.

"겸재를 만난 거죠. 이거구나, 싶었어요. 그땐 조선사를 호감 어린 눈으로 바라보기만 해도 미친놈 소릴 들었는데, 그러거나 말거나 겸재로 조선 문화 힘을 증명해 보이겠다고 생각했어요. 조선 전기에는 소를 그려도 물소를 그리고 사람들도 죄 중국 옷을 입혔어요. 그러나 겸재는 우리 갓과 도포를 입은 선비, 우리 승복을 입은 승려, 우리 저고리를 입은 여인을 그렸을 뿐 아니라, 중국 산하가 아닌 금강산과 인왕산을 그리지요. 겸재 이후 김홍도와 신윤복 손으로 조선풍속화가 출현합니다."

전시회도 한 해 두 번밖에 열지 않으면서 연구에만 매달리는 바탕에 뭐가 있을까?

"뭐, 아무것도 없었어요. 그저 내가 하지 않으면 할 사람이 별로 없을 것이라고 생각했죠. 이렇게 살라고 하면 아무도 못 살지요. 우리 역사 연구가 여태 식민사관에서 벗어나지 못하고 있거든요. 근대 사학이 식민사관에서 출발했으니까. 다 바뀌야 하는데 저는 바꾸는 틀 가운데서도 겨우 주춧돌만 하나 놓았을 뿐이지요. 후학들이 사방에 주춧돌을 놓고 궁궐 내부를 지어 나가야 하죠. 제가 시의적절한 때 와서 뿌리를 내렸던 거죠. 조선이 망가지는 시점에서 이런 일을 하려 들었다면, 간송 같은 일밖에는 못해요. 간송 선생이 해 놓으신 일을 나 같은 사람이 나타나서 정리하기 시작한 거지요."

뿌리를 헤아리지 못하면 성찰이 오지 않는다. 조선 500년, 고려 500년, 고구려와 백제 700년, 천년 왕국 신라처럼 세계 역사에 유래가 없는 한겨레 저력은 어디서 나올까?

"우리 선조들이 현명해요. 바뀌어야 할 때 바뀔 줄 알았어요. 주도 이념이 늙으면 사회가 소멸하게 되는데, 채 늙기 전에 알아차리죠, 미리. 소멸하기 전에 노쇠 현상이 일어나면 새로운 이념으로 탈바꿈하고. 대체로 한 사회가 자리 잡고 이우는 데 250년쯤 걸려요. 세계사를 꿰뚫어 볼 때 다 그렇지요. 그런데 우리는 미리 준비를 하고 있다가 우리화된 새 이념으로 갈아타면서 이어 갑니다.

탄생기가 있고, 소년기가 있고,
청장년기가 있고, 노쇠기가 있는 법인데
모두 깔아뭉개고 역사를 보려고 하면
우리 역사가 끝없이 끔찍해지죠.
굳건히 역사를 이어 갈 때는 바뀜을 미리
알아차리고 예비하고 있었기에 멸하지
않았고, 변화에 대처하지 못하면 사라질
수밖에 없지요.

고려가 이어 간 500년에서는 같은 불교 이념이라도 초기 불교 이념이 250년 가까이 흘러 늙기 시작하자 보조 스님이 조계 선종이라는 새로운 이념으로 250년을 다시 연장해요. 조선에서는 주자 성리학으로 전기 250년을 살고 나서는 바꿔야 할 때가 오니까 조선 성리학을 일으켜서 250년을 이어서 500년이 되었어요.

접때 신문 제목을 보니까 조선왕조 멸망 조짐이 이미 인조반정에 있었다고 써 놨어요. 그 소리는 사람 사망 조짐은 태어나면서부터 있다는 말과 같은 이야기예요. 역사를 식민사관에 따라 잘못 보는 어리석음이지요. 망하지 않는 나라가 어디 있어요? 탄생기가 있고, 소년기가 있고, 청장년기가 있고, 노쇠기가 있는 법인데 모두 깔아뭉개고 역사를 보려고 하면 우리 역사가 끝없이 끔찍해지죠. 굳건히 역사를 이어 갈 때는 바뀜을 미리 알아차리고 예비하고 있었기에 멸하지 않았고, 변화에 대처하지 못하면 사라질 수밖에 없지요."

## 문화 기반은 의식주에 있다

선생은 문화는 쾌적하고 안락한 생활환경을 지속시키는 행위라면서, 문화 기반은 의식주니까 의식주를 놓치지 않으면 그 문화는 사라지지 않는다고 말씀한다.

"바탕이 의식주예요. 의식주는 행복 기본 요건이죠. 조선 500년을 이끌던 성리학은 절대 이념이었지만 의식주를 다 놓쳐 버렸어요. 그러니까 소멸하고 말았지요. 이미 우리 기층문화로 자리매김한 불교문화 위로 성리학이란 이념이 흘러간 것이지요. 비약이지만 현대 이후에 우리를 흘러가는 이념들도 기층문화로 자리 잡지 못하면 역사 속으로 사라질 뿐이죠. 6·25나 성리학처럼."

금강산도 식후경. 먹고 입고 사는 뿌리 위에서 학문이 줄기를 세우고 예술이 꽃으로 피어나는 법. 한 문화가 깊숙이 뿌리를 내리려면 의식주 바탕 위에서 자기다움을 갖춰야 한다는 말씀이다. 선생이 늘 겸재 선생을 이야기하는 까닭도, 그림 풍이야 중국에서 받아들였지만 담백하고 가든하게 우리다움을 드러냈기 때문이다.

"발원이 중국 아닌 게 없지만 중국하고 같은 건 하나도 없어요. 불교가 인도에서 일어났지만 인도 불교, 중국 불교, 우리 불교가 승려들 옷부터 다르잖아요. 생활환경과 목조건축에 기와를 얹었다는 점에서는 중국하고 비슷할지 모르지만 다 다르거든. 다르다는 게 바로 문화 독립성이고. 우리는 절대로 흉내를 내지 않았지요. 자기를 잃은 적이 없어요. 그걸 놓치지 않는 한 우리 문화는 소멸하지 않으리라고 굳게 믿어요. 몽골 지배를 받을 때도 지금 우리가 서양 문화에 젖어 있듯이 푹 젖어 있었어요. 공녀들이 몽골에 가서 황실 비빈도 되고 세력 있는 집안 부인도 되면 친척들이 모두 따라가서 몽골말 배우고 몽골 이름 쓰고 이러고 다 살았단 말이에요. 그런데 몽골이 기우는 것을 알고 공민왕이 돌아와서 고려 복식을 하니까 그날로 모든 백성이 다 따라갔단 말이에요. 한겨레 저력 가운데 하나지요."

역설이지만 선생 말씀대로 라면, 한자나 일본말 영어를 받아들여 걸레처럼 찌든 안타까운 우리말 가운데서도 희망을 발견할 수 있다. '해변'을 '해변가'로 '초가'를 '초가집'으로 쓰고, 일본말로 떡인 '모찌'에다 또 떡을 붙여 '모찌떡'이라 하고, 야구 중계를 하는 아나운서가 볼이 '라인 위'로 굴러갔다고 하지 않고 '라인선상'으로 굴러갔다고 하는 겹말에서 되살아날 우리 앞날을 본다.

## 줏대를 곧추세우는 삶이란

"나는 자신해요. 지금은 이래도 서양 문화가 기울면 하루 만에 우리 본 모습으로 돌아갈 것이라고. 그래서 역사를 아는 이들이 늘 애국할 수밖에 없어요. 국수주의자가 된다고 그러는데, 국수주의가 나쁠 것 없어요, 제 문화에 대한 자존심인데. 자부심을 가지고 사는 사람이 왜 나쁩니까?"

줏대를 바로 세워 그 바탕 위에서 싹 틔우고 꽃을 피워 독특한 향을 빚는 일이 제대로 사는 삶일 터.

"줏대를 바로 세우지 못하면 그 순간 바로 사라지지요. 운허 스님도 살아 계실 때 늘 오셨어요. 70년대에 운허 스님이 아흔 줄이셨는데 내가 삼십대이니 손자뻘 아니오. 그런데도 합장을 하고 인사를 하실 때 90도가 넘어가고 무슨 말씀을 할 때 '소승이', '산승이' 그러셨어요. 민망하리만큼. 그게 바로 스님이라. 알아도 하나도 아는 척하지 않으시고. 모르는 일이 어디 있겠어요. 근데 새파랗게 젊은 것들이 삼배를 떡 받고 앉았단 말이에요. 경전 속에 가끔 부처님이 그러는 모습이 있긴 하지. 인도 풍습이지요. 그러나 본질을 꿰뚫어 보면 불성에 어디 하찮은 게 있어요? 언젠가 나와 친하게 지내는 승려에게 신도가 삼배를 하더라고. 그래서 절을 받을 때 곁에 앉아서 발을 발로 밀었더니 '그만해, 고만해.' 그러더라고. 내가 늘 그래요. 너무 그러면 자존심을 다친다고. 천주교로 가는 사람들이 다 그런 사람들이야. 정서로는 우리 것에 빠지고 싶지만 비위가 상하는데 오겠어요? 아무리 계율이 그렇다 하더라도. 다른 계율은 고치자고 그러면서 어째 그 계율은 그렇게 철저히 지키누. 그래서 내가 승려들 오기만 하면 실컷 퍼부어 놓고, 나는 구업 짓고 당신네들은 잘못 살았으니 나란히 손잡고 지옥 갑시다 그러지요."

어떤 삶이 줏대를 곧추세우는 삶일까?

"조선 시대에 천민으로 굴러 떨어져서 갖은 박해를 다 받던 뒤끝을 거꾸로 하고 있어요, 지금. 그래서 젊은 수좌들이 오면 '그걸 깨지 않으면 절대로 불교 종단은 발전할 수 없다. 앞장서서 부숴 나아가라.' 그래요. 그런데 중독이 되어 가지고 안 돼요. 종교는 영양 과잉이 되면 썩어요. 물 많이 줘도 썩고. 자연 이치라. 사부대중이 서로가 서로를 무시하면 화합이 되지 않아요. 내가 어디 절집에 가서 강연을 할 때 그래요. 불교가 다른 종교하고 다른 점을 여러 가지 꼽지만 핵심은 평등과 금욕이다. 불평등 사회에서 평등 사회를 이루려는 혁신 이념이 불교 이념이다. 그러니까 불가촉천민을 10대 제자로 받아들이지 않았느냐고."

줏대를 세우는 일은 참모습을 헤아려 옹글게 사는 것이라는 최완수 선생.

"그래서 불교가 쉽게 소멸되지 않으리라고 굳게 믿고 있어요. 확실한 자기주장을 가지고 있거든. 조선을 지배했던 성리학이 놓쳐 버린 의식주를 놓지 않는 불교 중요성을 늘 강조해요. 그래도 희망이 있다면 불교에서 나오겠지요."

선선히 웃는 선생 얼굴에서 서산 백제마애불을 본다.

선생이 간송미술관에 뿌리를 내리고 이 겨레 미술 연구에 온 힘을 쏟은 지도 어느덧 반세기. 이곳에 들어온 뒤로 한 번도 밖에 나가겠다는 생각을 하지 않았을까?

“제가 좀 그런 데가 있어요. 뭐에 취하면 다른 생각을 하지 않거든. 예전 선사들 가운데도 절 문에 한번 들어서면 평생 문밖을 나가지 않은 사람들이 많잖아요.”

늘 버리고 떠난 법정 스님이 선선한 바람이라면, 한곳에 뿌리내린 선생은 뿌리 깊은 나무다.

# 도법

지금은
진솔한 대화가
필요한 때

대한불교조계종 자성과쇄신결사본부장. "걷기는 모든 목숨붙이와 어울림이다. 본디 길은 만나고 정을 나누는 장이었는데 요즘은 속도와 생산성만 쫓아다니다 보니 자연다이, 사람다이 만나 도타이 정을 가르는 길이 되지 못한다. 성장만 하겠다고 몸부림치며 내닫기는 재앙으로 치닫는 길"이라며 생명, 평화, 공동체 가치 기둥을 세워야 한다는 스님.

“제가 해인사 강원에 있을 때 법정 스님이 ‘부처님 생애’를 가르치셨어요. 제 나이가 스무 살 남짓이었으니까, 한 사십이삼 년 지난 일이네요. 하루빨리 참선해서 깨달아야 한다는 생각에 강원을 걷어치우고 도망 나와 선방엘 갔죠. 송광사 선방에서 살 때 법정 스님이 불일암을 짓고 내려오셔서 다시 만났어요. 만남이라고 해 봤자 스님은 불일암에 계시고 저는 송광사 선방에 있었으니까 지나면서 인사나 드리는 정도였어요.”

대한불교조계종 화쟁위원회 사무실에서 만난 도법 스님. 담담하게 법정 스님과 인연 이야기를 꺼낸다.

## 뭔 중이
## 시시껄렁하게 글이나 쓰나

요즘엔 글을 쓰는 스님들이 손가락으로 꼽을 수 없을 만큼 흔하지만, 오래전 절집에서는 글 쓰는 일이 환영받지 못했다. 도법 스님도 글 쓰는 스님들을 바라보는 눈길이 곱지만은 않았다고 돌아본다.

"뭔 중이 시시껄렁하게 글이나 쓰나 생각했어요. 그때 정서로는 용납되지 않았지요. 그즈음 돈점(頓漸) 논쟁이 붙으면서 법정 스님도 글로 의사 표시를 한 적이 있는데 기억이 또렷하지는 않아요. 자리이타 개념과 연결시켜서 이야기를 했던 것 같은데, 그것도 못마땅하게 생각했죠. 그때는 제가 선(禪) 중심 사고에 매여 있어서 참선해 깨닫는 것 말고는 다 시시하게 여겼어요. 그런 생각이 들도록 강하게 불을 지핀 분이 성철 스님이죠. '부모가 죽어도, 난리가 나도 쳐다볼 것 없다. 수좌는 오로지 한결같은 마음으로 참선해서 기어이 깨달음을 얻어야 한다.'고 했죠. 그때는 주류가 선방 수좌였기 때문에 우리는 비록 말석이긴 하지만 어쭙잖게 고무되어 있었어요."

1981년까지 한국 불교는 보조국사 지눌 스님 돈오점수 사상을 선불교 핵심으로 삼고 있었다. 그런데 성철 스님은 당신 책 『선문정로』에서 깨친 뒤에도 계속 닦아야 한다는 돈오점수를 비판하면서, 깨달은 뒤에는 더 이상 닦을 필요가 없다는 돈오돈수를 주장해 돈점 논쟁 불을 지폈다.

도법 스님은 10년이 넘도록 선방에서 정진에 정진을 거듭했지만 뜻대로 깨달음이 오지 않자 회의가 들어 다른 사람은 어떤가 싶어 곁을 둘러봤다. 그러나 선배들이나 친구들 또한 겉으로 드러내지 않을 뿐이지 별 수 없다는 느낌이 들었다.

"나만 그런가 해서 봤더니만 비슷비슷해요. 그때까지 10여 년을 오로지 내 문제에만 골몰해 있다가 바깥을 보게 되었어요. 둘러보니까 경전에서 배우고 법문을 듣고 전통에서 알았던 내용과 달리 이치에 닿지 않는 점이 많고, 도덕으로 봐도 맞지 않는 부분이 많았어요. 합리는 더욱 아니고. 좌절과 회의가 밀려들었어요. 이건 아니다, 내 길을 찾아야겠다 결심하고 나오죠."

그때 송광사 방장 구산 스님을 비롯한 많은 분들이 도법 수좌에게 거는 기대가 컸다. 그런 기대를 뒤로 하고 제 길을 가겠다며 출가한 절인 금산사로 돌아간다고 하자, 도반 하나가 대뜸 "네 본사를 찾아가 불을 싸질러 버릴 테다." 하면서 거칠게 나왔다.

"분위기가 그랬어요. 허튼짓거리 한다는 말이잖아요. 제법 잘 가고 있다며 기대를 걸었는데 으뜸인 이 길을 놔두고 떠난다니까 변절 또는 낙오를 한다는 마음이 들었겠죠. 친구에 대한 애정 표현이었어요. 그리고 제가 여태 좋아하고 존경하는 대단한 선배 한 분은 '너, 이제 인생 갈림길에서 빠이빠이 하는 거다.' 그랬어요."

고행을 포기한 싯다르타에게 침을 뱉고 떠나간 다섯 비구를 떠올리게 하는 장면이다.

"그러거나 말거나 나는 모르겠다며 떠났는데, 정리하는 데 한 5년 넘게 걸렸어요. 논리로 정리되지 않는 부분도 있고 판단이 명확히 서지 않는 점도 있고 해서 나름 논리를 만들어 내기도 하면서 여기까지 왔어요."

## 멀리 있어도 뜻이 같으면 늘 함께한다

도법 스님은 모순과 혼란을 거듭하는 한국 불교를 어떻게 해야 할까 도반들과 머리 맞대고 고민하다가 '선우도량'이란 승가대중 단체를 만든다. 선우도량은 '우리가 한국 불교 정체성을 제대로 정립해서 종도들이 바른 사상과 정신을 단단히 갖출 수 있도록 올바른 교육을 하자.'고 결의하고 교육 문제에 매달린다. 그때 선우도량에서 준비한 교육 틀이 1994년 조계종단 개혁 때 거의 담겼다.

"교육 문제를 토론하면서 법정 스님을 찾았어요. 기조 발제를 부탁드리니까 '되도 않는 헛짓거리 하지 마라.'고 말씀을 하면서도 흔연히 받아들이셨어요. 당신도 관심을 갖고 계시면서도 좌절을 드러낸 말씀이죠. 그 어른도 좌절감 때문에 바깥으로 나서지 않으셨겠지요. 오셔서 기조 발제를 하기로 하셨는데 일이 생겨 못 오시고 글만 보내셨어요. 한국 불교를 참신하고 바람직하게 만들려는 취지에서 같이 살고 살지 않고, 멀리 있고 가까이 있고 관계없이 함께 공감하고 같이 가야 할 분으로 믿고 관심을 놓지 않았죠. 돈연 스님이 연결고리였어요. 돈연 스님은 법정 스님을 오래도록 모셨으니까."

법정 스님은 열반에 들기 전 마지막 법석에서 가까이 있더라도 뜻이 같지 않으면 십만 팔천 리지만, 멀리 있어도 뜻을 같이한다면 늘 함께한다고 말씀했다.

## 이제
## 무소유 환상에서
## 벗어나야 할 때

도법 스님은 최근 성철 스님과 법정 스님을 존경하더라도 '비판할 일이 있으면 비판해야 한다. 부처님도 마찬가지다. 참다운 존경을 하려면 건강한 비판이 필요하다.'면서, 이제 '성철 스님과 법정 스님이 남긴 무소유 환상에서 벗어나야 할 때'라고 했다. 모든 사람이 꿈을 꾸자고 하는데 불교는 꿈 깨라는 말씀이라는 도법 스님. 부처님은 그런 문제의식으로 불교를 했지만 사람들이 부처님에게 자기 환상을 씌우듯이, 대중

연꽃은 피고름이 뒤범벅이 된 진흙탕에
뿌리 내리고 아름다운 꽃과 향기를
피워 내잖아요. 그러면서도 더럽혀지지
않고 외려 둘레를 맑히죠. 그런데 법정
스님이나 성철 스님 삶은 연꽃보다는
고고하고 향기로운 난초에 견줘야 하지
않을까요?

들은 성철 스님이나 법정 스님처럼 널리 알려진 어른들 환상도 만들어 낸다며 운을 뗀다.

"불교관 문제라고 봐요. 성철 스님이 갖고 있는 불교관이나 실천론에 저도 한때는 공감했죠. 대세였으니까요. 법정 스님은 참신하고 건전한 지성을 갖춘 불교인으로, 이치에 닿는 바른 수행자로 많은 부분 공감이 가는 분이었어요. 그러나 한국 불교는 대승불교잖아요. 부처님 근본 가르침이 독선과 권위주의가 아님을 깨달은 전문 수행자들이 불교를 새롭게 하려는 움직임이 있었고, 그 흐름에 재가자들이 어깨를 나란히 해서 태어난 것이 대승불교입니다.

대승불교 세계관에 따른 불교인 상이 보살인데, 대승보살 상징이 연꽃입니다. 연꽃은 피고름이 뒤범벅이 된 진흙탕에 뿌리 내리고 아름다운 꽃과 향기를 피워 내잖아요. 그러면서도 더럽혀지지 않고 외려 둘레를 밝히죠. 그런데 법정 스님이나 성철 스님 삶은 연꽃보다는 고고하고 향기로운 난초에 견줘야 하지 않을까요? 대승불교가 가리키는 인간상으로는 어떨까요? 성철 스님이나 법정 스님 삶도 보살 삶으로 바라볼 수 있어요. 그러나 '탐진치'라는 피고름이 들끓는 진흙탕에 두 발을 딛고 서서 꽃을 피워 피고름을 정화시켰다고 하기에는…… 좀 다르죠. 그래서 저는 두 어른은 연꽃이라기보다는 난초처럼 살아간 분들이라 해야 한다고 봅니다. 그 어른들은 그대로 너무 훌륭하고 고맙지요. 그러나 한국 불교 현실에서는 연꽃에 견줄 수 있는 불교인, 출가 수행자가 더 절실하지 않겠어요."

도법 스님은 법정 스님이 사람들과 부대끼지 않고 멀찌막이 떨어져 살면서 당신이 본 세상이나 생각을 아름다운 글로 풀어냈기 때문에, 수행자 삶은 마치 똥오줌은 없고 아름다운 꽃과 향기만 있어야 한다는 막연한 기대를 대중들이 품게 만들었다고 말씀을 잇는다.

"대중들은 수행자가 추한 똥도 역한 똥냄새도 없이 아름답고 향기롭기를 바랍니다. 법정 스님은 그렇게 사셨어요. 글에 드러나는 모습도 마찬가지고. 그러니까 '법정 스님만이 진짜 스님이야. 고결하고 향기로워. 스님은 그래야 해.'라는 환상이 만들어졌죠. 그 틀에 맞추면 다른 스님들은 너무 아니죠. 그래서 실망하고 불만을 갖고 화를 내잖아요."

성철 스님도 크게 다르지 않다고 본다는 도법 스님.

"5년 동안 해인사 강원과 선방에서 살았는데, 솔직히 말씀드리면 성철 스님은 불교를 보는 안목은 저보다 훌륭하다고 할 수 있지만, 어떤 논리로도 수긍이 가지 않는 점도 많아요. 다만 그분이 깨달은 어른이고 선지식이니까 비록 제 이성과 사유로 납득되지 않는다 하더라도 '내 능력으로 볼 수 없는 더 깊은 뜻이 있겠지.' 하는 차원에서는 모르겠지만. 그런데 그분은 신화가 되셨잖아요. 세속을 멀리하고 은둔했기 때문에 세상에 오염되지 않아 청정하다는 환상이 만들어졌고. 검정 고무신과 누더기로 상징되는 그 어른 무소유도 대중들한테 비쳐질 때는 법정 스님처럼 고결하고 담백한 꽃이 되어 출가 수행자라면 마땅히 그래야 한다는 환상을 떠올리게 했죠."

도법 스님은 실제 삶에서 어떻게 그런 일이 가능하겠느냐고 짚으면서 그 어른들도 밥도 먹고 옷도 입고 불도 때고 사셨지 않느냐고 되묻는다. 출가는 불교 이상을 실현하는 여러 길 가운데 하나일 뿐. 출가자들은 재가자들에게 법을 보시하고, 재가자들은 출가자들이 수행할 수 있도록 토대를 마련해 왔다. 신성을 추구해도 먹지 않고서는 살 수 없듯이 출가, 재가는 구실만 다를 뿐 철저히 조화와 균형 관계라며 차이는 있어도 차별은 있을 수 없다고 말씀한다.

"성철 스님은 해인사 백련암에 사셨고, 법정 스님은 송광사 불일암에 사시다가 길상사에도 계셨는데, 해인사, 송광사, 길상사 이 절들이 돌아가니까 성철 스님이나 법정 스님 삶이 가능했죠. 그러면 백련암이나 불일암이 돌아가도록 하는 힘은 뭐겠어요? 들여다보면 돈 백 원 벌려고 땡볕에서 땀 흘리고 추위에 떨고, 이른 새벽에서 늦은 저녁까지 사하촌 거리에서 나무해다 팔고 감자 판 돈이 들어와서 절이 운영된다는 말이에요. 또 절을 운영하려고 기복(祈福)이나 사업 수완을 끌어들이잖아요. 저는 이곳을 혼탁한 연못이라고 봅니다. 이 바탕에서 길상사도 돌아가고 불일암도 돌아가고 해인사도 돌아가고 백련암도 돌아가잖아요. 고결한 그분들 향기로움이 과연 혼탁함을 떠나서 피어날 수 있었을까요? 그런데 현실에서는 모든 영광은 성철 스님이나 법정 스님한테 가고 모든 비난은 기복을 비롯한 모든 수완을 발휘해 절을 이끌어 가는 사람들한테만 쏟아지잖아요."

침대에 사람을 맞춘답시고 팔다리를 잘라 내는 그리스 신화 속 테세우스처럼, 환상으로 만들어 낸 기준에 맞지 않으면 멋대로 재단하고 도리질을 치는 세태를 꼬집는다. 똥냄새 없이 아름다운 연꽃이 피어나고 향기가 풍겨날 수 없는데, 똥냄새 없이도 꽃이 피고 향내가 날 수 있다는 환상이 만들어지면 결국 삶이 왜곡되고 많은 사람들이 혼란을 겪을 수밖에 없다. 비판 없는 존경은 옳고 그름을 가리지 않고 덮어 놓고 따르기 때문에 위험하고, 존경 없는 비판은 까닭 없이 헐뜯는 일이 되기 쉬워 위험하다. 그렇기에 냉철한 비판과 진지한 존경이 함께 가는 것이 바람직하다는 말씀이다. 그렇다 하더라도 절 살림이 지금처럼 이어져도 상관없다는 말씀인가?

"아닙니다. 조계종 종헌종법에는 '사부대중공동체'라고 적바림되어 있어요. 실상사에서 스님은 수행과 교화에 몰두하고, 절 살림과 신행은 재가자가 맡고 있어요. 불교 전통 그대로. 1,200년 전 실상사가 지어졌을 때, 아무것도 없었던 남원시 산내면 골짜기에 선불교 사상을 가진 사람들이 터를 잡고 절을 지어 스님들이 살고 재가자는 절 둘레에 머물러 살았어요. 함께 일구고 나누며 더불어 살았죠. '사부대중공동체' 본모습이었어요. 그런데 세월이 흐르면서 변질되어 절은 지주가 되고 주민은 소작농이 되고 말았어요. 출가자와 재가자 사이에 차별이 생긴 거죠.

'사부대중공동체'를 되돌려야 합니다. '바꾸자'가 아니고 '돌아가자'예요. 현대에 맞게. 불교 앞날이 거기 있습니다. 실상사는 재가자와 종무실장, 원주 셋이서 운영합니다. 재정이 얼마 되지 않지만 빚은 지지 않고 삽니다. 주지 스님은 돈을 만져 보지도 못해요. 돈을 쓸 때는 꼭 재가자와 상의해야 하지요. 그렇게 살면 스님들이 얼마나 편한데요. 그런데 우리 현실이 어떤가요. 종단을 위한 종단, 절을 위한 절, 스님을 위한 스님처럼 돼 있어요. 그보다 심각한 일이 어디 있겠어요? 그러다 보니 출가자는 줄고 신자들은 늙어갑니다. 10년, 20년 뒤에는 현상 유지도 어려워요. 세상이 요구하기에 앞서 불교가 스스로 바꾸어야 해요. 투명하면 건강해지는 법이죠."

넋과 몸, 마음과 물질은 떨어질 수 없으니 돈을 제대로 다룰 수 있다면 넋이 멀쩡하다는 이야기다. 돈을 도둑놈처럼 다루는 넋이 어떻게 건강할 수 있겠느냐며 돈을 투명하게 다루면 '저 집단은 사심이 없구나.' 하고 생각되어 믿음이 가고 신뢰가 가지 않겠느냐고 되묻는 도법 스님 얼굴에 안타까움이 짙게 묻어난다.

## 진솔한 대화만으로도 문제 절반은 풀린다

1968년 가을, 성철 스님은 해인사 방장이 되고 나서 신도들에게 삼천 배를 시켰다. 한여름 남녀 대학생 수백 명이 법당에서 절을 하느라 땀을 뻘뻘 흘리는 바람에 젖은 옷이 몸에 달라붙어 보기 안쓰러워하던 법정 스님은 일간지 칼럼에 "몇 시간 동안 몇 천 배를 채우겠다는 기록 의식에서인지, 아니면 최면 상태에서 그런지는 몰라도 숨 가쁘게 굴신운동(屈伸運動)을 하고 있었다. 하필이면 부처님 앞에서 그토록 경박스런 동작으로 굴신한단 말인가."라고 썼다.

방장 스님은 신심을 가지라고 삼천 배를 시켰는데 꼭 그랬어야 했느냐는 해인사 스님들 항의에 법정 스님은 "미안하다. 그러나 신심도 없어 보이고 볼썽사나운데, 방장 스님이 시킨 일이라고 입 다물고 있을 수는 없지 않느냐."고 해 소동을 빚은 적이 있었다. 정작 성철 스님은 아무 말씀도 없었다.

그 일이 있고 한참 뒤에 성철 스님은 돈오돈수를 주장해 돈점 논쟁을 일으킨 책 『선문정로』 윤문을 법정 스님에게 부탁했다. 법정 스님은 윤문을 부탁하러 온 원택 스님에게 일점일획이라도 어른 뜻을 놓치지 않게 하려고 애를 쓰겠다고 말씀했다. 그러나 법정 스님은 깨닫고 난 뒤에 계속 닦아야 한다는 돈오점수를 주장하는 쪽이었다. 그런데도 윤문을 정성껏 도운 까닭은 성철 스님을 존경하기 때문이었다. 이 두 이야기 바탕에는 성철 스님을 존경한 법정 스님과, 존경했기에 서슴없이 건강한 비판을 한 법정 스님이 함께 자리했다.

바깥 걸음은 하지 않았지만 "산은 산, 물은 물"이라며 세상 멱살을 쥐어 잡고 흔들어 깨운 성철 스님과, 살갑고 따뜻하게 때론 서릿발 같은 날카로움으로 세상을 벼린 법정 스님은 당신에게 둘러쳐진 환상에서 벗어나야 한다며 날을 세우는 도법 스님을 어떻게 생각할까?

첫 만남이 '부처님 생애'이어서였을까. 법정 스님이나 도법 스님은 석가모니 부처님 말씀을 헤아리는 일이 불교 시작이자 마지막이라고 했다. 법정 스님은 『불타 석가모니』와 『숫타니파타』, 『진리의 말씀』을 간결한 우리말로 번역했으며, 사람 붓다 일대기를 꼭 써 보겠다는 의지를 보였으나 끝내 담아 내지 못하고 열반에 들었다. 도법 스님은 『내가 본 부처』에서 더 불행하기도 어려운 처지에서 스스로 평화가 된, 사람 싯다르타를 담백하고 순도 높게 그려냈다.

부처님이 당신이 쓰던 말을 버리고 천민들 말로 진리를 펼쳤듯이, 법정 스님도 당신이 즐겨 쓰던 말을 내려놓고 한글을 아는 사람이라면 누구라도 알아들을 수 있는 쉬운 한글로 세상과 진리를 나눴다. 도법 스님 또한 부처님이 49년 동안 타박타박 걸으며 누구하고라도 말씀으로 진리를 나눴던 뜻을 깊이 헤아려, 5년에 걸쳐 생명평화순례를 하면서 3만 리를 걷고 8만이나 되는 사람들과 만나 말씀을 나눴으며 지금도 여전히 많은 사람들과 이야기 나누고 있다.

도법 스님은 수행을 강조하지 않은 종교는 없는데, 불교는 거기에 하나 더 얹어 말씀으로 세상 문제를 풀었다면서 이야기를 내세운 종교는 불교밖에 없다고 말씀한다.

"붓다는 평생토록 사람들과 마주 앉아 이야기를 나눴습니다. 이 말씀을 적바림해 놓은 책이 경전입니다. 사람이 서로 생각을 나누는 수단으로 말씀이 있습니다. 말씀만 잘해도 살면서 겪는 문제 가운데 7에서 8할이 풀립니다. 그런데 불교계는 대화를 잃었습니다. 한쪽 이야기만 듣고 받아들일 뿐입니다. 궁금한 것이 있더라도 적극 나서서 묻고 답하는 문화가 사라졌습니다. 문제가 생기면 누구라도 썩 나서서 물꼬를 터야 합니다."

그런데 적지 않은 불교계 인사들은 실천이 없는 공허한 말씀만으로 문제가 풀리지 않는다면서 '깨달음은 말씀'이라 외치는 도법 스님을 겨냥해 비판 목소리를 높인다. 그러나 도법 스님이 걸어온 길을 돌아보면 그런 말을 하기 어렵다. 선우도량, 화엄학림, 야단법석, 생명평화순례, 실상사가 1998년 사찰 재산을 내어놓아 시작한 불교귀농학교, 농장공동체, 생활협동조합, 작은학교 따위 여러 대안운동을 한데 묶은 인드라망 생명공동체운동을 비롯한 수많은 운동을 활발히 펼치고 있다.

"조그마한 모임들과 인연이 많아요. 커다란 일보다 실상사와 인드라망 인연으로 풀씨 구실을 하는 분들과 자잘한 약속이 많아요. 강의, 법회…… 실상사에도 마을공동체, 사부대중공동체가 있고, 제주 강정마을도 오르락내리락해야 하고, 지리산 둘레길과 관련해서는 이사회, 관계 단체장, 협의회와 만나 운영 방안을 논의해야 하고. 사회에서는 생명평화운동이라고 하고 절집에서는 인드라망운동이라고 하는 사부대중공동체운동, 마을공동체운동을 조금조금씩 하다 보니 늘 바쁘네요."

대안운동을 하게 된 계기는 어디 있을까?

"정직하게 말하면 그런 실천보다 출가 수행자인 내게 가장 절박한 과제는 승단 개혁입니다. 오늘날 한국 불교, 특히 조계종단이 자기와 싸움을 정직하고 용기 있게 벌여야만 불교가 세상에 희망을 줄 수 있습니다. 내 관심사는 불교를 제대로 해 보자는 데 있어요. 그러나 너무 아득하니까 먼저 내가 있는 자리에서 할 수 있는 일을 해 보려고 찾다 보니 하게 된 운동들입니다.

부처님이 생각했던 불교와 우리가 생각하는 불교는 거리가 멉니다. 우리는 내 편이냐 아니냐를 따지지만 부처님은 달랐습니다. 중생 안락이 기준이었죠. 그런데 이제 사람들은 종교란 말만 들어도 답답해합니다. 불교가 존재하는 까닭은 중생 행복에 있어요. 부처님은 세상을 안락하게 하려고 태어나 발심하고, 출가하고, 수행하고, 깨닫고, 전법하고, 열반했어요. 그런데 한국 불교는 어떤가요? 오로지 내 깨달음, 내 해탈만 추구하고 있지 않는지 짚어 봐야 합니다. 사람들을 행복하게 하려고 절이 있고, 수행자가 있고, 불교도가 있다고 생각한다면 한국 불교는 180도 달라질 수밖에 없지 않겠어요?"

도법 스님이 의견을 내어 승속과 늙고 젊음을 가리지 않고 누구나 자유롭게 참석해 법문을 듣고 나누는 불교 전통 의식 한마당인 '노동자와 함께하는 시민초청 무차대회'를 조계종단에서는 처음으로 서울 조계사에서 열었다. 스스로 목숨을 끊거나 심장 질환으로 죽은 쌍용자동차

희생 노동자들을 위로하며, '노동자를 부처님으로'란 깃발 아래 해고 노동자들과 목숨을 잃은 애꿎은 노동자 유가족이 돌아가며 종을 치며 화합하는 자리를 마련했다.

"나같이 무식한 사람이 알기로는 지금까지 죽어라 싸웠는데 죽음 행렬은 계속되고, 사람들에게 점점 잊혀지고, 투쟁력은 약해지는데 또 다시 드세게 싸워서 답을 찾자는 말이 대체 무슨 대책이 되겠나 하는 생각이 들어요. 갑갑합니다. 새로운 실마리를 찾아야 하지 않겠어요? 그저 노동자가 죽었다가 아니고, 국민 아들딸이, 시민 아들딸이, 우리 아들딸이 죽어 가고 있다고 여겨야 풀릴 일입니다. 우리 아들딸들이 앞다퉈 죽어 가고 있는데 정부도, 여도 야도, 진보도 보수도, 자본가도 노동자도 문제를 풀지 못한다면 어떻게 해야 할까요? 국민 아들딸이니 끝내 국민이 나서야 하지 않겠어요?"

종교가 세상을 염려하던 시대를 지나 이제는 세상이 종교를 걱정해야 하는 이 시대. 서로 속내를 드러내 말씀을 나누기만 해도 많은 문제를 풀 수 있다고 굳게 믿는 도법 스님. 오래전부터 화엄학림을 비롯한 야단법석을 꾸려 끊임없이 말씀으로 물꼬를 트려고 종종걸음으로 수많은 사람들과 격 없는 말씀을 나누며 세상 멱살을 잡는다.

윤
구
병

버리지 않고
버림받지 않는
삶터를 꿈꾸다

보리출판사 대표이사. "지구별 모든 목숨붙이는 가만히 둬도 피고 진다. 아이들이 몸 놀려 제 앞가림을 하도록 만드는 일이 참교육. 나무 날숨에 섞인 산소를 마시는 우리와 우리 날숨에 섞인 탄산가스를 마시는 나무는 서로 살리는 사이지만, 사랑하는 사람끼리도 입을 맞출 땐 숨을 멈출 수밖에 없다."며 사람과 생태계는 목숨을 나누는 사이라는, 농사꾼이 된 철학자.

법정 스님 열반 2주기를 앞두고 윤구병 선생을 세 차례 뵈었다. 뵙는 내내 법정 스님이 좋아했던, "눈이 부시게 푸르른 날은/ 그리운 사람을 그리워하자"로 시작하는 서정주 선생 시 「푸르른 날은」이 귓가에 맴돌았다.

## 무소유는
## 공동소유

"제가 송광사에서 행자 노릇을 잠깐 하다가 전생 업장이 두터워서 머리를 깎지 못하고 말았어요. 좀 미련했어요. 집에다가 '나는 머리 깎고 중이 되겠으니 어렵겠지만 애 데리고 혼자 살다가 뜻 맞는 남자가 있으면 재가하라.'고 편지를 보냈어요. 책임 없기 짝이 없는 말이죠. 저는 감쪽같이 숨었다고 생각했는데 편지에 송광사 우체국 소인이 찍혀 있었어요."

처음엔 전생 업장이라는 말씀을 이 세상에 태어나기 전이라고 알아들었다.

"처음에는 해인사로 가려고 했어요. 성철 스님이 유식론 논쟁에서 이겨서 귀한 중국 불교 책들을 얻어서 장경각에다 따로 모아 두셨는데, 제게 보여 주셨어요. 무식한 제가 보기에도 아주 귀한 책들이에요. '스님, 모두 공개를 하시지요. 복사도 하고 번역도 해야 좋지 않겠습니까?' 말씀을 드렸더니 스님이 고개를 흔드세요. 그래서 제가 '스님이 마음을 고치시든가 일찍 돌아가시든가.' 그랬더니 스님이 '에취!' 하시던 기억이 나요. 그런 인연으로 해인사로 들어가려고 했어요. 강원에서 낭랑한 목소리가 들려오고 참된 맑음이 감돌기도 하고요. 그런데 감자가 썩어 나가고 있더라고요. 그 길로 송광사로 갔어요. 워낙 촌놈이고 어려서부터 많이 굶주려 봤기 때문에 먹을거리를 함부로 하는 꼴을 못 봐요."

선생이 초대 편집장으로 있던, 우리나라에서 가장 먼저 한글 쓰기와 가로 쓰기를 한 월간지 《뿌리 깊은 나무》 한창기 사장과 몇 사람이 우체국 소인을 더듬어 찾아와 잠깐 이야기나 하자며 차에다 태웠다.

"'아, 내 업장이 이만큼 두텁구나.' 하는 생각이 들어서 접었어요. 제가 절집에 들어갔으면 절집으로서도 참 난감한 일들이 많았을 겁니다. 절집 여러 군데를 불 싸지르고 다녔을지도 몰라요."

1977년 행자 생활을 할 때 "공부는 거문고 줄 고르듯이 너무 당겨도 안 되고 너무 느슨해도 안 된다. 거문고 줄 다스리듯이 마음을 다스려야 한다."고 했던 법정 스님 말씀이 기억난다고 했다. 그때 법정 스님은 평생 상좌를 두지 않겠다고 했는데, 행자 생활을 하는 선생을 눈여겨보고는 "저만하면 상좌로 쓸 만하다."고 말씀했다는 이야기를 뒷날 다른 이에게 들었단다.

"제가 워낙 자유로운 잡놈인데. 아마, 스님 얼굴에 똥칠하는 짓을 하다가 상좌 노릇을 못하고 일찌감치 달아나 버렸을지도 몰라요. 만나지 않아서 천만다행이지요."

무소유 개정판을 낼 때 법정 스님은 윤구병 선생 추천사를 받아 오라고 말씀했다. 선생은 어찌 스님 같은 어른 책에 추천사를 쓰겠느냐며 펄쩍 뛰었다. "행자 생활을 하던 제가 어찌 쓸 수 있느냐고 사양했어요. 그래도 법정 스님이 꼭 받아 오라고 했다면서 꼼짝도 하지 않아서 하는 수 없이 다섯 번 만인가에 써 드렸어요." 세월이 한참 지났건만 마치 엊그제 겪은 일 인양 몹시 송구스러워 한다.

"무소유는 공동 소유의 다른 이름이다. 나눔과 섬김의 바탕은 무소유에 있다. '나무 한 그루 베어 내어 아깝지 않은 책'으로 나는 법정 스님의 『무소유』를 들겠다."

– 『무소유』에 실은 윤구병 선생 추천사

쓸데없는 글들을 많이 쓰느라 세상을
바꾸는 일에 너무 게을렀기 때문에
아직도 그 글들이 살아 있어요.
30년, 40년 전에 쓴 글이 아직도 살아
있다는 것은 부끄러운 일입니다.
풀려야 하거든요. 애써 실천했으면
그런 말들이 모두 허섭스레기가 되고
아무것도 아닌 말이 돼야 하는데,
그렇게 살지를 못했어요.

선생은 1997년 8월 '맑고 향기롭게' 직지사 수련회에서 '맑고 향기롭게' 회원들과 함께하면서 강연을 했다.

"그때 제 출신 성분 이야기를 털어놨어요. 끝내주는 이야기죠. 우리 외할아버지가 투전판에 기웃거리느라고 논밭, 집 다 날리고, 열다섯 살 먹은 어머니하고 열일곱 살 난 이모를 색주가에 팔아먹은 사람이에요. 어머니는 열아홉 살 때까지 색주가에서 지냈어요. 아버지가 열다섯 살에 장가를 드셨는데 누님 한 분만 있고 소생이 없으셨어요. 윤씨 집안 장남으로 제사상을 지킬 아들을 낳아야 할 의무가 있었는데, 스물아홉 살까지 딸 하나로 됐다고 버티다가 처녀장가는 들 수 없다고 생각을 하고는 작은 아버지를 따라 술집에 갔다가 어머니에게 '나를 따라나서겠느냐?' 해서 두 분이 만나 아들만 아홉을 낳았어요.

우리 아버지가 아이들 이름을 첫째는 '일병', 둘째는 '이병', 셋째는 '삼병'…… 조로록 붙였어요. 그래서 제가 '구병'이거든요. 하나가 더 태어났으면 뭐라고 이름을 붙이셨을지 상상이 안 가요. 아버지는 아이들 교육을 제대로 시키겠다고 모두 서울로 데려왔어요. 저희가 말로 태어났으면 제주도로 끌고 가셨을 분이에요. 열다섯 살이 넘은 형 여섯이 6·25 때 죽었어요. 어머니는 그 충격으로 제가 열두 살 때 돌아가시고, 칠병이 형은 고문 후유증으로 제가 대학교 3학년 때 자살을 했어요. 지금은 오롯이 형제만 남아 있는데, 전생과 현생 인연이 이렇게 얽혀 있다고 고백하듯이 털어놓은 자리였어요. 강연이라기보다는."

사람은 귀하거나 천하게 태어나는 게 아니라, 저 하기 따라 귀하고 천해진다.

## 오래전 쓴 글이 허섭스레기가 되는 날

아무것도 버리지 않고 아무도 버림받지 않는 삶터를 일구어, 있을 것은 있고 없을 것이 없는 세상을 만들려고 열심히 강연을 하고 책도 썼다는 선생은 당신이 쓴 책이 하루속히 읽히지 않는 세상이 오기를 바란다. 청소년에게 보내는 편지 책 『꼭 같은 것보다 다 다른 것이 더 좋아』 머리글에서 "이 책이 빨리 낡아서 새 시대 젊은이들에게 쓸모가 없어지고, 세상이 좋아져서 책에 있는 이야기들이 자연스럽게 빛을 바래게 되기를 바란다."고 했다.

"쓸데없는 글들을 많이 쓰느라 세상 바꾸는 일에 너무 게을렀기 때문에 아직도 그 글들이 살아 있어요. 30년, 40년 전에 쓴 글이 아직도 살아 있다는 것은 부끄러운 일입니다. 풀려야 하거든요. 애써 실천했으면 그런 말들이 모두 허섭스레기가 되고 아무것도 아닌 말이 돼야 하는데, 그렇게 살지를 못했어요."

쿵! 법정 스님이 당신 책을 절판하라는 말씀을 남기신 까닭이, 어서

어서 몸 놀리고 손발 놀려서 하루빨리 당신 말씀이 없어도 되는 세상을 만들라는 뜻 아니었을까.

도법 스님이 생명평화순례를 마치고 났을 때, 선생은 도법 스님에게 삼배를 하라고 했다.

"내가 짓궂잖아요. 툭툭 방바닥을 치면서 '스님, 나한테 큰절 세 자리 해.' 그랬어요. 그랬더니 '왜 해야 해?' 그래서 '대웅전에 나무로 깎은 부처한테 절할 때 왜 절을 해야 하느냐고 묻고 절 했어? 그냥 해.' 그랬지요. 도법 스님이 순진하잖아요. 절을 하더라고. 나는 빚지고는 못 사는 사람이니까 '스님, 이제 내 절 받으시오. 아마, 내 절이 더 공손할 거요.' 그러고는 절 세 자리를 극진히 해 바쳤어요."

법당 부처에게 하는 절이 연습이라면 펄펄 살아 숨 쉬는 부처에게 하는 절은 실전이다.

"살기 위해서 실천하는 거 아닙니까? 사람은 저마다 지닌 기술이나 여러 가지 재능을 서로 나눠야 합니다. 사람과 사람이 서로 힘을 합하지 못하고 서로 믿지 못해 등 돌리면 살아남을 수가 없어요. 엄청난 위기가 나타나 상처를 입습니다. 그 상처는 몸 놀리고 손발 놀려서 우리 삶터를 더 건강하고 넉넉하게 만들어야 나아요."

이오덕 선생님은 "사람만 아니라면 이 지구별이
얼마나 평화로울까." 그렇게 말씀하셨어요.
저도 사람으론 다시 태어나지 않겠다는
생각을 하고 있어요. 워낙 여자를 좋아하니까
다시 태어나면 암수동체인 지렁이로 태어날
생각이에요. 멋지잖아요. 지렁이 목도리가.
그 이야기를 했더니 어떤 이가 "그러면 우리
밭에 와서 살라. 열심히 오물을 뒤집어씌울
테니까." 그래요.

## 죽어서
## 흙을 살리는
## 지렁이가 되고 싶어

"수장, 수장 해서 뭔가 했더니 재를 나무 둘레에다 뿌리는 것을 수장(樹葬)이라 부르더군요. 저는 생선도 좋아하고 회도 잘 먹으니까 진짜 수장(水葬)되고 싶어요. 그래서 누군가한테 일렀어요. '나 죽으면 발에다 무거운 돌 달아 가지고 발가벗긴 채로 물속에 가라앉혀라. 그러면 온갖 물고기들이 잔치를 벌이지 않겠냐.' 그런데 가만히 보니까 그걸 실천할 만큼 간뎅이가 단단한 이가 둘레에 아무도 없어요. 그래서 죽을 때쯤 되면 먼 산에 들어가서 벼랑에서 뛰어내리는 수밖에 없겠구나 하는 생각을 해요."

법정 스님도 살 만큼 살다가 코끼리처럼 산속에 들어가서 흔적 남기지 않고 사라지고 싶다는 말씀을 가끔 하셨다. 입적하기 전에 제주도에 가 계신 적이 있었는데, 그때 둘레 사람들이 조심스럽게 스님이 배를 타시겠다고 하면 못 타게 하자는 이야기를 나눈 적이 있다.

"이오덕 선생님은 '사람만 아니라면 이 지구별이 얼마나 평화로울까.' 그렇게 말씀하셨어요. 저도 사람으론 다시 태어나지 않겠다는 생각을 하고 있어요. 워낙 여자를 좋아하니까 다시 태어나면 암수동체인 지렁이로 태어날 생각이에요. 멋지잖아요. 지렁이 목도리가. 그 이야기를 했더니 어떤 이가 '그러면 우리 밭에 와서 살라. 열심히 오물을 뒤집어씌울 테니까.' 그래요."

땅을 짓밟고 하늘로 날아오르는 용이 되기보다는 땅을 되갈아 흙을 지키고 살리는 지렁이가 되고 싶단 말씀이다.

## 생명을 길러 내는 보리가 되길 꿈꾸며

법정 스님이 류시화 씨 편에 앞으로 당신 책을 도서출판 보리에서 펴내면 어떻겠느냐는 뜻을 넌지시 알렸다. 선생은 그 문제를 공익위원 회의에 부쳤다. 보리 살림을 이끄는 공익위원이 모두 일곱 사람이다. 중요한 경영 사안을 나눌 때도 격의 없이 우르르 모여서 결정을 내리기에, 공익위원 회의를 '우르르 시스템'이라고 부른단다. 그때 이야기를 20년이 넘게 보리와 함께한 우르르 위원인 김용란, 유문숙 님에게 듣는다.

"그땐 노동자들이 꾸미는 잡지 《작은 책》을 만드는 일과 세밀화 사업, 그리고 이오덕 선생님 제자들이 아이들과 교육 현장에서 실천해서 맺은 열매들을 모아 책으로 엮는 일을 하다 보니 다른 데 눈 돌릴 겨를이 없었어요. 그래서 '잘할 수 있는 데 힘을 쏟자!'고 마음을 모으고, '우린 살 만하니까 우리보다 더 어려운 곳에 주면 좋겠다.'며 사양했어요."

세상을 향한 보리 정신을 헤아려 당신 책으로 엮인 인연이 더 아름답게 나뉘길 바랐던 스님 제안에 걸맞은 곱다란 화답이다. 도움말을 해 준 우르르 위원 두 사람은 집이 없다. "저희들은 아무리 돈을 많이 벌더라도 일반 노동자 월급보다 더 많이 가져가지 말자고 결의했어요. 사회를 위해 몸 바쳐야 한다는 사명 의식이 있었지요." 법정 스님 말씀대로 맑은 가난이다.

세상에서 가장 먼 거리가 머리부터 가슴까지라는데, 윤구병 선생이 만들고 이끄는 도서출판 보리는

"나무 한 그루 베어 낼 만한 가치 있는 책을 만들자."

"다른 출판사와 경쟁하지 말고 출판 빈 고리를 채우자."

"수익이 나면 다시 책과 교육에 되돌리자."

는 정신 바탕에서 1988년 9월에 도서 기획실로 출발해 1991년 교육 출판사로 전환했다. 외국 책을 번역해 펴내거나 글쓴이들을 섭외하기보다 어린이들에게 꼭 필요하다고 여기는 책을 스스로 만들어 펴내면서 뿌리내렸다.

5년 뒤 주식회사로 전환하면서 모든 주식 가운데 51퍼센트를 세상을 위한 공익주식으로 하고, 나머지는 함께 회사를 일군 공익위원들과 나눴다. 그러나 공익위원들은 자신들이 가진 주식을 모두 도로 내놓아 공익주식 비율이 98퍼센트이다. 나머지 2퍼센트 주식은 대표성 때문에 윤구병 선생이 가지고 있다. 한 발 한 발 조심스럽게 펼친 공익사업을 보

"나무 한 그루 베어 낼 만한
가치 있는 책을 만들자."
"다른 출판사와 경쟁하지 말고
출판 빈 고리를 채우자."
"수익이 나면 다시
책과 교육에 되돌리자."

리 식구들은 '보리 둘레'라 부른다. 보리 둘레에는 들살림, 갯살림, 산살림이 어우러지는 지역사회와 자연이 스승이 되는 교육공동체인 변산공동체학교, 목숨을 살리는 뜻으로 보면 농사와 의료가 둘이 아니고 좋은 먹을거리와 좋은 약이 한가지라는 생각으로 문을 연 민족의학연구원과 그곳에서 운영하는 문턱 없는 밥집과 기분 좋은 가게, 일하는 사람들이 세상을 바꾸는 이야기를 담은 월간지 《작은 책》이 있다.

변산공동체학교는 윤구병 선생이 1995년 대학 교수를 그만두고 앞으로 농촌공동체가 무너지고 먹을거리를 온통 수입물에 기대는 일이 벌어질 때를 대비해 스스로 먹고살 수 있는 방법을 몸에 익히게 하자는 뜻에서 일군 공동체이다. 제초제, 농약, 화학비료는 물론 비닐도 쓰지 않고 기계도 되도록 쓰지 않으면서 손발을 놀리고 몸을 놀려 농사를 짓는다. 또한 삶터와 일터가 곧 배움터이며, 자연과 부모를 포함한 마을 어른이 스승이라는 정신으로 꾸려 나간다. 이곳에는 가정을 꾸리고 사는 가구와 독립가구 식구들 그리고 유학 온 마흔 명이 넘는 학생들이 어우렁더우렁 살아간다. 학생들 숙식과 교육비는 무료다.

민족의학연구원은 우리 겨레 건강한 삶을 목적으로 만든 비영리법인이다. 목숨을 살리는 뜻으로 보면 농사와 의료가 하나라는 생각으로 『고루 먹고 병 고치기』, 『약 안 쓰고 병 고치기』, 『손 주물러 병 고치기』, 『발 주물러 병 고치기』 같은 약손문고 시리즈를 펴냈다.

『동의보감』에는 1,000종이 넘는 약재가 나오는데, 오늘날에 암을 일으키는 요소가 있다고 밝혀진 약재도 있고 이제는 구할 수 없는 약재도 있다. 그런 것들을 빼더라도 600종이나 되는데 민족의학연구원에서는 『동의보감』에 실린 우리 땅에서 나오는 약재들을 모두 찾아 세밀화로 그리고, 『본초강목』을 비롯한 아시아 여러 의학 고전 원문과 번역을 함께 실어 1,000쪽에 달하는 『동의본초도감』 시리즈를 발간하겠다는 커다란 계획을 세워 20년을 내다보고 30권을 출간하려고 한다. 도서출판 보리에서 4만 개가 넘는 낱말과 2,400점이 넘는 세밀화를 넣은 『보리국어사전』을 출간하는 데 7년 동안 20억 원이 들었다고 하니, 이 사업을 다 마치려면 600억 원이 넘는 돈이 들어갈 것으로 보이는 대장정이다. 2013년 『동의보감』 발간 400주년에 맞춰 1권과 2권을 발간하려고 한다.

"선조 임금이 임진란을 겪으면서도 『동의보감』을 만들어 내게 해서 우리나라뿐만 아니라 중국이나 일본에서도 건강을 지키는 좋은 지침서가 됐는데, 그 뒤로 400년이 지나도록 위정자들이 거들떠보지도 않았어요. 그래서 우리라도 하자며 『의방유취』나 『향약집성방』, 『증류본초』 같은 옛 문헌이나 새로운 의료 성과, 생약 성분 추출까지 다 포함해서 세밀화로 그려 일 년에 한두 권이라도 펴내려고 준비하고 있어요."

2009년 7월, 우리나라 자료로는 일곱 번째로 유네스코 세계기록유

산에 오른 『동의보감』은 일본이나 중국, 유럽 사람들도 즐겨보는 책이다. 집도 사람이 살아야 생명력이 있듯이 『동의본초도감』 발간으로 우리 땅에서 나는 우리 풀이 지닌 효능이 빛을 드러내 우리나라뿐 아니라 온누리 목숨붙이 건강을 보듬게 되길 기대한다.

# 어우렁 더우렁

소리는 사이에서 터져
저마다 독특함이 어우러져
살아 있음을 노래한다.

절집에는
붙박이 소리가 넷 있는데
범종, 법고, 운판, 목어 소리이다.
이 소리들은 저마다 구실이 따로 있다.

범종은 중생, 사람을
법고는 네 발 달린 짐승을
운판은 하늘을 나는 새와 죽은 이 넋을
목어는 물고기 넋을
동서남북, 아래위로
보듬는다.

큰 돌만으론
돌담을 쌓을 수 없듯이
작은 돌멩이 하나,
가녀린 풀잎 하나,
크고 작은 목숨붙이들이
제 숨결을 내뿜으며
어우렁더우렁 누리를 이룬다.

더디더라도 함께 가야 '살림'이다.

# 둘째 마디

## 지묵

지금
그 첫 마음
잃지 마라

장흥 보림사 회주. 밥 먹을 때 머리 긴 놈이나 머리 깎은 놈이나 한 밥상에 어울려 파안대소를 하며 먹어야 밥맛이 돈다는 스님. 『금강경』 강론 법석에 초청받아 법상에 올라 주어진 시간 내내 입을 꾹 닫고 앞만 바라보다 빙긋이 웃고 내려온다. 무설(無說)! 2012년 보림사 불일암을 찾은 내게 내민 『금강경』. 펼쳐 보니 하얀 백지. 뭣 때문에 돈 들여 묶었느냐고 퇴박을 놨다.

"불일암 마루에서 기자들이 사진을 찍으면 법정 스님이 '어이, 초상권 있어 함부로 찍지마!' 그러셨는데, 말이나 행동이 모셨던 어르신을 따라가요. 이곳 당호를 불일암으로 한 까닭도 어른 스님 영향이지요. 좋은 이름이에요."

보림사 뒤 자그마한 불일암 법당에 앉자마자 카메라부터 꺼내 드는 사진작가에게 지묵 스님이 차부터 한잔하라며 던진 말씀이다.

송광사로 출가 전, 법정 스님 글을 보고 '스님들도 글을 쓰는구나.' 생각했던 지묵 스님. 송광사에서는 보름마다 삭발하고 목욕도 하고 별식으로 찰밥을 하는데, 도반 행자들과 암자에 계시는 어른들에게 찰밥을 가져다 드리면서 법정 스님을 처음 뵈었다.

## 차는 반 모금,
## 향은 첫 향기
## 물이 흐르고 꽃이 피더라

"미역국하고 찰밥은 음식 궁합이 잘 맞아요. 내가 국을 끓이는 소임을 맡았는데, 솥바닥에 기름을 바르고 물에 불린 미역을 살짝 볶았다가 끓이면 담백하면서도 구수해요. 공양을 가져다 드리면서 인사를 올렸더니 행자 생활 하는 지금 첫 마음 잃지 말고 꾸준히 정진하라고 하셨어요."

그날 지묵 스님 눈길을 끈 것은 벽에 걸린 고졸(古拙)한 추사 선생 족자였다.

| | |
|---|---|
| 고요한 선방, 차는 반 모금, 향은 첫 향기, | 靜坐處 茶半香初 |
| 어우렁더우렁 물이 흐르고 꽃이 피더라. | 妙用時 水流花開 |

불일암 다실을 수류화개실(水流花開室)이라 하고, 말년을 보냈던 강원도 토굴을 수류산방(水流山房)이라고 할 만큼 수류화개는 무소유 못지않게 스님 정취를 고스란히 드러내는 살아 있는 화두다.

"처음 뵈었을 때 눈매가 날카롭고 냉정해 보였어요. 그런데 차츰차

츰 이야기를 들을수록 도타운 인간미가 느껴졌어요. 벽장에서 속옷과 양말을 꺼내 주시는데, 지금은 물자가 흔하지만 그때는 뭐든지 모자랄 때라 설날 맞은 기분이었어요."

그 뒤 효봉 스님 추모재 날 계를 받고 나서 도반들과 불일암에 올라가 인사드렸다.

"무거운 가사 장삼을 끌고 절하러 갔는데, 다른 사람한테는 별말씀을 안 하시더니 내게 '법명이 뭐라고 했어?' 물으셔서 '지묵입니다.' 그랬더니 '종이하고 먹이 평생 안 떨어질 사람이네.' 그래서 '스님, 지필묵하고는 다릅니다.' 그랬더니 '이 사람아, 두고 봐!' 그러셨는데 참말, 종이하고 먹은 떨어지지 않네."

## "옛다. 천불이다.<br>아이고, 천불난다. 천불!"

행자 생활을 마치고 비구계를 받은 지묵 스님은 불국사 선방에 다니다 범어사 조실 지유 스님이 원효암에 계실 때 장좌불와를 하고 『달마어록』과 『선문촬요』를 배웠다.

"『선문촬요』 전 권을 공부했어요. 『달마어록』이나 웬만한 것은 책이 잘못된 곳까지 짚어 주셨어요."

공부 마치고 광주민주항쟁이 나던 해, 법정 스님에게 인사를 드리니 『서장』을 가르쳐 주겠다고 했다.

"끝을 맺지 못했어요. 광주 5월 항쟁도 있고 사회 분위기가 어수선해서. 좋은 스승들에게 공부하는 영예를 누리고 고마워요."

법정 스님은 지묵 스님한테 세 가지는 못 당하겠다고 했다.

"첫째는 수제비. 내가 일러 드린 대로 한껏 솜씨를 내 봐도 그 맛이 안 난다는 거여. 둘째는 돌담 쌓기. 조계산 돌을 주워다가 불일암 올라가는 돌계단을 쌓았는데, 구산 스님이 '다른 데는 이번 태풍에 길이 패이고 무너져 내렸는데 여기는 괜찮네.' 그러시니까 법정 스님이 '지묵 수좌가 특수 공법으로 정성껏 쌓아서 무너지지 않습니다.' 하고 받으셨어요. 셋째는 전각. 법정 스님 낙관은 석정 스님, 무용 거사, 수안 스님이 판 거에 내가 판 20여 과(顆)를 더해 백여 과가 됩니다. 글씨는 스님이 쓰고 나는 칼질만 했어요. 깎아서 보여 드리면 '조금 힘이 빠졌어. 다시.', '좋군. 균형이 잡혔어. 약간 옆으로 삐쳐서 멋있지 않아?', '날 일(日) 자는 그냥 해를 그려서 원 안에 점만 찍어 봐.' 그러셨지요. 디자인 감각이 있으셨어요. 스님은 목수 일을 잘하시고 나는 돌 일과 전각을 잘하니까 취미에 따라 일을 나눠 했어요."

길상사를 개원할 때 청학 스님이 극락전 현판 글씨를 저명한 국전 심사위원에게 받아 판각을 했다. 극(極) 자를 그대로 쓰지 않고 빠를 극

(皿) 밑에다 나무 목(木)을 붙여 쓸 만큼 서체가 독특했다.

"어르신이 아침 공양 자리에서 절에서는 기교를 부려서는 안 된다고 하면서 평범하게 하라고 이야기를 하시기에 '스님, 마음에 드는 글씨가 어디에 있습니까?' 여쭸더니, 김천 직지사 극락전 글씨가 가장 좋다는 거여. 그래서 '제가 오늘 저녁 12시 안으로 해서 가져오겠습니다.' 그랬더니 스님이 '시작!' 그러시더라고. 마침 직지사 성보박물관장이 도반이었어요. 전화를 걸어 겨울인데 탁본이 가능하냐고 물으니까, 습탁을 하면 어니까 건탁을 하면 된다고 하더라고요. 건탁을 해 놓으라고 부탁을 하고는 바로 출발했어요. 저녁 무렵에 탁본을 보여 드리면서 판각을 해 오겠다고 했더니 판각은 천천히 하라고 하셔서, '제가 하고 싶지만 손을 놓은 지 오래되어 쉽지 않을 테니까 잘하는 사람을 골라서 하겠습니다.' 하고는 해다 걸었어요. 그 뒤부터 주지나 다른 사람들에게 무슨 일을 시켰을 때 제때 해 놓지 못하면 '지묵 스님한테 가서 일하는 법 좀 배워 와.' 그러셨다네요."

나중에 안 일이지만 법정 스님과 지묵 스님 인연은 법흥 스님이 다리를 놓았다.

"'아무래도 내 상좌 지묵이가 스님을 좋아하는 것 같소. 내가 가르치지 못한 것을 스님이 좀 가르쳐 주시오.' 심각하게 그러고 가셨다는 거여. 그러면서 은사 스님 정성을 생각해서라도 공부 잘하고 필요한 것 있으면 이야기하라고 하셨어요. 법정 스님은 내가 해외여행을 할 때면 대

"스님! 제가 미국에 갈랍니다.
도가 있으면 도를 보여 주십시오.
도를 가지고 가겠습니다.
돈이 있으면 돈을 보여 주십시오.
돈을 가지고 가겠습니다."
이 말씀에 법홍 스님은
"야, 옜다. 천불이다. 아이고, 천불난다. 천불!"
하면서 천 달러를 내줬다.

개 왕복 비행기 표 끊어 주시고, 어려울 때마다 일등 후원자가 되어 주셨어요. 은사 스님은 당신이 다리를 놓고도 법정 스님하고 가까이 지내는 모습을 보면 여자들처럼 싫어해요. 나보고 늘 그래요. '법정이 글줄이나 쓸 줄 알지 아무것도 하는 게 없잖아. 나는 염불이라도 잘하지.' 법정 스님 들으라고 하는 소린지 나 들으라는 소린지는 모르겠지만."

지묵 스님이 미국에 가려고 비행기 표를 끊어 놓고 불일암에 인사드리러 올라갔더니 밥상이 두 개 차려져 있었다. "스님 누가 밥 먹으러 옵니까?" 묻는 지묵 스님에게 법정 스님은 "아니, 뭐." 우물쭈물하면서 밥이나 먹으라고 했다. 공양을 마치고 난 법정 스님, 손수 밥 한 끼 해 먹이려고 지어 놓고는 "밥을 해 놓으면 꼭 손님이 오더라."고 짐짓 딴청을 피우며, 다락에서 당신 손때 묻은 『신채호 전집』 상하권을 꺼내 주면서 "어디 가더라도 한국을 잊지 마라. 어머니가 문둥이여도 버려서는 안 되듯이, 내 나라가 아무리 썩고 잘못됐다 하더라도 잊어서는 안 된다."고 말씀했다.

법정 스님에게 인사를 올리고 큰절로 내려와 은사 법흥 스님을 찾은 지묵 스님, 짐짓 목소리를 깔면서 말했다. "스님! 제가 미국에 갈랍니다. 도가 있으면 도를 보여 주십시오. 도를 가지고 가겠습니다. 돈이 있으면 돈을 보여 주십시오. 돈을 가지고 가겠습니다." 이 말씀에 법흥 스님은 "야, 옜다. 천불이다. 아이고, 천불난다. 천불!" 하면서 천 달러를 내줬다.

불교 종단에 이렇듯 해학이 넘치고 정감 어린 사제가 또 어디 있으랴. 더구나 상좌가 다른 스님을 좋아한다고 당신이 직접 찾아가 부탁하는 일은 보통 도량으로는 어림도 없는 일이다. 그런데 지묵 스님은 이 이야기는 쓰지 말라고 했다. 혹시라도 은사 스님이 언짢아하지 않을까 싶어서였을까. 그러나 이 자리가 아니면 도타운 스승과 제자 정을 어디에 담을까 싶어 지묵 스님 당부를 어기고 말았다.

## 이제껏 지켜 온
## 정절이 아까워

어느 해 가을 감나무 잎이 곱다라니 물들 때, 지묵 스님은 법정 스님을 모시고 송광사 불사 도감을 맡고 있는 스님과 함께 기와 굽는 가마를 찾아 전남 강진으로 나들이 나갔다가 점심시간이 가까워 식당을 찾았다. 법정 스님은 손을 씻으러 나가시고 먹음직스런 남도 향토 음식이 상다리가 휘어질 만큼 그득히 차려졌다. 지묵 스님은 법정 스님 밥그릇을 뒤집어 밥 속에 볶은 고기 두어 점을 넣고 곱게 덮어 두었다.

손을 씻고 돌아온 법정 스님은 무엇이든 가리지 않고 그냥 맛있게 먹는 게 음식을 맞는 예우라면서 "자, 맛있게 들어. 약으로 알고 어서 들자구." 하며 몇 수저 맛있게 뜨다가 "아니?" 하며 밥에 든 고기를 꺼내 든다. 지묵 스님은 소리 죽여 웃었지만 도감 스님은 불호령이라도 떨어질까 봐 걱정이 되는지 고개도 들지 않고 쑤걱쑤걱 밥만 먹었다. 법정 스님이 시나브로 지묵 스님 밥 위에 고기를 얹어 놓으면서 "아까워서 못 먹겠네." 했다. 지묵 스님은 법정 스님이 정말 아까워서 고기를 못 드시겠다는 말씀으로 알았다. 한데,

"한 처녀가 있었어. 신랑을 고르다가 혼기를 놓쳤어. 나이가 서른을 훌쩍 넘었을 때인데 이번에는 마음에 드는 신랑 후보가 나타났어. 그런데 결정을 못 내리고 몇날 며칠을 고민하다가 혼자 살기로 마음을 굳혔다는구먼. 왜냐하면."

"……?"

"마음에 쏙 드는 신랑감이 나타났는데도 왜 노처녀가 결혼을 하지 않겠다고 한 줄 알아?"

지묵 스님과 도감 스님이 영문을 몰라 눈만 동그래가지고 멀뚱한 표정으로 바라보자,

"이제껏 지켜 온 정조가 아깝다나."

말씀을 마친 법정 스님은 아무 일 없다는 듯이 음식을 들었다.

미국 LA 고려사 시절, 운전은 배우고 싶은데 혼자 가긴 쑥스러웠던 법정 스님. 지묵 스님한테 돈 대 줄 테니 같이 배우자고 했다.

"면허를 내가 먼저 땄는데 만점 합격을 했어요. '스님, 저 오늘 만점 먹어서 기립박수 받았습니다.' 자랑을 했는데 그 뒤에 법정 스님도 '이 사람아 나도 오늘 만점 먹었네.' 그러시더라고. 운전은 스님이 살하

세요. 내 차에 타기만 하시면 '이 사람아 신호 봐.', '어, 속도 줄여. 좀 천천히.' 하면서 조금도 가만히 계시질 않으세요. 그래서 '스님은 마우스 드라이버입니다.' 그러면 '이 사람아, 위험하니까 그러지.' 그러시곤 했지요."

"차를 같이 타고 다니면 어른이 귀도 막 잡아당기세요. 제가 엄살부리면서 '귀 놓으세요.' 그러면 탁 밀어 버리시고. 차를 제가 몬다고 해도 스님이 하고 싶다고 하고. 운전을 즐기세요. 한번은 '추석 때 뭐하셨어요?' 하고 여쭈니까 '고속도로를 한번 달려 봤네.' 그러세요. 그래서 '아니, 다른 사람들은 다 산에 가는데 뭐하려고 고속도로에 나오셨어요?' 그랬더니 '산에 있는 사람은 물가로 가고 싶고, 도시 사람은 산으로 가고 싶잖아. 추석 날 휴게실에서 국수 한 그릇 먹었네.' 그러셔요. 콧등이 짠해서 '스님, 그러지 마시고 길상사에 계세요.' 그러니까 '내 성격 알잖아.' 그러셨는데."

## 부처님이 된 자동차

법정 스님 말씀을 따라 프랑스 파리 길상사에 간 지묵 스님. 한국과는 달리 대중교통이 발달하지 않아 차를 한 대 사 달라고 부탁드렸다. 법정 스님은 공부하는 사람이 차 있으면 안 된다고 거절하고는, 귀국할 때 드골 공항 게이트에 들어가면서 손짓을 했다. '뭘 빠뜨리셨나?' 다가가는 지묵 스님에게 법정 스님은 "가방 좀 잘 봐봐!" 했다. 뜬금없이 무슨 말씀인지 납득이 가지 않은 지묵 스님은 가방을 잃어버리지 않도록 잘 간수하라는 말씀으로 알고 무심히 흘려들었다.

지묵 스님은 그 가방을 끌고 여러 해 동안 유럽을 두루 다니고, 중국이며 인도로 여행을 하고 서울로 돌아왔다. 그러고도 한참이 지난 뒤에 시골 농가에서 텃밭을 일구어 선농일치를 실천하며 아란야 선원을 할 때, 낡은 여행 가방을 버리려다 앞에 붙은 바스켓을 탈탈 터는데 봉투가 하나 툭 떨어졌다. 봉투 안에서 차를 사서 조심해서 타고 다니라는 당부 말씀과 함께 수표가 나왔다.

"이 부처님이 어르신이 시주한 불상이에요. '아, 한번 가 봐야겠네. 부처님 모셨다는데. 보림사 한번 가 봐야지.' 그러시면서 건강이 좋아지면 와 보겠다고 하시더니 그게 마지막이었어요. 불교에는 죽음이 없어요, 열반이지. 과거, 현재, 미래가 한 다발인데 스님은 다음, 미래 생으로, 단지 다른 세계로 옮겨 가셨을 뿐이지요. 자동차 사라고 넣어 두신 돈으로 부처님을 모시고 복장에다 그 '연기(緣起)'를 써 놨어요. 어르신이 자동차 산다고 그러니까 꾸짖기만 하더니 떠나면서 가방에다가 봉투를 넣어 놓고 가셨는데, 가방을 버리려다가 보니까 큰돈이 나와서 부처님을 모시노라고."

지금 보림사 불일암에 앉아 계시는 부처님 이야기다. 짐을 등에 지거나 머리에 이고 다니다가 수레에 싣고 타고 가니 편했을 사람들이, 삶 속에 부처님 법을 받아들여 편리하고 행복해지려는 소망을 담아 '법륜'이라 했다던가. 자동차가 부처님으로 나투어 법륜을 굴린다.

## 집 그만 짓고 사람을 길러야

"어르신이 불일암으로 부르셔서 길상사 주지를 하라고 하셨을 때도 싫다고 했듯이, 송광사에서 내 나이에 주지를 하지 않은 사람이 없을 만큼 주지를 하기 싫어했어요. 그래서 주지 자리가 비면 늘 나한테 먼저 물어요."

버티다가 문중 어른 등살에 떠밀려 보림사 주지를 맡은 지묵 스님은 보림결사를 선언한다.

첫째, 염불을 비롯한 모든 의식을 한글로 한다.

둘째, 음력 불교를 내려놓고 양력 불교를 한다.

셋째, 집 짓는 불사는 하지 않고 교육 불사를 하겠다.

"한문 불교를 버리고, 일요일마다 법회를 하고, 지장재일, 관음재일

따위를 하지 않았어요. 그리고 불사 방향을 집 짓는 데서 교육으로 돌렸어요."

그렇게 세운 장흥불교대학. 3년을 마치고 졸업한 서른일곱 사람은 염불을 다 외우고 시식(施食)을 진행할 만큼 불교 의식에 능하다.

"스님은 나 혼자지만 신도들이 종을 치고 예불도 하곤 해서 어려움이 없어요. 한번은 나갔다 들어오니까, 재(齋)가 들어와서 자기들끼리 장을 봐다가 천도재를 지냈대요. 의식은 꼭 스님들이 해야 한다는 생각은 부처님이 부정했던 카스트 제도에서 바라문들이 하던 낡은 관습이에요."

법정 스님도 중국 사례를 들면서 출가 불자는 수행에 더욱 전념하고 시다림을 비롯한 의식을 재가 불자들이 이끌어야 한다고 말씀했다.

"중국 조주 스님 절에 가니까. 펼침막이 걸렸더군요. 어떤 보살님이 법문한다고. 해인사나 송광사, 통도사에서 거사님이 법문하는 모습을 상상이나 할 수 있어요? 더구나 보살님은."

지묵 스님은 여성 불자가 포교사가 되자 바로 상당법어(上堂法語)를 시켰다.

"시켜야 해요. 해인사나 운문사에서 강원을 졸업할 때가 되면 법문 연습을 합니다. 신도들도 시켜야 해요. 법제자, 법통 호적에 효봉 스님이

78대예요. 우리 스승들이 79대고, 내가 80대예요. 그래서 장흥불교대학 앨범에 석문 제81대 손이라고 해 놨어요. 손이니까 법문을 해야지. 4박 5일 단기 출가도 여름에 한 번씩 했어요. 그 사람들이 신심이 두텁고 실제로 자원봉사 많이 하고 열성이 대단해요. 절 살림을 돕는 종무소 보살이나 공양간에서 일하는 분들이 모두 단기 출가를 한 사람들이에요. 원하는 사람만 삭발을 하라고 했는데 승복을 입고 대부분 삭발을 했어요."

법정 스님도 배웠으면 반드시 갚아야 한다고 일렀다. 재가 제자들을 빚쟁이로 만들지 않으려는 지묵 스님 정신이 꽃을 피우고 열매를 맺는다.

## 자신에 충실한 삶이
## 남을 이롭게 하는 삶

부임하고 보니 빚이 9천7백만 원에다 자동차는 압류됐고, 오느니 빚쟁이, 전화를 받으면 빚 독촉이었다. 공양주와 종무소 총무 한 사람 월급 주면 수입과 지출이 똑 떨어져 셈이 나오지 않았는데, 자동차도 찾고 빚도 다 갚았다.

"날마다 머리가 지근지근 아프고 참 고민을 많이 했어요. 그런데 스님을 하다가 환속한 어떤 분이 아들딸들이 남은 생을 살 돈과 수의 마련

할 장례비를 만들어 줬다면서 몽땅 들고 왔어요. 지묵 스님이 고생을 하니 수의 입은 것으로 하겠다면서요. 염치없이 받아서 전기세야 뭐야 자잘하고 급한 불부터 먼저 껐어요. 그 고마움을 두고두고 잊지 못할 거예요."

송광사하고 군청에도 구호 요청을 했다. 부임만 시켜 놓고 자동차 운행도 못하게 하면 어쩌느냐, 다리를 풀어 줘야 일을 할 수 있지 않겠느냐고. 송광사에선 분담금을 한 해 동안 안 받겠다고 했고, 군청에서도 보림사는 장흥 얼굴이니 지원을 하겠다며 손을 잡아 줬다.

"빚도 갚아야 하고, 어찌 살까 걱정이 태산 같았는데 어찌어찌해서 그 큰돈을 다 갚았으니, 돌이켜 보면 신기해요. 부도나지 않으려고 산에 있는 나무고 돌이고 땅이고 뭐든 돈 될 만한 것이 있나 눈에 불을 켜고 겅중겅중 뛰어다녔어요. 내 입으로 이야기하려니까 눈물이 나려고 하네, 하하. 앞산 뒷산 빙 둘러서 산밖에 없는데 참 나, 빚쟁이는 와 싸코. 나중에는 배짱이 생기더라니까요. 막히고 어려움이 있으면 뚫리고 풀리기도 하겠지 하는. 1원 한 닢도 미결이 없이 다 해결해 버렸어요. 세상 일이 셈대로 되는 것이 아니더구먼요."

법정 스님을 닮아 주지를 하지 않으려고 한사코 손사래를 치던 지묵 스님. 인연 따라 가지산문 천년 고찰 보림사를 맡아 홀로 일궜다. 스님이라고는 주지밖에 없는 보림사에서 돈 걱정을 비롯해 법문하랴, 화장실

청소하랴, 회보 만들랴, 차밭 일구랴, 덖은 차 팔랴 숨 돌릴 겨를도 없건만, 불교대학장부터 강사 소임까지 지치는 줄도 모르고 해 낸 용광로 같은 지묵 스님. 보림사 주지 임기를 마치고 뒤로 물러나면 여생을 어떻게 보내려 하느냐고 물었다.

"자유롭게 살랍니다. 법정 스님이 오래 전에 '주지가 다방 마담이네.' 그러셨어요. 그 뜻을 알 것 같아요. 바빠서 미처 차 대접을 못 하면 차 한 잔도 안줬다고 하고, 만나 주지 않으면 건방지다고 하니까 바깥나들이 하다가도 누가 온다고 하면 바로 돌아와야 해요. 자유로움이 출가자 본분이고, 출가란 자기 수행도 하고 남도 이롭게 하는 자리이타행(自利利他行)인데, 자리에 충실해도 이타가 되고 이타에 충실해도 자리가 되는 것이지. 성철 스님이나 법정 스님을 보세요. 자리에 충실하셔서 더 큰 이타를 이루셨잖아. 하하"

자신에 충실한 자유로운 삶이 이타행이란 말씀에 빙긋 웃었더니 세상이 웃더라.

이
해
인

그 사람 일생이
내게 오는 건
이 순간뿐

부산 성 베네딕도 수녀회 수녀. "종이를 정리하다가 수녀님이 아까워 못 쓰고 보내 준 종이를 보고 수녀님이 생각나 되돌립니다. …… 올해 스님들이 많이 떠나는데 언젠가는 내 차례도 될 것입니다. 죽음은 지극히 자연스런 생명 현상이기 때문에 겸허히 받아들일 수 있어야 할 것 같습니다. 그날그날 헛되이 살지 않으면 좋은 삶이 될 것입니다……. 2003. 12. 26. 수류산방에서 法頂 합장"

행복하다고 말하는 동안은
나도 정말 행복한 사람이 되어
마음에 맑은 샘이 흐르고

고맙다고 말하는 동안은
고마운 마음 새로이 솟아올라
내 마음도 더욱 순해지고

아름답다고 말하는 동안은
나도 잠시 아름다운 사람이 되어
마음 한 자락이 환해지고

좋은 말이 나를 키우는 걸
나는 말하면서
다시 알지

따뜻하고 정감 어린 말씀으로 세상과 함께했던 법정 스님이 어린왕자 곁으로 가신 지 어언 두 해. 해방둥이 이해인 수녀가 곱다라니 수놓은 시 「나를 키우는 말」을 읊조리면서 "태초에 말씀이 있으셨다."는 성경 구절이 떠올랐다. 깊은 고요 끝에 나온 첫 말씀에는, 따뜻한 말로 서로 보듬어 안아 세상을 더욱 아름답고 환하게 수놓으라는 큰 뜻이 담겨 있지 않았을까. 날마다 고운 말을 쓰며 사랑하기에도 모자란 이 세상. 험한 말을 하며 헛되이 보낸 세월은 얼마나 많은지 돌아보게 된다.

## 시는 누워서 읽어야 제맛

어느 해 도예가 김기철 선생 전시회에 법정 스님이 오셨다는 말씀을 들은 이해인 수녀는 성당 다니는 엄마들과 어울려 전시회장엘 갔다. 그곳에서 보기 드문 신선한 풍경이 벌어졌다. 성당 다니는 엄마들은 스님한테 사인해 달라고 하고, 불자들은 이해인 수녀한테 사인을 부탁하는 진풍경.

"76년 2월에 제 첫 시집 『민들레의 영토』가 나왔을 무렵, 법정 스님은 이미 『영혼의 모음』과 『무소유』로 독자들에게 널리 알려져 계실 때였어요. 법정 스님 글에 매료된 동무가 불일암 주소를 적어 보내면서 『민들레의 영토』 한 톨을 스님 암자에 날려 보내지 않겠느냐고 편지를 보냈어요. 저는 스님께 편지를 드리려는 엄두를 내지 못했는데 동무 이야기를 듣고 불일암으로 편지를 드렸어요. 그런데 스님이 생각보다 빨리 답장을 주셨어요, 다정하게. 저는 스님이 쓰신 글 가운데 『영혼의 모음』에 있는 「어린왕자에게 보내는 편지」가 마음에 와 닿더라고요. 그런데 스님이 어린왕자 촌수를 이야기하면서, 시는 누워서 읽어야 제맛이라며 격려 말씀을 해 주셨어요."

수녀(修女)님
보내주신 사연과 시집(詩集) 감사히 받았습니다. 어린왕자 촌수로 따진다면 우리는 친구입니다. 밤하늘 별을 바라볼 줄 아는. 누워서 『민들레의 영토』를 몇 편 읽었어요. 詩集을 빳빳한 자세로 읽을 수야 없으니까요. 맑고 투명한 修女님 언어(言語)에 소리 없이 박수를 보내 드립니다. '영원한 사랑의 약속과 함께 시와 더불어 살겠다는 결의'에 축복이 있기를 빕니다. 나는 큰절에서 한 오 리 떨어진 암자에서 혼자 삽니다. 밥도 짓고 나무도 하고 졸기도 하면서 비교적 게으르게 지내고 있답니다. 바삐 돌아가는 세상에 대해서는 무척 미안하지만 얼마 동안은 이렇게 지내고 싶습니다. …… 요즘 내 암자 뜰에는 해질녘이면 달맞이꽃 잔치입니다. 저녁 시간은 그 애들이 문 여는 것을 지켜보면서 소일(消日)합니다.

법정 스님은 수녀님들이 아침 묵상을
할 때 무슨 죄를 그렇게 많이 지었다고
모두 고개를 앞으로 수그리느냐,
건강을 생각해서 허리는 곧추세우고
묵상을 하라면서 절제하는 삶과
수도 생활 초심자들이 가져야 할
마음가짐을 일러주었다.

## 허리는 곧추세우고 묵상을 하세요

두 분 현품대조는 법정 스님이 돈연 스님과 함께 이해인 수녀가 사는 올리베따노 성 베네딕도 수녀원을 찾아 이루어졌다.

"스님께 도넛을 드렸더니 '증거인멸 합시다.' 그러면서 드시데요. 증거인멸이란 말을 그때 처음 들었어요. 그때 스님 인기가 막 하늘을 찌를 때라 피하고 싶으셨나 봐요. 타 종교 기관에 가면 숨을 수가 있잖아요. 우리 집에 오신 김에 예비 수녀들에게 한 말씀 해 주시라고 부탁드렸어요."

법정 스님은 수녀님들이 아침 묵상을 할 때 무슨 죄를 그렇게 많이 지었다고 모두 고개를 앞으로 수그리느냐, 건강을 생각해서 허리는 곧추세우고 묵상을 하라면서 절제하는 삶과 수도 생활 초심자들이 가져야 할 마음가짐을 일러주었다.

"스님과 광안리 바다를 거닐었어요. 그때는 바다가 한적했거든요. 스님은 '내내 산만 바라보며 살면 국 없는 밥을 먹는 느낌인데, 이렇게 바다에 와 보니 밥그릇 옆에 국그릇도 있는 것 같아 좋다.'고 하셨어요."

수녀원 아침 기도에 동참한 법정 스님은 '여러분이 빚을 져서는 안 되겠지만 사랑해야 할 빚만은 남아 있다.'는 로마서 13장 8절에 나오는 바오로 편지 구절이 너무 좋다고 베껴 쓰기도 했다. 스님은 이해인 수녀에게 여행용 성물(십자가)을 구해 달라고 부탁하기도 하고, 바다 생각이 난다면서 천주교 분도출판사 시청각실에서 나온 〈갈매기의 꿈〉이란 영화 주제음악 테이프를 구해 달라고도 했다.

"산에서 우표 구하기가 어렵잖아요. 그래선지 새로 나온 예쁜 우표를 구해서 보내 드리면 아주 좋아하셨어요. 또 스님 부탁으로 『이름 없는 순례자』란 책을 구해서 보내 드렸더니, 스님이 '내 지령에 즉각 응답해 주신 수녀님께 감사드린다.'는 편지를 주셨어요. 스님하고 서른 해 남짓 우정을 쌓았다 해도 만나 뵌 적은 열 번이나 될까요? 가끔 편지나 주고받는 인연이었어요."

이해인 수녀가 지원자 담당을 할 때 보살피는 예비 수녀들이 법정 스님을 좋아한다고 했다. 그 말을 들은 이해인 수녀는 스님한테 하고 싶은 말 한마디씩 쓰라고 해서 스님에게 보냈다. "스님이 아홉 자매들 이름을 하나하나 부르면서 자상하게 공동 답장을 보내셨어요."

아홉 자매님 고마운 편지에 대한 회신(回信)을 뒤늦게 씁니다.
말째 베로니카: 어제 큰절에서 수련하는 학생들이 사십여 명 우리 불일(佛日)에 올라왔기로, 일렬(一列) 횡대로 세워 놓고 거꾸로 보기를 시켰습니다. 그 모습 또한 볼만해요. 방문객들에게 노래를 시키는 게 요즘 내 취미랍니다. ……
여섯 째 류 글라라: 요즘은 소위 일조량(日照量)이 적어 잘 마르지 않

은 빨래를 말려야 합니다. 땀 흘리지 않더라도 내의(內衣)는 자주 갈아입는 게 내 성미입니다. 베개가 높으면 안 좋대요. 고침 단명야(高枕短命也)라. ……

아가다: 그래요. 진정한 친구는 말이 소용없지요. 수도자는 말을 할 때 세 번쯤 생각해야 한다는 가르침이 있습니다. 내가 지금 하려고 하는 말이 나한테도 이롭고 듣는 쪽에도 이로운 말일까? 서로가 이로운 말이라면 하고, 이롭지 않은 말이라면 삼켜 버려야 합니다. 꿀꺽. 수도자가 말이 많은 것은 속이 그만큼 비었다는 증거입니다. ……

셋째 아셀라: 올 여름 이 지루한 장마는 비님을 좋아한다는 아셀라를 위해 있는 것 같군요. 그런데 농사가 안 되어 큰일입니다. 가난한 나라에서 흉년이 들면 어쩌지요? 풍년이 들어 모두가 넉넉하게 살아지이다 하고 기도를 드려야겠습니다. ……

큰언니 히야친타: 성급해서 하루 전날 왔다구요? 그래요. 집을 떠나려고 결심이 되면, 누가 어디서 기다리는 것도 아닌데 마음이 조급해지는 게 모든 출가(出家) 수도자 심경일 것입니다. 마아가린 통에 바이올렛을 심듯이, 정성을 다해 수도 생활에 한결같이 정진한다면, 하루하루가 새로운 날이 될 것입니다.

8월 말쯤 우리는 현품대조를 하게 될 것입니다. 다들 즐겁게 살아야 합니다.

1980. 8. 15. 빗날 불일암(佛日庵)에서 합장

## 혼자 아픈 게 아니라
## 친분 농도만큼 함께 아프다

"스님은 제게 새 이름 가운데 뻐꾸기 이름밖에 아는 게 뭐가 있느냐면서 놀리기도 하셨어요. 또 대학원엘 갔을 때 비교종교학을 공부하는 것도 괜찮다든지 터닝포인트마다 조언을 아끼지 않으셨어요. 지원자 담당을 할 때는 '어린 나무는 뿌리를 잘 내려야 되니까 기초를 잘 잡아 줘야 한다.'고도 하시고. 제게 야단도 치셨어요. 글씨 못 쓴다고. 편지를 두세 번 되풀이해서 읽어야 겨우 문맥을 알아볼 수 있다고. 제게 가끔 후원금을 홍콩 돈으로 보내는 엄마가 있었는데, 보내온 돈을 착착 접어서 스님 뵙고 맑고 향기롭게 후원금이라고 드리면 스님은 '또 러브레터 주는 거야?'라고 말씀하곤 하셨어요. 제가 환속한 친구 때문에 힘들어하면, 달래 주는 편지를 주시고.

한번은 유명세 때문에 하도 힘들어 가지고 스님께 여쭈려고 광주에서 베토벤음악감상실을 하는 정옥 보살님이랑 불일암을 찾았어요. 그때 스님이 밭에 가셔서 손수 농사지은 케일을 따다가 갈아 주셨어요. 너무 써서 얼굴을 찡그렸더니 '대접을 하면 웃으면서 마셔야지, 소크라테스가 독약 마시는 표정을 하고 있다.'고……."

"스님은 명동성당에서 강연을 하시고, 길상사에서 열린음악회를 하면 추기경님과 제가 초대받고, '맑고 향기롭게' 모임 10주년 때 기념 축시(祝詩)를 제가 썼어요. 저는 스님을 찾아가면 '공양 주세요.' 했고, 스님이 제게 오시면 '성찬을 들자.'며 서로 상대 종교 용어를 썼어요."

"글이 원래 그 사람 자체라는데, 스님 글은 따뜻하고 사람을 향하면서도 문체는 무르지 않고 깔끔하기 그지없어 스님 성격을 그대로 드러내더군요. 제가 시인이니까 시인 언어로 표현하면 스님 글은 '눈 쌓인 산기슭에 서 있는 소나무'입니다. 스님께서 투병하시며 '맑고 향기롭게' 회지에 쓰신 글도 아직 제 마음에 남아 맴돕니다. 사람이 아프게 되면 그 사람만 아픈 게 아니라 그를 아는 모든 사람이 친분 농도만큼 같이 앓게 된다는 내용이었어요. 평소 우리가 어렴풋이 느끼고 있는 점을 스님은 적절한 말씀과 본질을 꿰뚫는 시선으로 드러내셨어요. 그래서 많은 사람들이 스님 글을 사랑하고, 그 글과 어울리는 그 어른 성품을 사랑하지 않았을까요?"

## 무소유는
## 철저하게 공동소유

법정 스님이 아끼던 난초를 바람 쏘이려고 바깥에 놔두고 깜빡 잊고 나들이 갔다가 뒤늦게 그 일을 떠올리고 허겁지겁 돌아와 보니 뜨거운 햇살을 받은 난초 잎이 축 늘어져 있어 안타까워했던 일이 있었다. 그 뒤

사람이 아프게 되면 그 사람만 아픈 게
아니라 그를 아는 모든 사람이 친분
농도만큼 같이 앓게 된다는 내용이었어요.
평소 우리가 어렴풋이 느끼고 있는 점을
스님은 적절한 말씀과 본질을 꿰뚫는
시선으로 드러내셨어요.
그래서 많은 사람들이 스님 글을
사랑하고, 그 글과 어울리는 그 어른
성품을 사랑하지 않았을까요?

에 스님이 가까운 분에게 난초를 들려 보내고 나서 얽매임에서 벗어났다는 이야기를 글에 쓴 적이 있었는데, 언젠가 기자들이 법정 스님 마음을 묶어 둔 난초 이야기를 꺼내면서 수녀님 마음을 잡아 둔 난초는 뭐냐고 물었다.

이해인 수녀는 돈이나 모든 살림을 공동체에서 관리해 주니까 조개껍질 몇 개와 솔방울 몇 개가 당신 마음을 붙들어 맬까 다른 건 없다고 답을 했단다. 살림을 공동체에서 해 준다는 말씀 끝에 인세 쓰임새가 궁금했다. 이태 전 법정 스님이 원적에 드셨을 때 기자들이 가장 궁금해한 것 가운데 하나가 스님 인세 쓰임새이었기에.

"저는 계좌번호는 앵무새처럼 달달 외우지만 만들 때 말고는 통장을 본 적이 없어요. 그저 한 해를 마감할 때 그동안 들어온 인세가 얼마나 되는지 경리과에 뽑아 달라고 부탁해요. 출판사에 고맙다는 인사는 해야 하니까요. 저도 사람이기에 궁금할 때도 있어요. 그러나 얼마가 들어왔는지 보게 되면 다른 맘이 생길 수도 있고, 또 옛날엔 이만큼 벌었는데 하는 마음이 들 수도 있고 해서 보자는 말을 하지 않아요. 이곳에 들어올 때 청빈서원을 하고 모두 공동소유이기 때문에, 제게 도움을 청하는 이웃이 있으면 수녀원에다 '좀 도와주십시오.' 올려서 수녀원 이름으로 돕지 제 이름으로 하는 일은 없었고 앞으로도 없을 거예요."

무소유는 철저하게 공동소유를 가리킨다.

## 제가 암에 걸린 게
## 위로가 된대요

몇 시간을 이야기 나누다 보니 '내가 지금 암을 앓고 있는 분을 만나는 게 맞아?' 싶게 이해인 수녀는 한마디로 '씩씩 명랑' 모드다. 까닭이 뭘까?

"제가 밖에 살았으면 한 가정을 일궜겠지요. 그런데 수도 생활을 하면서 가정을 꾸렸으면 갖지 못했을 많은 벗과 이웃을 다 친척처럼 여기게 되었어요. 게다가 병을 앓다 보니까 순간순간이 너무나 소중해요. '어? 내가 살아서 움직이네.' 언젠가는 다 내려놓고 떠날 텐데 하는 생각을 하면, 용서 못 할 일이 없고 마음이 넓어지는 것 같아요. 놀랐어요. 아픔을 요리하고 받아들이는 제 방법에. 울고 짜고 힘들어할 줄 알았는데 외려 기쁜 거야. 이런 저를 보면서 '나 참 괜찮네.' 하며 빙긋 웃어요. 아픔 가운데 진주를 발견한 이 기쁨. 아픔을 겪지 않았으면 몰랐을……."

이해인 수녀를 따르는 암 환자들은 "수녀님 같은 분도 암에 걸리니까 내가 암에 걸린 게 죄는 아니구나." 또는 "수술을 앞두고 걱정이 되는데 수녀님을 생각하면서 힘을 얻는다. 나도 수녀님처럼 암하고 동무가 되어 동행할 수 있도록 도와 달라."면서 이해인 수녀도 암에 걸렸다는 사실만으로도 위로가 된다는 편지를 보낸다.

"'내 아픔조차도 사람들에게 위안이 될 수 있다니 이 얼마나 기쁜 일이야? 선물이네.' 그러다 보니 푸념하고 한탄할 시간이 별로 없더라고요. 아픈 사람들이 친밀감을 느낀다니까 괜히 벙글벙글 웃게 돼요. 아픈 사람이 전보다 더 밝다고들 하죠."

그렇기에 이해인 수녀가 머물면서 시를 쓰고 글을 다듬는 글터이자 작은 문학관인 서재는 암 환자들에게나 그밖에 다른 이들에게 위안과 기쁨을 주는 '마법의 성'이자 '아낌없이 주는 나무'다. 모든 걸 다 이룰 수 있고 '씩씩 명랑'한 꿈이 샘솟는 곳이기에.

## 그 사람 일생이 내게 오는 건 이 순간뿐

"암 환자들이 대개 침울해요. 언제 또 병이 도질까 걱정을 하지 않을 수가 없으니까요. 우리 수녀원에도 암 환자가 늘어 가요. 안 되겠네 싶어서 아픈 사람 다 모이게 해서는, 아픔을 상징하는 가시 달린 '찔레꽃'이라는 모임을 만들었어요. '암 환자 수녀님들 모이세요.' 하기보다 '찔레꽃들 모이세요.' 하면 듣기도 좋잖아요. 언론에 암 정보가 나오면 같이 나누기도 하고, 가끔 뭐 먹고 싶으냐고 물어서 나눠 먹기도 하고. 얼떨결에 제가 '찔레꽃' 대표이사가 됐어요. 왕언니."

정현종 시인이 「방문객」이란 시에서
사람이 오는 일은 과거와 현재와 미래를
아우르는 한 사람 일생이 온다고 했듯이
그 사람 일생이 내게 오는 건
이 순간뿐인데 놓치고 후회 말고
잘해 드리자, 그렇게 마음먹었어요.

이해인 수녀는 새로 암 환자가 생기면 러브레터를 써서 보내고 명랑 투병을 한다. 다 나은 사람은 함박꽃이라고 부르면서 기꺼운 마음으로 강퇴시킨다. 지지난해, 간암으로 투병하던 찔레꽃 한 송이가 떨어졌다. 꼬박 한 해를 앓다가 돌아갔는데, 발병하자마자 '수녀님, 저도 찔레꽃 학교에 입학했습니다. 잘 부탁합니다.' 이랬단다.

"그렇게 찔레꽃 학교에서 졸업한 그 수녀님은 비록 암에 걸려서 내일 당장 병원에 실려 가더라도 아직은 웃을 수 있으니 고맙다며 즐겁고 기꺼워했어요. 처음엔 재미 삼아 찔레꽃 모임을 만들었는데 너무 좋아요. 제가 기억력이 좋아요. 누가 지나가는 말로 뭐 하나 있었으면 좋겠는데 하면 기억해 뒀다가 '수녀님, 이거 갖고 싶다 그랬지?' 하고 주면 '아니, 수녀님한테 부탁드리지도 않았는데 어떻게?' 하면서 눈이 동그래져요. '바람결이 전해 주던데.' 그러면서 줘요. 큰일은 못해도 매개 노릇을 잘해요. 기쁨 발견 연구회."

그야말로 타고난 사랑 메신저. 기쁨 발견 연구회장이다.

"예기치 않게 불쑥불쑥 찾아오는 사람도 그전 같으면 냉정하게 맞았을 텐데, 요새는 이게 마지막 만남이 될 수도 있는데 싶어서 선뜻 맞아들여요. 정현종 시인이 「방문객」이란 시에서 사람이 오는 일은 과거와 현재와 미래를 아우르는 한 사람 일생이 온다고 했듯이 그 사람 일생이 내게 오는 건 이 순간뿐인데 놓치고 후회 말고 잘해 드리자, 그렇게 마음먹었어요. 어느 때는 몸이 고달프기도 하지만 테레사 수녀님 말씀처럼 '할 수 있는 만큼만 최선을 다하지 뭐.' 이러면서 '이 일이 성당에서 올리는 기도 못지않게 주님께 찬미 영광 드리는 일이다. 사람들이 날 만나면 기쁘다니까 보여 줄 수 있을 때 기꺼이 보여 드리지.' 하는 마음이에요."

이해인 수녀 기도는 날줄과 씨줄이 어우러지는 살갑고 도타운 정(情)이자 그리움이고 애틋함이다.

임의진

불교도다운
그리스도인으로
살아가기

선무당으로 사는 떠돌이별 목사. 다운증후군 환자였던 형이 안타까워 열일곱 살까지 '침묵'했던 소년은, 고등학교 시절 장래 희망을 '사람'이라고 적었다가 실컷 두들겨 맞았다. 어찌어찌 신학대학을 마치고 너무도 가난해서 교회조차 다닐 수 없는 마을에 내려가 별만 좋은 마을을 '참꽃 피는 마을'이라고 부르고, 언덕배기 별만 좋은 교회를 '남녘교회'라 이름 짓고 목회하던 목자.

"제 가슴은 예수처럼 뜨거운데, 머리는 마르크스처럼 서늘해요. 청년 시절엔 빨갱이란 소릴 들으며 보냈지요. 어떤 동물이 빨간 빛깔을 처음 알아보고 가장 귀하고 영양가 있는 열매를 먹게 된 순간 사람이란 존재가 되었다고 해요. 홋! 빨갱이가 좋은 건데……."

강진 남녘교회에서 10년 동안 개신교에서 보기 드문 급진주의 목회를 하다가, 담양 병풍산 자락에다 흙집을 짓고 안데스 고구마라는 야콘이나 고구마 농사를 지으며 그림 그리고 노래도 하며 어깨춤 추는 선무당 임의진 목사. 혼자 살기에 집안일이 적지 않다. "집에 있으면 하루가 언제 가는지 모르게 흘러가요. 팅가팅가 놀다가 산밭도 일구고…… 장작도 패야 하고 개들도 돌봐야 하고. 빨래하지, 밥하지."

## 참된 삶은
## 자기답게 사는 삶

예수가 누군가, 나는 누군가, 어떻게 살까 고민을 하다 '예수를 닮아 가고 부처를 닮는 삶은 의미 없는 삶이고 우상숭배가 아닌가. 참삶이란 임의진으로 사는 삶'이라는 깨달음이 왔다. "목사였다가 떠돌이별이 되어 이것저것 다 해요. 글 쓰고 그림도 그리고 노래도 하고." 가무에 능한 신바람 목사 '어깨춤 임의진'은 신선이 돌아오는 회선재(回仙齋)에서 산다.

"선무당, 난 진짜가 아니다. 나를 좋아하지 마라. 나를 버려라. 이름 없음이 주는 즐거움, 묻히는 삶, 비껴 서는 삶이 귀하게 느껴져요. 주목받지 않음이 종교인으로 사는 삶인데, 스타 목사가 아닌 거름 목사, 꽃이기보다는 거름이 되는 삶이 얼마나 귀해요. 법정 스님은 세상에 벽이 아닌 문을 만드는 삶을 가르쳐 주신 거름 같은 분이세요. 예전 선비들이 시서가무(詩書歌舞)에 능통하듯이, 밖으로 향하려는 마음을 막고 안으로 깊어지는 길을 찾아가다 보니 예술인이 되어 가요. 연민으로 경직된 세상과 불평등을 해체하고 해소시키는 일이 사제가 할 일이거든요."

임의진 목사는 무등산 증심사 일철 스님과 무등산 개발을 막는 일로 만나 의기투합, 함께 투쟁하면서 불교, 기독교, 천주교, 원불교 4개 종단

사람들이 뜻을 모아 만든 '무등산 풍경소리' 음악회를 처음 주도했다. 유수한 가수들이 노래하고 환경운동가들이 환경 이야기를 하는 음악회로 100회를 훌쩍 넘긴 소중한 광주 문화 자산이다.

"일철 스님과는 띠동갑인데 제가 동생이에요. 얼마나 좋았으면 산책을 할 때도 남자 둘이 손잡고 다녔겠어요. 그랬는데 무등산 풍경소리 음악회를 시작하고 얼마 되지 않은 2003년 암으로 갑자기 입적하셨어요."

임의진 목사는 해남 미황사 금강 스님과도 서로 교회 종과 범종을 달아 주는 인연을 맺은 길동무 사이다.

"해남 미황사는 세운 지 천 년이 넘었더라고요. 본사(本寺)로 모셨지요. 범종 불사를 한다고 해서 남녘교회 성령강림절 헌금 23만 원인가를 지극한 마음으로 보탰어요. 그랬더니 미황사에서 엄청나게 비싼 교회 종을 달아 주셨어요. 장사 잘한 거지요. 타종식 날 스님에게 먼저 종을 치라고 하니까 할머니들이 막아서요. 교회 종인데 목사님이 먼저 쳐야 한다고. 그래서 스님들은 다 동방박사님이신데 박사님이 먼저 치셔야지 어떻게 목사가 먼저 치느냐고 그랬어요. '그럼 박사님이 먼저 치셔야지.' 그래요. 아름다운 풍경이었어요. 그런데 그 일로 교단 소환 명령이 떨어지고 《한겨레》에 기사가 나가면서 광신자들이 날 죽이겠다는 전화도 오고 난리도 아녔어요."

이름 없음이 주는 즐거움, 묻히는 삶,
비껴 서는 삶이 귀하게 느껴져요.
주목받지 않음이 종교인으로 사는 삶인데,
스타 목사가 아닌 거름 목사, 꽃이기보다는
거름이 되는 삶이 얼마나 귀해요.
법정 스님은 세상에 벽이 아닌 문을 만드는
삶을 가르쳐 주신 거름 같은 분이세요.

## 모든 게
## 무반주 첼로

법정 스님은 임의진 목사가 목회하던 남녘 강진에 가끔 다녀가셨다. 백련이 지닌 깊은 기품을 좋아하셨던 스님은 강진군 성전면 조그만 금당연못에 핀 눈부시도록 새하얀 백련을 무척 아끼셨다. "금당연못이 우리나라 백련 원류에요. 제게는 법정 스님과 깊은 인연을 맺게 해 준 연못입니다."

류시화 시인 연락을 받고 연꽃 마중에 동참한 임의진 목사에게 법정 스님이 말을 건넸다.

"임 목사, 잘 지냈어요?"

"스님 덕분에 늘 좋은 글 잘 읽고 있습니다."

"무슨 덕분. 늙은이는 기도발이 약해."

"저는 기도는 않고 바흐는 열심히 듣고 있습니다. 스님 책에 보니까 바흐를 좋아하시더라고요."

"특히 무반주 첼로. 모든 게 무반주 첼로예요. 저 바람 소리도 그렇고 찻물 내리는 소리도 그렇지요. 단순 소박하고, 검박하고 맑아요."

법정 스님이 그리스인 조르바가 누리는 자유로움을 좋아했기에, 영혼이 자유로운 임의진 목사를 만나며 자연스레 조르바를 떠올렸다.

"법정 스님이 저한테 그러셨어요. 조르바 캐릭터라고. 권정생 선생님도 저를 아껴 주셨는데, 제게 예수에게도 묶이지 않고 어디에도 묶이지 않는 자유로움이 가장 부럽다 하셨어요. 수행자 가운데 세속에 버무려 살며 심지어는 혼인까지 하는 개신교 목사가 가장 진화된 모습이지요. 종교인이 할 일은 궁극에는 종교를 없애는 데 있어요. 차별 없는 세상을 만들려면 수행자가 평범한 자세로 세속에 깃들어, 합하고 어울리면서 사는 사람으로 진화해야 하지 않을까요?"

그래선지 임의진 목사는 남녘교회에서 10년 목회 생활을 할 때 가장 부담스러웠던 일이 가난뱅이 신자들이 내어놓는 헌금 같은 물질에 얹혀사는 문제였다고 털어놓는다.

방 한쪽에 여성 가슴에 담긴 원효대사와 체 게바라 그림이 세워져 있다.

"원효대사, 체게바라 어머니 가슴이에요. 저는 요새 어머니 가슴이 좋아요. '하나님 아벼지'란 말씀은 가부장제 구조 안에서 나온 말씀이구요. 공동번역에는 야훼로 쓰지만 요즘 가톨릭 성경이나 표준새번역은 그냥 '주님'이라고 해요. 에코페미니즘 신앙이 생겨나고 생태 여성 신학이 강화되면서 바뀌었죠. 성모신심도 그 가운데 하나로, 예수를 낳은 거룩한 어머니를 공경하는 마음 표현이지요. '하나님 어머니'죠. 천지를 만든 분이니까. 그렇기도 하고 지금은 저도 어머니가 안 계셔서 어머니 젖을 향한 갈망, 아브라함이 찾아갔던 젖과 꿀이 흐른다는 그 땅 이미지를 담아 보고 싶어서 그랬어요."

21세기 화두인 어머니 마음 살리기, '살림'에 썩 어울리는 말씀이다.

"제가 은둔 캐릭터예요. 그렇지 않으면 호방한 쪽으로 흐르기 쉽죠. 제가 텔레비전 출연 따위를 좋아했더라면 오늘 저는 없었을 테지요. 저도 철없을 때 텔레비전을 했어요. 그랬는데 법정 스님이 여성지에 모습 드러내지 말고, 얼굴 팔리려 하지 말고, 세상에 엄격하고, 임 목사답게 살라고, 그러면서도 자유를 마음껏 누릴 수 있다면서 정신 줄, 하늘 줄 놓지 말라고 이르셨어요. 그 뒤로 텔레비전 출연을 하지 않았어요. 앞으로 어떻게 될지는 모르지만 결기를 지켜 가려고 해요. 더 숨으려고 애쓰는데, 글을 쓰다 보니까 인연을 맺게 되더라고요."

혼자 누울 때
그 서늘함이
영혼을 어루만져 준다

임의진 목사는 법정 스님 삶에서 특별히 경계 없음을 배웠다고 말씀한다.

"스님이 당신 스스로를 가두셨지만, 정신을 지키고 승려로서 자리를 지키기 위함이지 경계가 없으셨어요. 어느 해인가, 성탄절 즈음에 길상사엘 갔더니 밖에다가 '아기 예수님 탄생을 축하드립니다.' 하는 펼침

막을 걸어 놨더라고요. 점심 공양 자리에서 법정 스님이 '예수 왔다고 펼침막도 붙여 줬으니 임 목사 많이 먹어.' 그러시더라고요. 마음을 여는 시작 같은 어른이세요. 스님은 저를 보면 늘 불일암 같은 교회 잘하고 있느냐고 물으셨어요. 사람들은 명동성당에 가신 스님 모습만 떠올리지만, 작은 암자 같은 남녘교회에 오신 스님도 계셔요."

임 목사는 법정 스님을 가리켜 씨앗을 던져 준 분이라고 한다.

스님이 『오두막 편지』를 펴냈을 때, 임의진 목사가 쓴 책 『참꽃 피는 마을』이 같은 출판사에서 나와 나란히 신문 광고를 했다.

"감히 제가 스님하고 한 지면에 오르는 영광을 누렸죠. 스님이 책에 사인해 주시면서 '읽을 것 없어. 임 목사 글은 펄펄 뛰는 삶이 있는데 내 글에는 삶이 없어.'라고 하셔서 몸 둘 바를 몰랐어요. 스님은 좋은 찻잔만 보면 갖고 싶다고 그러셨잖아요. '아이고 이뻐. 옛날에는 여자도 마음에 있었는데 이제는 모두 마음에 없고 찻잔에만 마음이 있네.' 그러시면서. 좋은 글을 보면 늘 '나도 저런 글을 써야 하는데……' 하는 마음이 드신대요. 저도 그런 마음이 들어요. 그럴 때마다 '내게도 이미 좋은 게 많은데……' 하면서 마음을 추스르지요."

그렇게 살아온 세월이 스스로 생각해도 잘 살았다는 생각이 든다는 임 목사. 요즘에는 러시아 정교회 은둔 수도자들 책을 곱씹으면서 숨어 사는 삶을 음미한단다.

"문패도 없어요. 우리 동네에선 그저 임 씨라고 하죠. 뿌듯해요. 이 삶이 저를 닮아 가고 예수를 닮아 가고 법정 스님을 닮아 가는 삶이 아닌가 여겨요. 한 달에 열흘은 서울 가서 음반회사 일을 보면서 조금 벌어요. 밥벌이를 해야 하니까. 법정 스님이 강원도 가는 고속도로 탈 때 과속을 해서 딱지가 날아왔다고 그러셨는데, 서울을 벗어날 때 통쾌해요, 되게. 고즈넉하고 적적한 삶이야말로 저를 더 깊게 하고, 혼자 누울 때 그 서늘함이 제 영혼을 어루만져 주죠. 제게 맞는 것 같아요. 이 삶이."

임의진 목사는 평생 잘한 일 가운데 하나가 교인들 헌금 걷어서 교회 지어 하나님을 감옥에 가두지 않은 일이란다.

"남녘교회는 있던 교회를 그냥 쓴 거예요. 사람들에게 형식이 필요하니까 공간도 필요해요. 그런 곳이 있어서 저도 그 안에서 종교 생활을 했죠. 그러나 될 수 있으면 연을 적게 맺으려고 해요. 더 좋은 친구가 있으리라 기대하고 찾기보다는 있는 친구하고 잘 지내면 되잖아요. 모자라지만 더 욕심 부리지 않고, 제자를 두지 않는 삶도 참 행복해요. 그 점에서는 법정 스님보다 훨씬 행복해요. 여행자로 혼자 걷다 가는 거니까."

제자 하나가 지옥 한 칸이라는데 임 목사는 지옥을 짓지 않아 홀가분하리라.

법정 스님이 강원도 가는
고속도로 탈 때 과속을 해서
딱지가 날아왔다고 그러셨는데,
서울을 벗어날 때 통쾌해요, 되게.
고즈넉하고 적적한 삶이야말로
저를 더 깊게 하고, 혼자 누울 때
그 서늘함이 제 영혼을 어루만져 주죠.
제게 맞는 것 같아요. 이 삶이.

## 기도를 하지 않는 목사도 있어야 해요

로마국가보안법에 맞서는 삶을 살다간 예수 삶이 옳았다는 신념을 가진 제3세계 전사 임의진 목사.

"제 삶이 작은 게릴라 투쟁이에요. 저는 주류 대중음악을 소개하는 게 아니라 비주류인 제3세계 월드뮤직, 스페인 노래나 포르투갈 노래, 멀리 아프리카 노래를 골라서 들려주는 일을 해요. 요즘엔 노르웨이 노래를 편집하고 있어요. 다양성을 만들려는 투쟁이지요. 수염을 기르는 일도 다양성 투쟁 가운데 하나예요.

남녘교회에 있을 때, 돈이 없어 목사 예복을 장만하지 못해 그냥 한복을 입고 주일 설교를 했어요. 그랬더니 신문에서 민족주의자 '주사파' 목사로 둔갑하고 말았어요. 겉모습만 보고. 제 안을 들여다보면 음반이고 악기고 다 글로벌이에요. 나라 밖 게 어디 있고 고유한 우리 것이 어디 있습니까. 저는 통째 비빔밥이에요. 온 세계가 내 안에서 하나인 거죠. 우리 사회를 다양하게 만들려면 저처럼 삐딱한 목사도 하나쯤 있어야 하죠. 목사가 날마다 기도한다고들 여기는데, 심지어는 교회에 나가지 않고 대중 앞에서 큰 소리로 기도를 '하지 않는' 목사도 하나쯤 있어야 해요."

삶이, 호흡이 기도인데 달라는 기도, 구하는 기도를 하지 않아야겠다는 임의진 목사. 욕심 담은 기도는 기도가 죄라며 요즘 올리는 기도는 "그만둘게요. 포기할게요. 안 할게요."란다. 행여나 또 인연이 생길까 봐.

"법정 스님도 때에 따라 큰 욕을 해 대셨어요. 4대강이나 환경 파괴 문제를 아주 격렬하게 말씀하셨잖아요. 말년에 이상한 소리를 하는 어른도 계신데 스님은 흐트러지지 않고 제 목소리를 내셨어요. '이건 아니다!' 분노하고 결기를 세워 주신 스님. 수행자는 사회 마지노선이잖아요. 하한선을 끝까지 지켜 주셔서 너무 고마웠어요."

자유인이 되고자 출가를 한 법정 스님은 단순하고 간결한 삶 안에서 자유를 찾아, 가장 절제된 수도승으로 남았다. 절제가 없다면 자유로움은 빛을 잃는다. 우리는 예수나 석가모니 하면 평화로운 모습만 떠올리지만 그분들이야말로 세상 멱살을 잡아 뒤흔든 분들이었다.

"'우리는 이 역사에 몸을 던지자.' 운전수가 사람을 깔아뭉개고 그냥 갈 때 장례식이나 해 주는 게 아니라 미친 운전수를 끌어내리는 게 목사가 할 일이라는 본회퍼 목사가 히틀러 암살을 시도합니다. 그러다 잡혀서 형장 이슬로 사라져요. 살아 계시면 세상을 바꿀 신학자인데 그 어른 생각을 많이 하며 이 길을 걸어왔습니다."

예수나 석가모니는 문제아이며 혁명가였다. 슈바이처 박사는 예수가 죽을 줄 빤히 알면서 예루살렘에 갔다며 예수 자살론을 폈다. 사람을 십자가에 못을 박아 사나흘 처절한 근육 경련을 일으키며 죽게 만드는 고문 형벌을 고스란히 맞은 예수. 확신범이란, 신념을 가지고 하는 일에 제 모두를 거는 사람이다.

"예수님을 잡으러 왔을 때 베드로가 칼을 꺼내서 귀를 잘라요. 떨어지는 귀를 예수가 붙여 줬다고 성서에 나옵니다. 무장을 했다는 얘기죠. 예수 신앙은 공격성을 띤 대단한 혁명입니다. 비밀결사였기 때문에 뭇 사람들은 예수가 누군지를 몰라요. 가롯 유다가 볼에 키스를 해야만 저 사람이 예수구나 알 수 있었을 만큼. 언제든지 비밀경찰들에게 암살당할 위험에 노출되어 있는 목숨 건 싸움이에요. 기독교 신앙은 프롤레타리아 혁명이나 러시아 볼셰비키 혁명처럼 거대 제국, 캐피털리즘을 깨뜨리는 힘이에요. 기존 가치를 늘 부정하는. '이게 교회고 이게 예수.'라고 하면 '아니다.'라고 해야 기독교 신앙이에요."

예수가 비밀결사라면 석가모니는 반역자다. 왕위 계승자가 왕권을 버리고 밑바닥으로 내려간 자체가 이미 반역. '저 사람이 나가서 군사를 모아 쳐들어올 수도 있지 않을까?' 사람들이 의심을 거두지 않았기에 석가모니는 얻어먹으면서 철저히 비폭력으로 살았다. 제자들이 전법을 떠날 때 혼자서 가라고 한 건 모두 내려놨기 때문이지만 의심하는 눈초리에서 벗어나려는 뜻이 없다고는 볼 수 없다.

다 내려놓고 빌어먹는 자유로움, 텅 빈 충만으로 이뤄진 불교. 그러나 석가모니는 지금도 인도 사회에 단단히 뿌리를 박고 있는 제도를 2,600년 전 근본부터 부정하는 반항아이자 혁명가였다. 기존 가치를 부정하고 혁명을 하는 데는 동서양, 석가모니와 예수가 따로 없었다.

## 저는
## 불교도다운 그리스도인이에요

임의진 목사는 기독교 고갱이는 "이게 아냐!" 외치면서 멱살을 틀어잡고 끊임없이 더 나은 것들을 보여 줘 꿈을 꾸게 만들고, 꿈을 깨게 하고 또 꿈꾸게 하고, 자꾸 틀을 깨는 데 있다고 본다.

"법정 스님이 바로 틀을 깨는 분이셨어요. 저도 방외(方外)이지만 뿌리가 본류에 있어요. 전통을 부정하고 새로운 것만 찾는 건 절대 아닙니다. 전통을 가져오되 전통에 들러붙은 세속주의를 걷어내 오늘 어법으로 만들어야 해요. 무슨 말인지 모르고 앵무새처럼 그저 경전을 따라 되뇌는 일은 시체 운반이나 다름없죠. 스님이 남다르셨던 까닭은 무엇보다도 그 어려운 불교 경전을 누구나 알기 쉽고 따뜻한 현대말로 풀어 들려주신 일이에요."

2011년 10월 5일, 조계종단은 한글반야심경 표준을 만들어 배포하고 모든 법회에서 한글반야심경을 봉독하도록 했다.

"그렇게 되기까지 법정 스님 노력이 커요. 대중이 그걸 바라게 만드셨죠. 저도 그 대중 가운데 한 사람인데 법정 스님이 안 계셨더라면 이 아름답고 오묘한 줄기를 대중들이 가까이하지 못하고 '불교가 어려우니까 내가 해석해 준다.'는 거룩한 사람들로 넘쳐났을 거예요. 그런데 스님이 경전을 우리에게 돌려주셨어요. 『숫타니파타』나 『진리의 말씀』을 보면서 '이렇게 귀한 말씀이 없구나. 법정 스님이 불교 현대화에 가장 큰 화두를 던진 분이다.' 느꼈어요. 스님이 큰일을 하셨어요. 그렇더라도 스님을 가장 잘 모시는 일은 스님에게 묶이지 않고 살아가는 일이라고 생각해요. 법정 제자로서가 아니라 스스로 제 길을 닦아 나가는 일이 스님을 잘 모시는 길이에요. 저는 바깥 사람이 아니에요. 저도 불자라니까요. 저는 불교도다운 그리스도인이에요."

경계없이 춤을 추고 살다 보니, 그림 그리고 노래하고 시와 수필, 동화까지 손대는 자유인이 된 임의진 목사. 여러 해 전 예수 동화를 썼는데 이번엔 붓다 동화를 쓰고 있다. "이 부처님은 기적을 하지 못하는 부처님이에요. 그냥 우리 동무인데 연민이 너무 많아서 사람들 아픔을 같이 느끼려는 동무예요." 신바람 어깨춤꾼 임의진 목사는 "내 시로 내가 노래를 해야지." 하는 마음으로 독집 음반 〈멜랑콜리맨〉을 내고, 정목 스님이 주관하는 유나 방송에서 발표회도 가졌다.

돌아오는 길. 내내 박노해 시 「회향」이 머릿속을 맴돌았다.

부처가 위대한 건
버리고 떠났기 때문이 아니다
고행했기 때문이 아니다
깨달았기 때문이 아니다

부처가 부처인 것은
회향(回向) 했기 때문이다

그 모든 것을 크게 되돌려
세상을 바꿔냈기 때문이다
……

그대
오늘은 오늘의 연꽃을 보여 다오

# 금강

삶과
수행이
하나 되는 꿈

땅 끝 마을 미황사 주지. 스님이 되고 싶었던 소년이 암자에서 고등학교를 마치고 졸업식 다음날 배낭 하나 메고 찾은 해인사. 노스님 한 분이 휘적휘적 걸어가다 묻는다. "어디서 왔느냐?" "해남서 왔습니다." "그 먼 데서 여기까지 왜 왔느냐?" "행자가 되려고 왔습니다." "잘 왔다. 잘 왔어. 이번 생에는 태어났다 생각지 말고, 공부하다 죽자꾸나." 그 말씀이 수행 밑돌이 되었다는 스님.

법정 스님이 열반에 들기 하루 전 음악가 노영심 씨는 스님 병실에 눈 맞은 동백꽃과 매화를 꽂아 드렸다.

"저녁에 꽃을 보시고는 '내가 못 가니까 네가 왔구나. 예까지 올라오느라고 고생했다.'고 말씀하셨답니다. 고향에서 온 꽃이잖아요."

노영심 씨 편에 꽃을 보낸 해남 땅끝마을 미황사 금강 스님 말씀이다. 미황사를 찾은 노영심 씨에게 법정 스님이 병원에 계시다는 말을 들은 금강 스님은 바로 동백꽃을 꺾어 보내 드렸다. 그 뒤 다시 미황사를 찾은 노영심 씨가 불일암에 한 번도 가 보지 않았다는 말에 함께 불일암을 찾은 금강 스님은 마침 눈만 박혀 있는 매화 가지 하나를 발견하고 그 가지를 꺾어 노영심 씨에게 들려 보냈다.

"'스님께 불일암 매화라고 하면 왜 모질게 꺾었느냐면서 벌떡 일어나지 않으실까?' 농을 하면서 보내 드렸는데 병실에서 피었대요."

법정 스님이 보고 싶어 하신다는 연락을 받은 금강 스님, 새벽예불도 하기 전에 동백꽃과 매화 가지를 꺾어 들고 첫차를 타고 서울로 올라왔다.

"스님께 드리면서 '남도에는 꽃이 활짝 피었는데 스님도 어서 털고 일어나셔야지요.' 그랬더니 스님 눈에 눈물이 고이더라고요. 병실에서 가사 장삼을 수하고 삼배 드리고 돌아왔어요. 그게 마지막이었어요."

## 다시 만날 수 있다는 기대를 할 수 없기에

일본 큐슈박물관에서 열리는 괘불(掛佛, 부처님 모습을 그린 그림) 심포지엄에 초청을 받아 출국하려고 인천공항으로 가던 차 안에서 법정 스님이 원적에 드셨다는 소식을 들은 금강 스님은 바로 일본행을 취소하고 길상사로 달려가 참배드리고는, 이튿날 운구를 따라 송광사로 내려갔다. 다음날 다비식에서 하화(下火)하자마자 김해공항으로 가서 출국한 금강 스님.

"우리나라 괘불은 모두 '영산회상도'를 모시는데 큐슈박물관 로비에 펼쳐 있는 괘불은 높이가 12미터, 폭이 5미터나 되는 미황사 괘불보다 더 커다란 '부처님 열반도'였어요. 무성한 나무 아래 수많은 제자들과 동서남북을 외호하던 사천왕들이 두 다리를 뻗고 주저앉아 엉엉 목 놓아 울어요. 동물들까지도 그토록 서럽게 우는 도상은 처음 봤어요. 우리나라는 천에다가 부처님 탱화를 그리는데 일본은 종이에다 그렸더군요. 미황사 괘불하고 비슷한 시기에 조성되어 270년 전에 고전사란 절에 모셔졌던 괘불인데 너무 낡아서 보존 처리를 하고 나서 그 뜻을 기리려고 심포지엄을 열었어요."

커다란 괘불이 한국에는 100여 점 있고 일본에는 10여 점 있다. 그러나 대웅전 앞뜰에 괘불을 모셔 걸고 해마다 재(齋)를 올리고 행사를 하는 곳은 미황사밖에 없다. 큐슈박물관은 보수한 고전사 괘불을 한 달 동안 전시하는 행사에 미황사 괘불재 영상을 찍어다가 괘불 보수 과정을 찍은 영상과 함께 방영하면서 미황사 주지 금강 스님을 초청했다.

"석가모니 부처님 열반도를 보는 순간, 바로 전날 치른 법정 스님 다비식이 겹치면서 그야말로 무여열반, 남아 있는 것이 없는 세계로 가셨으니 더는 만날 수 없다는 상실감에 휩싸였어요. 살아 계시면 다음에 다시 만날 수 있다는 기대감이 있잖아요. 언제나 만남은 그 자체로 완성된 만남이고 그 다음 만남은 또 새로운 만남으로 순간순간 끝나는 것이지만, 열반도를 보니까 만날 수 있다는 기대가 끊겼음이 확 밀려들었어요. 단절.

언제나 만남은 그 자체로 완성된 만남이고
그 다음 만남은 또 새로운 만남으로
순간순간 끝나는 것이지만,
열반도를 보니까 만날 수 있다는
기대가 끊겼음이 확 밀려들었어요.
단절.

열반도 앞에는 아무것도 차려 있지를 않았어요. 저는 기념품 가게에서 돗자리를 빌려다 펴고 한국식으로 예불을 했어요. 간절히 혼자서. 목탁도 없이 육성으로만 '계향~정향~해탈향~' 정성껏 예불을 올렸지요. 그랬더니 노스님 한 분이 다가와 가사를 만드는 스님이라면서 명함을 하나 달라고 해요. 예불하는 모습이 감동이었다고. 그런데 그 스님이 그해 12월에 꼼꼼히 손으로 바느질한 가사와 좌복보를 지어 보냈어요. 향에 편지까지 넣어서."

금강 스님이 펼쳐 보이는 가사와 좌복보는 은은하게 향이 배어 그윽한 황금 빛깔이었다.

"일본에서는 부처님 열반재일에 괘불을 실내에다 펴 놓고 의식을 해요. 일본은 열반도를 모시기 때문에 사람들 관심이 '부처님이 어떤 말씀을 하셨을까?'에 모여 부처님 경전, 말씀을 세밀하게 분석하지 않았을까 싶어요. 그래서 일본에는 교학이 발달했어요. 우리나라에 견줘 30년은 앞섰다고 해요. 우리나라 괘불은 대부분 영산회상도이기에 우리는 자연스레 스승과 제자를 잇는 염화미소로 드러나는 선(禪)이 발달할 수밖에 없었어요."

법정 스님이 입적하셨을 때 사람들은 금강 스님에게 해남에도 분향소가 있으면 좋겠다고 이야기했다. 법정 스님 고향인데 분향소가 하나는 있어야 하지 않겠느냐면서.

"바깥에는 알리지 않고 해남 사람들을 위해 미황사에다가 분향소를 모시자고 해서 제가 일본에 있을 때 모셨어요. 언론에 모습을 드러내기를 꺼려 하던 스님을 마지막까지 보살피던 분들이, 스님 영정이 모셔져 있다는 소식을 듣고 이곳에서 사십구재를 올리고 싶다고 했어요. 저는 사십구재 때 송광사로 가려고 했는데 그분들이 오신다기에 하는 수 없이 송광사에는 하루 전날 다녀오고 여기서 사십구재를 모셨어요. 그러나 제대로 말씀드리면 스님께 공양 올리는 일일 뿐 사십구재라고 할 수는 없지요."

## 공부하다
## 죽자!

중학교 때 아버지를 여읜 열일곱 살 소년은, 보이스카우트도 같이 하고 토요일 일요일은 하이킹 다니며 신나게 놀던 친구들이 다 광주에 있는 고등학교로 가 버리고 혼자만 덩그마니 남았다. 가기 싫어하던 고등학교에 진학할 수밖에 없었기에 학교 공부에 흥미를 잃고 어영부영 한 학기를 보내고서, 2학기 초 점심시간이면 늘 교무실에 앉아 좌선을 하던 물리 선생님에게 물었다.

"선생님 뭐하세요?"

"참선."

"참선은 왜 해요?"

"참선을 하면 행복해. 그리고 뭐든지 잘할 수 있지."

"참선하면 영어도 잘할 수 있나요?"

"그럼."

문답 끝에 선생님이 건넨 책이 『육조단경』이다. 그 책을 하룻밤 새 다 읽고 일주일에 세 번이나 볼 만큼 푹 빠져 버린 소년은 선생님에게 참선을 배우려면 어떻게 해야 되느냐고 물었다. 선생님은 대흥사 지운 스님을 찾아가라고 했다.

"토요일에 바로 찾아갔어요. 스님이 지게를 지고 나오시더라고요. '이호곤 선생님이 찾아뵈라고 해서 왔습니다.' '뭐하려고?' '참선을 배우고 싶습니다.' 스님은 씨익 웃고는 뒤도 돌아보지 않고 산으로 가 버리셨어요. 스님을 쫓아 산에 올라가 나무하는 것을 도왔죠. 스님이 차려 준 저녁밥을 먹고 스님과 같이 자고서, 일요일에 내려올 때는 다음 주에 올 핑계거리를 만들려고 책꽂이에서 책을 두 권 뽑아 가지고 내려오곤 했어요. 서가에 법정 스님 책이 퍽 많았어요. 『서 있는 사람들』과 『말과 침묵』도 그때 읽었어요. 『말과 침묵』은 부처님 말씀이 생생히 살아 있는 데 끌려 몇 번을 거듭 읽었어요."

읽기 쉬운 법정 스님 책 덕분에 불교가 지닌 매력에 푹 빠졌던 소년이 바로 미황사 주지 금강 스님이다. 그렇게 한 학기를 절에 오르내리다가 겨울방학 때 집에 가지 않고 출가하겠다고 했더니, 지운 스님은 학교를 졸업하지 않으면 중이 될 수 없다고 했다. 하는 수 없이 절에 살면서 새벽에 일어나 스님 밥 차려 드리고 빨래해 가면서 도시락 싸 들고 다니며 학교를 마쳤다.

"내려가서 학교를 마치고 올라와도 되었을 텐데 그때는 내려가면 다시는 못 올 것 같은 느낌이 들어서 죽어라고 집에 가지 않았어요."

소년은 고등학교 졸업식을 한 다음날 첫차를 타고 해인사로 갔다.

"암자에 살다가 큰절에서 살 생각을 하니 마음 한편으로 걱정이 되었어요. 그러다가 절 마당에서 어깨를 활짝 펴고 당당하게 내려오는 아담한 노스님을 뵈었어요. 정중하게 합장하고 인사를 드렸더니 대뜸 물으세요. '어디서 왔느냐?' '전라도 해남에서 왔습니다.' '뭘 때문에 왔어?' '행자 생활 하러 왔습니다.' 그랬더니 제 손을 덥석 잡으시면서 '너, 정말 잘 왔다. 우리 죽을 때까지 공부하자. 이생에 태어났다 생각지 말고 공부하다 죽자.' 그러셨어요. 그 말씀에 눈물이 왈칵 쏟아졌어요."

혜암 스님이다. 금강 스님은 그 말씀이 가슴에 얼마나 깊이 새겨졌던지 공부하다 죽자던 그 말씀이 때때로 불쑥불쑥 솟아오른다고 털어놓는다.

금강 스님은 그렇게 1985년 해인사에서 정식으로 행자 생활을 다시 했다. 그리고 1986년 송광사 말사인 광주 약사암에 잠깐 살 때 구산 스님 재일에 약사암 주지 종일 스님을 따라간 송광사에서 법정 스님을 처음 뵈었다.

"법정 스님하고 종일 스님이 키도 비슷하고 생김새도 닮았어요. 법정 스님이 저쪽에 계시고 저는 종일 스님을 모시고 이쪽에 있는데 어떤 보살이 법정 스님한테 스님이 법정 스님이시냐고 물었어요. 법정 스님이 종일 스님을 가리키면서 저 스님이 법정 스님이라고 그러시고는 휘적휘적 가 버리세요. 종일 스님은 그 보살에게 저기 가는 저 스님이 법정 스님이라 하고. 저는 그냥 옆에서 웃고만 있었지요."

첫 만남은 가벼이 스치듯 지나고, 금강 스님은 1993년 한국차문화협회에서 주최하는 사범교육연수를 받으러 갔을 때 강사로 오신 법정 스님과 사제 연을 맺는다.

"스님이 반기면서 잘 챙겨 주시더라고요. 전 교육생인데도 공양을 하거나 차담을 나눌 때마다 옆자리에 앉히셨어요. 그 뒤에 보니까 법정 스님이 스님들에게 엄하고 챙겨 주지 않으시더군요. 그런데 저는 다른 데서 만나도 반가워하셨어요. 아마 차인(茶人)들과 교류하려고 애쓰는 점을 어여삐 봐 주셨나 봐요. 불교 안에만 갇혀 있기보다는 세상과 소통하려는 스님들을 잘 챙겨 주시지 않았나 싶어요."

## 법정 스님이 아껴 둔 미황사

금강 스님은 1996년 해남 옥천면에 있는 청룡리라는 마을 앞을 지나다가 어느 연꽃을 만난다. 가만 서서 살펴보니 꽃잎 끝이 눈이 시리게 파르라니 푸른빛 감도는 백련이었다.

"무안 백련은 붉은빛이 도는데 이건 끝이 파라니 탐스럽고 무척 컸어요. '야, 진짜 백련이다!' 마을 사람들에게 이곳에 백련이 핀 까닭을 물었더니, 어떤 할머니가 강진 성전 금당리라고 하는 마을에서 시집올 때 연 다섯 뿌리를 가지고 와서 집 앞 저수지에다 심었다고 했어요. 그 소리를 듣고 강진 금당리를 찾아갔어요. 금당리에 '백련당'이라고 하는 정자가 하나 있고 그 앞에 연못이 있는데 기가 막히게 좋아요."

금강 스님은 다도를 하는 광주 분들한테 청룡리 마을 소식을 알렸다.

"그 소식을 듣고 법정 스님이 서둘러 내려오셨어요. 연꽃을 보러 오신 스님에게 '이 연못 원조가 있습니다.' 말씀드리고 함께 강진 금당리 백련당엘 갔어요. 연못을 관리하는 할머니가 귀한 손님 왔다고 차 한잔 대접하겠다며 집에 가재서 따라갔더니 다방 커피를 타 주더라고요. 차를 기대하고 가셨던 법정 스님 표정이 묘해요. 그래도 정성이니까 받아 마시는데, 집 주인이 '우리 씨를 받아다가 독립기념관 연못에 심었는데 김영삼 대통령이 불교 꽃이라고 해서 다 캐냈다는 소리를 듣고 열을 받았다. 그런데 법정 스님이 「연못에 연꽃이 없더라」는 글을 《동아일보》에 기고하셔서 얼마나 시원했는지 모른다.'면서 한참 열변을 토해요. 앞에 법정 스님이 앉아 계신지도 모르고. 한바탕 웃고 나서 '이 어른이 바로 법정 스님'이라고 말씀드렸죠."

미황사는 법정 스님이 안거를 마치고 남도 순례를 할 때마다 거르지 않고 찾은 곳이다. 부처님께 인사 올린 법정 스님이 가장 먼저 들르는 곳은 부도전. 대웅전 오른쪽 요사채를 지나 부도전 가는 길. 길섶에 빼곡히 피어 반기는 작달막하고 파란 달개비꽃 위로 동백나무 숲이 빽빽하다. 동백 하면 흔히 선운사를 떠올리지만 이른 봄 미황사에 와 본 사람은 두 번 다시 선운사 동백을 떠올리지 않는다. 자하루 앞 아스라한 울돌목에서 배 열세 척으로 적함 백서른세 척을 맞은 명량해전. 뭍에 남기고 온 목숨 지키려 장렬하게 스러져 간 영령들이 바닷바람에 실려와 나툰 듯 영롱하고 선연한 미황사 동백을 어찌 선운사 동백에 견주랴.

"다른 스님들은 대개 대웅전만 참배하고 가는데 법정 스님은 남다르셨어요. 오시면 꼭 부도전부터 참배를 하셨어요. 서산 대사 이후로 소요 대사 법맥으로 100년 전까지 선사들 부도가 쫙 모셔져 있어요. 역사에도 밝으신 법정 스님은 옛 선사들을 모시는 마음이 지극하셨던 것 같아요. 지금은 길을 닦아 놔서 그다지 멀게 느껴지지 않지만 그때는 아주 좁다랬어요. 길이랄 것도 없는 길이니까, 가다 말고 고개 넘어 길이 있는지 없는지 갈등을 하다가 거의 되돌아와요. 그렇게 험한데도 꼭 참배하는 스님이 몹시 존경스러웠어요."

법정 스님이 강진 금당리 백련을 보고 나서 미황사에 오셨을 때 금강 스님이 물었다. "스님은 미황사를 좋아하시면서 왜 미황사 이야기는 글로 쓰지 않으세요?" 이에 법정 스님은 "미황사는 내가 아껴 둔 절인걸." 하셨단다. 이제 한 해 10만 명이 넘는 사람들이 찾아드는 미황사는 법정 스님 뜻대로 더는 숨겨진 절이 아니다.

## 대웅전 축대에 걸터앉아<br>해넘이를 바라볼 수 있다면

문화재청장을 지낸 유홍준은 『나의 문화유산답사기』 1권 소제목을 '남도답사 일번지'라 달고도 모자라 지역 편애라는 혐의를 벗어날 수만 있다면 강진과 해남은 '남한답사 일번지'라고 부르고 싶은 곳이라고 했다. 이 책에서 유홍준은 "미황사 대웅전 높은 축대 한쪽에 걸터앉아 멀리 어란포에서 불어오는 서풍을 마주하고 장엄한 낙조를 바라볼 수 있다면 답사가 주는 행복을 만끽할 수 있다."고 몇 문장으로 미황사를 그려냈다.

매월당 김시습은 해오름은 낙산사, 해넘이는 미황사를 꼽았다. 이곳 노을은 그날그날 시시각각 황금빛, 은빛, 붉은빛으로 바뀌면서 진도 앞바다와 어우러진다. 부처님 장엄도 이렇지 않았을까 싶은 느낌에 넋 놓고 바라보다 보면 탄성이 절로 터진다. 우리 땅 끄트머리 절 미황사에 들면 가장 먼저 자하루를 만난다. 붉은 노을 장엄 때문에 자하루(紫霞樓)라고 했을까? 자주빛(紫色)은 만 가지 복을 나타내는 빛. 보통 사람은 생에 한두 번쯤 가장 기쁜 날 잠깐 얼굴에 자색이 감돌 뿐이지만, 부처님 몸은 언제나 자금색신(紫金色身)이다. 그래서 자하루는 부처님을 감싸 도는 자줏빛 안개를 어렴풋이나마 느낄 수 있는 일주문이자 불이문이다. 불이(不二)! 너와 내가 둘이 아니요, 삶과 죽음이 둘이 아니고, 생사와 열반, 번뇌와 보리, 세간과 출세간이 둘이 아닌 경지다.

1989년 금강 스님이 은사 지운 스님을 모시고 처음 살러 왔을 때만 해도 미황사는 나무와 잡풀이 절 마당까지 들어차 법당에 햇빛 한 점 들지 않는 망가진 절이었다. 2년여에 걸쳐 마당에 있는 나무를 베어 내고 이곳저곳을 다듬고 가꾸자 햇살이 경내를 어루만졌다. 예불 시간을 빼고 일만 하는 금강 스님을 가리켜 사람들은 '지게 스님'이라고 불렀다. 그 뒤 금강 스님은 공부를 하러 떠나고, 주지를 맡은 현공 스님은 꼼꼼하게 축대를 쌓고 전각 하나하나를 살려 냈다.

공부를 게을리 하지 않아 수행 맛이 깊이 들어 내내 삼매에 들다시피 했던 금강 스님.

"그 전에는 제가 얘길 해도 제 것이 아니었거든요. 근데 어느 순간 제가 없어지고 사람이고 사물이고 인정되면서 마음들이 생생하게 느껴지는데, '이제는 속지 않겠구나. 모양이나 들리는 것, 경력에 속지 않고 살겠구나.' 명확해지더군요. 그 뒤로 책을 보면 확연히 알겠어요. 법정 스님 수필집에는 자비심이 넘쳐요. 법문집을 보니까 '확실하구나. 이 어른, 뛰어넘으셨구나.' 보였어요. 법문들이 연기, 중도, 무아, 공에 딱 맞아 떨어지잖아요. 행동도 마찬가지고."

금강 스님이 동안거를 마치고 미황사에 들렀을 때 현공 스님은 대중들에게 금강 스님이 오면 주지 스님이라고 부르라고 해 놓고 이미 절을 떠난 뒤였다. 참선을 향한 아쉬움을 뒤로 한 채 떠밀리듯 미황사 주지가 됐다.

## 하느님 마누라
## 괘불 부처님

얼떨결에 주지가 된 금강 스님이 절을 다듬던 1992년. 마을 사람들이 우르르 미황사를 찾았다. "스님! 기우제 좀 지내주십시오." 마을 사람들은 30년 전에도 가뭄이 심했는데 괘불을 모시고 기우제를 지내고 나서 달마산 꼭대기에 올라가 봉화를 피우는데 장대비가 퍼부었다는 옛이야기를 들려줬다.

그런데 30년 전 미처 장대비를 피하지 못해 괘불은 배접이 떨어져 나가 모시밖에 남지 않은 상태. 괘불대에 걸 수 없어 대웅전 앞마당에 괘불을 펴기로 했다. 그때는 마당이 조그마해서 높이 12미터, 폭 5미터나 되는 괘불을 가슴까지 펴니 마당 반이 차 버렸다. 하는 수 없이 그만큼만 펴 놓고 기우제를 올리고 나서 두 시간쯤 지났을까? 억수 같은 비가 쏟아졌다. 나흘 동안이나 줄기차게. 그래서일까. 사람들은 무엄하게도 이 괘불 부처님을 '하느님 마누라'라고 부른다.

그 뒤 금강 스님은 배접이 다 떨어져 나간 괘불을 그대로 둘 수 없어서 사람들에게 화주를 받아 인간문화재 배접장을 불러 정성껏 배접을 했다. 그리곤 잊어버렸는데……. 10년이 지난 어느 날 제법 가람다워진 도량에서 천일기도를 올리다가 문득 '미황사에 와서 일이 잘된 게 괘불님 덕이 아닐까?' 하는 생각이 들어 '그래! 괘불 부처님께 감사 공양을 올리자.'고 다짐을 했다. 그래서 태어난 게 괘불재.

금강 스님은 뭐니 뭐니 해도 괘불재 꽃은 만물공양이라고 말한다. 만물공양은 저마다 한 해 동안 애써 일군 열매를 부처님 전에 올리고 함께 나누는 일이다. 농사지은 이들은 곡식이나 과실을, 학자들은 논문을, 화가는 그림을, 책 쓴 사람은 책을, 대학생은 리포트를, 헌혈한 사람은 헌혈증을, 누구는 감명 깊게 읽은 책을, 초등학생은 상장을 올리기도 한다. 스님들은 이 공양물을 차례차례 올리면서 저마다 소망을 담은 축원

석가모니 부처님은 승가라는 차별이 없는
공동체 모델을 만드셨어요.
그래서 저는 미황사를 출가자만을 위한
수행공동체가 아니라
모든 사람이 함께할 수 있는
수행공동체로 만들어
수행과 삶이 따로 떨어진 것이 아님을
알리고 싶어요.

을 올린다. 괘불재를 마친 뒤 이어지는 음악회는 해남 사람과 타지 사람들이 어우러지는 어울림 한마당으로, 음악회에 출연한 사람들과 만물공양물을 선물로 나누는 독특하고 아름다운 회향으로 막을 내린다.

## 삶이 곧 수행인
## 공동체를 꿈꾸며

말간 수행 공간 미황사에서는 어린이를 위한 '한문학당', 쉼을 만끽할 수 있는 편안하고 넉넉한 '템플스테이', 나를 찾아가는 수행 '참사람 향기'처럼 너와 내가 둘이 아님을 알려 주며 서로에게 다가가는 프로그램으로 일상에 수행을 심고 있다.

"원래 참선 프로그램은 법정 스님이 송광사에서 처음 만드셨잖아요. 현대인들이 경쟁으로 상처 입은 마음을 내려놓고 힘을 얻어 가는 것이 참선 수련이지요. 지금은 법정 스님이 수련대회를 시작하셨던 때보다 훨씬 경쟁이 치열해서 더 힘들어하고 상처도 많이 받잖아요. 그래서 송광사에서는 수련회를 여름에 한 철만 하지만 미황사에서는 '참사람 향기'라는 이름으로 참선 수행 프로그램을 다달이 셋째 주 토요일에서 넷째 주 토요일까지 7박 8일을 해요."

금강 스님은 한걸음 더 나아가 미황사가 텁낫한 스님이 꾸리는 플럼

빌리지처럼 내외국인은 물론 스님이나 재가자를 가리지 않고 언제든지 와서 쉬며 수행하는 도량이 되기를 꿈꾼다.

"석가모니 부처님이 위대한 까닭은 생로병사, 사람이 가진 가장 근본 한계에서 파생된 고뇌들을 숙명으로 여겨 절대자인 신에 의지하지 않고 스스로 수행을 해서 해탈하고 깨달음을 얻게 한 데 있잖아요. 현대인이 겪는 문제들을 약물 힘을 빌리거나 다른 데 의지하지 않고 제 스스로 수행을 해서 이겨 내는 방법을 알려 주고 싶어요.

또 석가모니 부처님은 승가라는 차별이 없는 공동체 모델을 만드셨어요. 그래서 저는 미황사를 출가자만을 위한 수행공동체가 아니라 모든 사람이 함께할 수 있는 수행공동체로 만들어 수행과 삶이 따로 떨어진 것이 아님을 알리고 싶어요. 자기 터전에서 수행하는 새로운 공동체 모델을 만들려고 합니다. 그래서 미국, 일본, 태국, 미얀마, 인도를 비롯해 세계 곳곳에 있는 어지간한 수행 센터는 거의 다 다녀왔어요. 여건은 천 년이 넘는 역사 기반이 생생하게 있는 우리나라가 훨씬 좋아요. 미황사를 누구라도 언제든지 와서 수행을 할 수 있는 도량으로 거듭나게 하려고 합니다."

혜민

어린왕자에게
보내는 편지

햄프셔 대학교 교수, 뉴욕불광선원 스님. 밝고 가든한 치유 메시지 하나로 수많은 사람들을 마음으로 보듬어 안는 스님. 사람이 홀로 버려진 느낌일 때 혼자가 아니라는 메시지 하나에 위로받고 힘을 얻는다고 믿는다. 사회개혁이나 사회운동을 할 용기는 없어도 한 사람 한 사람에게 용기를 주고 싶었다면서 눈물 흘리며 제 속내를 털어놓는 말간 사람.

매서운 추위 끝에 보너스처럼 주어진 햇살 따뜻한 겨울날, 고양시 작은 절에서 열린 혜민 스님 법회. 법회를 마치고 손에 책 한 권씩 들고 길게 늘어선 한 사람 한 사람에게 정성껏 사인을 해 주고 난 혜민 스님과 마주 앉았을 때 시곗바늘은 오후 1시 반을 가리키고 있었다. 오후 3시에 광화문 교보문고에서 사인회를 하고 자리를 옮겨 오후 5시에 법문을 하는 자리가 또 있단다. 대선 주자 못지않은 빡빡한 일정. 출판계를 두루 아우른 통계에서 베스트셀러 1위 자리를 32주나 놓치지 않고, 한 인터넷 서점에서 선정한 '올해의 책' 1위에 오른 『멈추면 비로소 보이는 것들』 인기를 실감하기에 모자람이 없었다.

"너무 놀랍고 도대체 무슨 일인지 저도 이해가 되지 않아요. 운이 좋았지요." 운이 따랐다기보다는 '세상을 어떻게 살아 내야 하지?' 하는 고민, '이렇게 살아야 하지 않을까?' 하는 열망이 뭉쳐 터져 나왔기에 사람들 마음을 보듬어 꽃을 피웠을 게다. "맞아요. 누구나 쉽게 공감하도록 한 점이 남달랐다고 볼 수 있겠지요."

## 저는
## 동네 스님이에요

법정 스님이 일반사람들에게 낯선 불교 용어를 쓰지 않고 한글을 아는 이라면 누구라도 읽기 쉬운 우리말로 글을 쓰셨듯이, 혜민 스님 책도 소셜네트워크(SNS)에 젖어 있는 요즘 사람들 눈높이에 맞은 짧은 잠언 사이사이 산문으로 축을 세워 독특한 힘이 느껴진다. 세상은 법정 스님 하면 겨울 소나무를 떠올리는데, 늘 벙글벙글 웃는 혜민 스님은 "전 동네 스님이에요."라고 말씀한다. 동네 스님, 누구나 스스럼없이 다가가기 쉬운 정감 어린 별칭이다.

『멈추면 비로소 보이는 것들』이 나오기 전에 혜민 스님을 뵙고 열한 달 만에 처음 뵙는 자리. 세상 눈길이 온통 혜민 스님을 향해 있으니 달라지지 않았을까 걱정했는데 눈빛이 지난번보다 맑고 깊었다.

"중학교 2학년 때 친구가 담임선생님한테 법정 스님 책 『물소리 바람소리』를 선물하더라고요. 그때 '어? 저런 책이 있구나.' 하고는 법정 스님 책을 읽어 보고 싶어서 문고판으로 나온 『무소유』를 사서 학교 벤치에 누워서 읽었어요. 그 가운데 가장 기억에 남은 꼭지가 「어린왕자에게 보내는 편지」였어요."

「어린왕자에게 보내는 편지」에서 법정 스님은 어린왕자를 한 지붕

아래 사는 낯익은 식구로 여긴다고 했다. 밖에서 가랑잎 구르는 소리가 들리고, 창호에 번지는 오후 햇살이 지극히 선한 시각에 티 없이 맑은 어린왕자 목소리를 듣고, 하루에도 몇 번씩 해 지는 광경을 바라보고 있을 구슬 같은 어린왕자 눈매를 그린다고 했는데……. 어린왕자 눈매가 혜민 스님 눈매와 닮았을지도 모른다는 생각은 혼자 생각일까?

어린왕자는 "그는 꽃향기를 맡아 본 일도 없고 별을 바라본 일도 없고, 누구를 사랑해 본 일도 없어. 더하기, 빼기밖에는 아무것도 한 일이 없어. 그러면서도 온종일 나는 착한 사람이다, 나는 착한 사람이다 하고 뇌고만 있어. 그리고 이것 때문에 잔뜩 교만을 부리고 있어. 그렇지만 그건 사람이 아니야. 버섯이야!"라고 부르짖고, 법정 스님은 "지금 우리 둘레에는 숫자 놀음이 한창이다. …… 숫자가 늘어나면 으스대고, 줄어들면 마구 화를 낸다. 자기 목숨 심지가 얼마쯤 남았는지는 무관심하면서 눈에 보이는 숫자에만 매달려 살고 있다."면서 어린왕자에게 "너는 이런 사람을 가리켜 '버섯'이라고 했지?"라고 묻는다.

"이렇게 영혼을 울리는 맑은 글을 만나 너무 좋았어요. 그때 처음으로 스님이 쓰신 책을 읽은 뒤로 『텅 빈 충만』, 『서 있는 사람들』, 『새들이 떠난 숲은 적막하다』를 비롯해 다 읽었어요. 법정 스님 책은 모조리."

## 어떻게
## 사람이 다 똑같아?

"초창기, 70년대에는 정치 이야기도 하고 일깨워 주려는 글도 많이 쓰셨잖아요. 제가 어리지만 그 글들이 가슴에 와 닿았어요. 그러다가 나중에는 찾아오는 사람들과 인연 이야기를 말갛게 펼쳐 놓으시고, 강원도 오두막으로 가시면서는 오두막에 살게 된 사연과 자연과 벗 삼는 글을 쓰셨는데, 그 글들을 읽고 나면 영혼이 다 말끔해지는 듯한 느낌이 들어 너무 좋았어요."

법정 스님 책에 빠져들며 고등학생이 되었을 때, 승려가 수행을 해야지 글이나 쓰고 앉았느냐면서 법정 스님을 비판하는 이야기를 듣고 충격을 받는다.

"아니, 어떻게? 법정 스님을 나무라는 사람도 있다니 놀라웠어요. 스님이 쉽고 말갛게 풀어낸 글을 많은 이들이 읽고 영혼을 밝히고 부처님도 알게 되는데 어떻게 비난받을 일인가 싶었어요. 더구나 불교계에서 그런 이야기가 나오다니 실망도 되고 너무 가슴 아팠어요. 외려 가톨릭이나 개신교에서는 따르는 분들이 많은데. 그러다 생각을 바꿨어요. '아니, 다를 수도 있지 어떻게 모든 사람이 다 똑같아야 해.'"

유학을 떠나면서 어떻게 하면 짐을 조금이라도 줄일 수 있을까 머리를 싸맬 때도 법정 스님 책을 빠뜨리지 않았다.

"미국 갈 때 짐이 많으니까 책을 몇 권밖에 가져갈 수 없는데, 법정 스님 책은 꼭 넣어 가야겠다고 마음먹고 『새들이 날아간 숲은 적막하다』를 챙겼어요. 미국에서 삶이 고달플 때마다 꺼내 읽었지요."

법정 스님은 『새들이 날아간 숲은 적막하다』 '살아 있는 부처'란 장에서 낯모르는 어머니가 보낸 편지 한 통을 소개한다.

"모든 사람이 행복한데, 나만 그렇지 못하다고 생각해 왔습니다. 그러나 이 시간만은 무척 행복하고 즐거운 마음입니다. 스님 저도 '보시(布施)'라는 것에 동참하고 싶었는데 이제야 그 뜻을 이루게 되었습니다. 21개월 전에 계를 하나 들어 오늘 탔습니다. 돈이란 보면 쓸 곳도 많지만 절약이 얼마나 좋은 건지 오늘에야 알았습니다. 기분이 참 좋군요. 부처님과 약속이었고 저 자신과 한 약속을 지키게 되어 무척 즐겁습니다. 저희 집 두 남매는 학교 성적은 좀 떨어지지만, 세상을 살아갈 때 늘 꿋꿋하고 즐거운 마음으로 살아갈 수 있도록 빌고 있습니다."

법정 스님은 어디에 써 달라는 말도 없이 편지와 함께 부쳐 온 5백만 원짜리 수표를 어려운 이웃을 돕는 데 써 달라고 '맑고 향기롭게'에다 맡겼다면서, "우리 이웃에 이런 손길이 있어 이 땅에 밝은 해가 오늘도 뜬다."고 말씀한다.

나라를 잃고 당신 아들딸과 같은 티베트
사람들이 그 험준한 히말라야 산맥을
겨우겨우 넘어 인도에 들어와 거지처럼
지내는 모습을 보면 참담하고 견디기
힘드실 텐데, 늘 웃으세요. 내면 깊은 곳에서
우러나오는 자비로운 웃음과 언제나 유머를
잃지 않는 모습이 대단하게 느껴졌어요.

## 소독약과
## 반창고

혜민 스님은 최근 당신 마음을 가장 흔들어 놓은 어른으로 달라이 라마 존자를 꼽았다.

"나라를 잃고 당신 아들딸과 같은 티베트 사람들이 그 험준한 히말라야 산맥을 겨우겨우 넘어 인도에 들어와 거지처럼 지내는 모습을 보면 참담하고 견디기 힘드실 텐데, 늘 웃으세요. 내면 깊은 곳에서 우러나오는 자비로운 웃음과 언제나 유머를 잃지 않는 모습이 대단하게 느껴졌어요."

달라이 라마 못지않게 혜민 스님 가슴을 크게 차지하는 이가 한 사람 더 있다. 초등학교 6학년 담임선생님으로 선생님들이 함께 있을 때 늘 한편에 앉아 다른 선생님들 말씀을 조용히 듣는 분이었다. 그때는 시골에서 서울로 터전을 옮기는 사람들이 많은 탓에 서울 외곽에 있는 혜민 스님이 다니던 초등학교는 한 반 학생 수가 60명도 넘어 콩나물시루 같은 반이 한 학년에 무려 열다섯 반이나 되는 커다란 학교였다.

겨울 막바지 추위가 한창일 때, 혜민 스님 반 학생 전원이 주번이 되어 이른 아침 등굣길에 한 시간이 넘도록 추위에 떨다 몸이 꽁꽁 얼어 교실로 들어왔다. 보다 못한 담임선생님이 조개탄과 나무를 얻어다가 난롯불을 지펴 몸을 녹이고 있을 때 교감선생님이 나타나 "아직 기온이 영하 2도가 되지 않았는데 허락도 없이 불을 피웠느냐!"며 호통을 쳤다. 자초지종을 설명하는 담임선생님에게 더 큰 소리로 꾸짖어 담임선생님은 그만 눈물을 보이고 말았다. 아이들이 자판기 커피를 뽑아다 드리며 위로해 드렸다. 그때 담임선생님이 "애들아, 너희들이 어른이 되면 규칙만 보고 사람을 보지 못하는 실수를 하지 마라. 그리고 실수를 했더라도 아량을 베풀 줄 아는 사람이 되어라."라고 했던 말씀이 아직도 귓가에 맴돈다는 혜민 스님은 가슴으로 사람에게 다가가 30만 명 가까운 팔로워를 아우르는 가슴 넓은 어린왕자다.

"아무리 좋은 말이나 관심도 내가 평가받는다는 느낌이 들면 싫어져요. 있는 그대로 인정해 주고 비춰 주세요. 따뜻하게. 그게 사랑이에요."

"아픔은 치유 대상이지 극복 대상이 아닙니다. 부정하면 할수록, 잊으려 할수록 더 생각나고 올라옵니다. 부정하거나 저항하지 말고 그대로 허락하세요. 나를 더 힘들게 하는 것은 아픈 마음에 대한 저항입니다."

"무엇을 잘했기 때문에 사랑받는 것이 아니고 존재하는 자체로 사랑받을 만합니다. 스스로를 아끼고 사랑해 주세요. 좀 모자라도 실수해도 괜찮아요. 나는 내가 생각하는 이상으로 존엄한 존재입니다."

"생각이 가고 주의가 모아지는 쪽으로 에너지도 흐르고 지혜도 열립니다. 간절히 진실을 구하면 없었던 인연도 끌어다 쓸 수 있어요. 새해를 맞아 내 생각과 주의를 어디로 향하게 할지 마음속으로 다짐해 보세요."

어느 해 과일 깎을 때 쓰던 칼이 변변치 않아 칼을 하나 사야지 하고 벼르던 혜민 스님. 연말 할인매장에서 눈에 쏙 들어온 칼에 반해 그 자리에서 사 버렸다. 가든한 칼이 믿음직한 일꾼처럼 과일을 잘 깎아 썩 마음에 들었던 혜민 스님. 너무 믿은 탓인지 과일을 깎다가 엄지손가락 끝을 베여 피가 흥건해졌다. 소독을 하고 반창고를 붙이다가 문득, 살아가면서 소독약처럼 쓴소리를 하고, 상처 입은 사람을 만나면 반창고 못지않게 살갑게 보듬어 주겠다고 다짐했다.

그러나 막상 소독약 같은 말을 해 주고 싶어도 잘못해서 사이가 틀어지거나 상대방 마음이 다칠까 두려워 잘못된 일을 보고도 넘어가고, 상처 입은 사람 딱한 사정 이야기를 듣고도 바쁘다는 핑계로 스쳐 지나간 적도 많았다고 털어놓는 혜민 스님. 새해가 열릴 때마다 소독약과 반창고와 같은 사람이 되겠노라고 마음을 다진다. 소독약 같은 사람인지는 겪어 보지 않아 모르겠지만, 사람 마음을 감싸고 보듬어 주는 반창고 노릇은 톡톡히 하고 있다.

## 멈추면
## 보이는데

사람들 마음을 토닥토닥 다독이며 보듬어 주는 혜민 스님도 어려서는 누구 못지않게 존재 실상을 향한 허기를 느꼈다.

"고등학교 때 크리슈나무르티 명상 서적이 유행했는데, 그 책에 '자기로부터 혁명'이라는 말이 나와요. 내 느낌이나 감정, 생각을 나와 동일하게 여기며 살아가는데, 한 발짝 떨어져서 '있는 그대로, 알아차림이 자유'란 말이래요. 이제까지 늘 사회를 혁명한다는 생각만 했지 내 마음을 밝힌다는 생각은 하지 못했는데, 그 뒤로 학교 공부는 뒷전이고 법문집도 여러 권 읽고 여기저기 큰스님이나 불교 공부를 깊이 하신 분들을 부지런히 찾아다녔어요. 그러다가 대학교 2학년 때 인도로 가서 두 달 반 가량 방랑을 했어요. 그때 달라이 라마 존자님도 만나 뵙고 '구루'도 여러 분 뵈었죠. 그러면서 여러 가지 신기한 체험을 하기도 하구요. 미국에서 공부할 때도 티베트 스님들이 오시면 밀교 관정 의식도 여러 번 받고…… 반 미쳐 있었어요."

내 존재 실상을 보지 못한다면 무엇 때문에 살아야 하나? 절절한 그 마음이 종교학으로 이끌었다는 혜민 스님. 미국 학생들이 마약에 절고 술을 마셔 대는 꼴이 보기 싫어 절에서 학교를 다녔다.

"절에 있어 보니까 너무 좋더라고요. 그래서 '아, 내게 스님 생활이 잘 맞는구나.' 생각하게 되었어요. 그리고 불교학을 하다 보니까 불교를 학문으로만 받아들이기보다는 몸으로 겪어 보고 싶었어요. 그래서 중이 됐죠. 알고 보니 큰스님을 만나는 가장 좋은 방법은 스님이더라고요."

목말랐던 깨달음이, 신비하고 특별한 경험인 줄 알았었는데 그게 아니었단다.

"그걸 알기까지 아주 오래 걸렸지요. 예전에는 바른 견해가 없어서 깨달음은 제가 애써 달려가 닿아야 하는 곳인 줄 알았어요. 그런데 이제 보니까 그곳에서 한 발짝도 떨어져 본 적이 없더군요. 깨달으려고 애쓰는 마음이 깨달음을 가로막았어요. 고양시에 있으면서 '나 고양시 갈래. 어떻게 하면 고양시에 가지? 기필코 고양시에 가고 말거야.' 하고 단단히 먹는 그 마음이 제가 고양시에 있다는 사실을 가렸어요. 하려는 그 마음을 쉬면 곧 깨달음이에요. 멈추면 보이는데."

길을 '도(道)'라고 하면 따로 그 무엇이 있는 것처럼 여기듯이, 깨달음 역시 지금 여기 있는 내 모습을 알아차리면 되는데, 달리 깨달음이 있는 줄 알았다는 말씀이다.

"한국에 와서 어른 스님들을 뵈면서, 간화선을 짧은 시간에 깊숙이 알게 되는 소중한 경험을 했어요. 의심(疑心)이 의정(疑情)으로 바뀌고 나아가 의단(疑丹)이 되고 더 나아가 은산철벽에 갇힌 듯 꼼짝 못하는 처지를 절절히 겪으면서 폭발했죠. 폭발이라고 하니까 이상하네요. 뭐랄까?

한 20년 지났을 때 법정 스님처럼,
괜찮은 책이 한 열 권쯤 있으면 좋겠어요.
그리고 가장 이루고 싶은 소망은 깨달음
자리 밝히는 프로그램을 만드는 일이에요.
그러려면 제 자리가 또렷해서 흔들리지
않아야 하는데 지금은 마음 경계를 따라
깜빡깜빡 하거든요. 좀 시간이 지난 뒤에
한결같아지면 그런 프로그램을 만들어
보고 싶어요.

좀 밝아졌죠."

혜민 스님은 긴 시간을 두고 이루고 싶은 일이 있을까?

"오늘 법문도 누구나 공감할 수 있는 이야기를 해 드렸듯이, 여러 분들을 글로 꾸준히 만나면 좋겠어요. 그렇다고 책을 한꺼번에 많이 내지는 않을 작정이에요. 한 20년 지났을 때 법정 스님처럼 괜찮은 책이 한 열 권쯤 있으면 좋겠어요. 그리고 가장 이루고 싶은 소망은 깨달음 자리 밝히는 프로그램을 만드는 일이에요. 그러려면 제 자리가 또렷해서 흔들리지 않아야 하는데 지금은 마음 경계를 따라 깜빡깜빡 하거든요. 좀 시간이 지난 뒤에 한결같아지면 그런 프로그램을 만들어 보고 싶어요."

## 법정 스님은 인자한 할아버지

법정 스님을 뵙고 싶다는 생각은 늘 있었지만 생각에 머물렀다는 혜민 스님.

"승려가 되고 나서 '한번 꼭 뵈어야 하는데 인연이 되려나?' 그랬는데, 제 은사 스님이 뉴욕에서 절을 일구시면서 '어떻게 하면 사람들에게 널리 알릴 수 있을까?' 고민이 많으셨어요. 그때 제가 '법정 스님 모셔 와서 수계법회를 하면 됩니다.' 하고 지나가는 말을 툭 던졌어요. 그렇지만 이루어지리라고는 상상도 못했는데 1년 뒤에 말대로 됐어요."

뉴욕 불광선원 수계법회, 계를 받을 사람 이름을 모두 법정 스님에게 보내 드렸다. 법정 스님은 한국에서 한 사람 한 사람 법명을 지어 그 많은 사람 이름을 수계첩에 하나하나 정성 들여 다 써 오셨다. 혜민 스님은 법정 스님이 칼날 같으시다는 말씀을 하도 많이 들어서 '오시면 어떻게 모시지?' 걱정이 적지 않았다.

"'너무 날카로우시면 어쩌지?' 걱정했는데 첫인상이 인자한 할아버지 같았어요. 제가 나이도 어리고 사미(정식 스님이 되기 위해 수행하는 남자 승려)여서 그랬는지도 모르지만 제겐 더 부드럽게 대해 주셨어요. 한국에서는 여기저기서 많은 사람이 찾아오고 어디를 가셔도 다 알아보는데, 미국에서는 알아보는 사람도 별로 없고 우리끼리만 있어서 그런지 말씀도 편하게 하시더라고요. 좋았어요. 제가 상상했던 모습과 인간미 넘치는 스님 모습이 뒤바뀌었지만 자기관리는 철저하시다고 느꼈어요. 사실 처음에는 그저 어리벙벙했어요. 더군다나 존경하는 법정 스님을 가까이서 뵈니까 떨리기도 하고 당혹스러웠는데, 그 뒤로 두 번 더 오셨어요."

처음 뵈었을 때가 2003년이었으니 벌써 10년 전 이야기다. 법정 스님은 불광선원에 오시면 늘 혜민 스님 방에 계셨다.

"제 방이 그나마 우리 절에서는 곱게 꾸며 놨거든요. 거기서 나눠 줄 책에 사인도 하고 누워서 쉬기도 하시고, 잠은 호텔에서 주무시지만 오시면 언제나 제 방에 계셨어요. 그리고 이게 하이라이트인데, 법정 스님이 맨해튼에 있는 서점에 가고 싶다고 하셔서 제가 모시고 갔어요. 서점에 들어서시더니 '혜민 수좌, 공부하면서 필요한 책들 골라와. 내가 사 줄 테니까.' 그러시더라고요. 웬 횡재냐 싶어서 여덟 권을 골라 가지고 두 손에 수북이 얹고 가다가 은사 스님과 딱 눈이 마주쳤어요. 은사 스님이 눈치도 없이 그렇게 많이 고르면 어떻게 하느냐며 '한 권만!' 이러시는 거예요. 그 말을 법정 스님이 들으시고는 '괜찮아, 모두 사 줄 테니 다 가져 와.' 하시곤 여덟 권 값을 다 치르셨어요."

절로 돌아온 법정 스님은 책 여덟 권을 다 가지고 오라고 이르고는 한 권 한 권마다 "이 책으로 공부 열심히 해서 좋은 스님이 되라."는 덕담을 써 줬다.

"스님이 들고 오신 책 몇 권에도 앞으로 어떻게 어떻게 살라는 좋은 말씀을 써 주셨어요. 은사 스님이 아버지같이 엄격했다면 법정 스님은 할아버지처럼 따뜻하고 인자하셨어요."

법정 스님이 계시지 않았더라면 절집에서는 아직까지도 '승려가 글을 써?' 하며 혀를 찼을 수도 있지 않았겠느냐면서 법정 스님이 더욱 고맙다는 혜민 스님은, 어쩌면 법정 스님이 벗을 삼았던 어린왕자인지도 모른다.

## 내가 길이다

나무는 머리를 땅에 박고 다리를 하늘로 향한다.
사람은 머리를 하늘에 두고 다리로 땅을 디디고 선다.
나무는 한곳에 머물러 살게끔 한 목숨 받고,
사람은 다리품을 팔아 이곳저곳을 옮겨 다니며
길이 되게끔 한 목숨 받았다.

길
흐르고 부딪치고
솟구쳐 오르는 길
발을 내딛어
움직이는 순간순간이
이미 길이다.
스스로 길이 되었는데,
어디서 길을 찾으랴.

시간이
씨줄 날줄로 흘러
자유롭다.

스스로 빚은 독특함이 쌓이고
모여 결을 이룬다.
한 결.

한 결은
여기와 저기,
나와 네가 다르지 않음을 헤아려 이룬 결이다.

# 셋째 마디

김종서

# 도심 절은 놀이터가 있는 공원으로

전 대통령자문 교육개혁위원회 위원장. “부처님 가르침은 ‘수행과 개혁’이다. 이제껏 불교는 수행을 강조해 왔다. 그러나 개혁불교는 이어받지 못했다. 개혁불교는 부처님 당시 인도 사회 축을 이뤘던 카스트 제도를 뒤엎는 가르침으로 ‘천상천하 유아독존’, 만민평등이었다. 이제 개혁불교를 드러내 사회를 개혁해야 한다.” 올해로 아흔을 맞은 교육자.

"길상사가 생기기 전에 법정 스님이 친분도 없던 내게 〈도시에서 사찰〉이란 제목으로 강연을 해 달라고 그러셨어요. 그래서 동아일보사 충정로 사옥 강당에 오륙십 명이 모인 자리에서 강연을 했어요."

덕성여자대학교 총장을 지낸 길상사 자문위원 원성(圓成) 김종서 박사 첫 마디였다. 길상사를 열기에 앞서 '도심 절 살림 어떻게 해야 할까?'를 고민했던 법정 스님 모습을 엿볼 수 있는 말씀이다.

서울대학교 불교학생회 지도교수였던 김종서 박사는 불자 학생들과 송광사 수련대회를 갔을 때 법정 스님을 처음 만났다.

"그때 하신 말씀을 다 기억하지 못하겠고, '땅에서 넘어진 사람은 땅을 짚고 일어나야 한다고 했다. 그러므로 땅을 떠나 일어날 수는 없다. 한 마음이 어지러워 끝없는 번뇌를 일으키는 사람은 중생이요, 한 마음을 깨달아 끝없는 자비를 일으키는 이는 부처이다. 어리석음과 깨달음은 다르지만 모두 한 마음에서 말미암았으니, 마음을 떠나 부처가 될 수 없다.'는 보조 지눌 스님 「권수정혜결사문(勸修定慧結社文)」 머리말을 중심으로 말씀을 이어 가셨어요. 그땐 그렇게 유명하신 분인지 몰랐어요."

## 도심 절은
## 놀이터가 있는 공원으로

"모든 절이 불자든 아니든 시민들이 누구나 자유롭게 들어와 쉴 수 있는 공원이 되어야 하고, 어린이 놀이터를 만들어야만 젊은 보살들이 애들 데리고 올 수 있지요. 지금 절에 오는 신도들도 대개 어렸을 때 할머니나 어머니 손 붙들고 절에 오간 추억이 있을 겁니다. 아무리 이야기해도 그 중요성을 깨닫는 절이 없어요."

1997년, 맑고 향기롭게 이사였던 동쪽나라 출판사 김형균 대표가 대통령자문 교육개혁위원회 위원장이던 김종서 박사에게 전화를 했다. 법정 스님이 절을 마련하고 자문위원을 구하는데, 되도록 절밥을 덜 먹은 사람이면 좋겠다고 하시니 박사께서 길상사 자문위원이 되어 달라고.

"기꺼이 하겠다고 했어요. 길상사 자문위원으로 있을 때 한정식 집에서 법정 스님한테 여러 번 식사 대접을 받았어요. 그때마다 법정 스님 옆에 내가 앉았는데 고기를 다 나한테 주셨어요. 철저하게 계를 지키는 분입니다. 나는 법정 스님 책을 읽고 문필가라고 생각했거든요. 스님들 가운데 그렇게 글 잘 쓰는 분이 없어요. 사람 속으로 스며들어 마음을 움직이는 분은 법정 스님밖에 없었어요. 제가 보기에 법정 스님은 불교를 널리 펴는 데 으뜸가는 분이세요. 포교에서 법정 스님을 따라갈 분은 안 계실 겁니다. 법정 스님같이 계를 철저히 지키는 스님들이 계속해서 나와야 해요. 스님들이 계를 잘 지켜서 소문이 널리 퍼지면 불교 격이 높아지고 융성해지지 않겠어요."

다른 종교도 많은데 왜 꼭 불교가 융성해야 한다고 생각할까?

"도덕성 높은 사회를 만들어야 한다는 데는 기독교, 천주교, 불교 다 한목소리예요. 그러나 스님들은 가정이 없기 때문에 얽매이는 데가 없어서 도덕성 높은 생활을 하기가 가장 좋다고 봐야지요. 천주교 신부들도 가정이 없지만, 기독교나 천주교에서는 목사나 신부를 성직자라고 하거든요. 성직은 직업이란 말인데 스님이 직업인이냐? 아닙니다. 스님들은 수행자이지요. 그래서 틀에 얽매이지 않고 자유롭게 균형 잡힌 시각을 지켜 가며 수도를 하고 수행을 이끌어 갈 수 있어요."

그러나 한국 불교 현실은 못내 아쉽기만 하다. 스님들이 신도 속으로 들어와야 하는데 그렇지 않기 때문이다.

모든 절이 불자든 아니든 시민들이
누구나 자유롭게 들어와 쉴 수 있는
공원이 되어야 하고, 어린이 놀이터를
만들어야만 젊은 보살들이 애들 데리고 올
수 있지요. 지금 절에 오는 신도들도 대개
어렸을 때 할머니나 어머니 손 붙들고
절에 오간 추억이 있을 겁니다.

"스님들은 왜 공양을 따로 합니까? 신도들과 같이 해야지. 그리고 법당에 스님들이 드나드는 문이 왜 따로 있습니까? 스님과 속인이 둘이 아니고, 부처와 중생이 둘이 아니라는 동체사상이 부처님 가르침이에요. 무엇보다 법정 스님은 신도 곁으로 다가가는 문을 활짝 연 분이십니다. 그분만큼 포교를 열심히 한 분이 없어요. 불교가 무엇인지 알지 못하는 사람도 스님이 돌아가신 뒤에 스님이 어떤 분인지 알려고 찾아다니는 사람이 많아요. 그래서 길상사는 관광지가 되었어요. 빗장 열고 팔을 벌리고 사람 속으로 뛰어든 일은 누구도 따를 수 없는 훌륭한 일이에요.

여기서 하루도 주무시지 않았는데 그 점도 대단하십니다. 하지만 마음 한구석에서는 음악도 사찰 냄새, 불교 냄새가 나지 않는 음악을 골라 틀라는 말씀을 하셨던 법정 스님이 길상사에 머무셨더라면 이곳이 시민에게 더 가까이 다가가지 않았을까 하는 아쉬움도 들어요. 서울에 이만한 곳이 드문데도 생각보다 사람이 많지 않아요."

길상사를 열 때 법정 스님은 스님들은 수행에 전념하고 재가불자들이 절 살림을 책임지라고 했다.

"법정 스님은 자신이 돈을 만지지 않고, 돈이 생기면 남에게 그냥 주고, 누구에게 줬는지 기록도 하지 않았던 분이니까 처음에 스님들이 돈을 만지지 못하게 했어요, 일절. 그런데 스님들이 반란을 일으켰어. 반란이라면 우습지만, 재가자들에게 살림을 맡기면 잘못될 확률이 더 높지 않겠느냐면서 스님들이 다시 살림을 맡았어요. 그리고 법정 스님은 절이니까 하는 수 없이 재를 지낼 수밖에 없다고 하셨는데, 시간이 흐르다 보니까 어쩔 수 없어서가 아니라 재가 중심이 되고 말았어요. 또 가난한 절을 만들어서 사람들이 아무 부담 없이 왔으면 좋겠다고 했는데 뜻대로 잘 되지 않나 봐요."

## 마음을 비우면
## 올바른 방향으로 나간다

김종서 박사는 길상사가 문을 연 이듬해 봄 길상선원에 입방해서 이제까지 거르지 않고 꾸준히 참선을 하고 있다.

"98년 2월 28일까지 대통령자문 교육개혁위원회 위원장을 하다가 끝나자마자 삼월 초하룻날 이리 들어왔지요. 그즈음 어떤 대학에서 이사장으로 오라고 했는데 가지 않았어요. 그리 가면 참선을 못 하잖아요. 법정 스님은 길상사에 오시면 맑고 향기롭게 사무실에 가시느라고 이 선원 앞을 수없이 오르내리셨는데도 선방에 한 번도 들어오지 않으셨어요. 스님도 참선을 많이 하셨다는데 좀 들여다보셨으면 좋았으련만. 허허."

아마 참선을 하는 분들에게 행여 방해가 될세라 발뒤꿈치를 들고 조심조심 선원 앞을 지나가셨으리라.

8·15 광복을 맞았을 때 대학생이던 김종서. 광복을 맞은 기쁨도 잠시. 날이 갈수록 마음 한구석이 허전하고 공허함을 주체하지 못하다가 광복된 지 보름이 지난 9월 초하루 오대산 상원사로 방한암 스님을 찾았다. 한암 스님은 나라가 해방이 되어 젊은이들이 할 일이 많은데 어째서 산에 들어왔느냐며 당장 내려가라고 호통을 쳤다. 그러나 그 말씀에 끌려 더욱 간곡하게 가르침을 구하는 청년 김종서를 내치지 않았다.

"한암 스님이 법명을 지어 주셨어요, 원성이라고. 둥글 원(圓) 자 이룰 성(成) 자. 게송도 함께 써 주셨는데 6·25 때 없어지고 말았어요. 한암 스님은 스님들이 오면 평소 차림 그대로 맞았지만, 신도들이 오는 눈치가 보이면 바로 장삼을 입으시고 신도에게 먼저 절을 하셨어요. 그래서 도인은 다르구나 생각했어요."

이 말씀 끝에 2003년 길상사 법정 스님 법회가 떠올랐다. 청법가가 끝나고 법상으로 오르셔야 할 스님이 눈을 지그시 감은 채로 그냥 서 계셨다. '못 들으셨나?' 잠시 시간이 흘러도 스님은 요지부동. '왜 그러시나?' 어리둥절해하다가 바로 앞선 법회에서 절을 받는 일이 부끄럽다 하신 스님 말씀을 떠올리곤 대중을 앉히고 입정에 들게 했다. 죽비 삼성으로 입정을 마치자 스님은 그제야 법상에 오르셨다. 스님은 절을 받지 않으려고 하지만 대중들은 스님께 절을 올려야 하는 상황. 등에선 식은땀이 흐르고. '어쩐다?' 궁리 끝에 자리가 비좁아 앉은 자리에서 합장 반배로 삼배를 올리겠다고 옹색하게 말했다. 스님도 선 자리에서 합장 반배로 삼배를 했다. 맞절. 그 뒤로 맞절을 하는 법회가 이어졌다.

김종서 박사가 불교를 처음 만나기는 해방을 맞은 해였지만, 참선은 이화대학교에서 서울대학교로 학교를 옮긴 1965년부터 시작했다.

"아침마다 한 시간씩 참선을 했어요. 그러다 길상선원에 들어온 뒤로는 아침 10시부터 오후 2시까지 참선을 하지요. 오래도록 참선을 해도 아직도 뭐가 뭔지 몰라. 다리 아픈 건 좀 덜해요. 달라진 것이라면 이야기를 하면 한 시간 길이가 상당히 길게 느껴지는데 참선만 하면 금세야 금세! 참선은 시간 여유가 있어야 할 수 있다고 여기지 않습니까. 그러나 바쁠수록 참선을 해야 해요. 힘든 일이 있을 때 참선을 하면 바로 풀어져요. 마음을 비우기 때문에 올바른 방향으로 나가게 돼요."

오랜 세월 이른 아침에 한 시간 반을 걷고 참선을 하는 김종서 박사. 미수(米壽, 88세)를 넘긴 어른답지 않게 목소리가 카랑카랑하다.

## 아이를 어른처럼 키우려는 건 잘못된 생각

학교 교육만이 교육이라고 여기는 데서 벗어나야 한다는 김종서 박사는 "자녀를 교육하겠다는 생각을 버려야 한다. 아이들이 제 스스로 크지 부모가 키울 수는 없다. 어른들은 아이들이 크는 걸 도울 뿐이지 교육을 할 수 없다."고 말씀한다.

"애가 넷 있는데 걔들을 교육하지 않았습니다. 크는 것을 도왔을 따름이지. 내가 애들보다 아는 것이 많고 경험이 많다고 해서 애들을 가르치겠다고 하면 도리어 교육이 되지 않습니다. 아이들은 저마다 생긴 그대로 크는 겁니다. 아이들이 뭘 붙잡으려고 애를 쓰는데도 붙잡지 못하면 잘 붙들 수 있도록 도와주기만 하고, 마음대로 뛰어놀게 해야 해요. 귀중한 물건은 애들 손이 닿지 않는 곳에 올려놓고 풀어 놔야 해요. 풀어 놓으면 마구 때려 부수겠지만, 아이들이 부숴 봤자 얼마나 부수겠어요. 그대로 내버려 두면 얼마 지나지 않아 제풀에 시들해져서 하지 않아요. 마음에 들지 않거나 잘못하면 그냥 내버려 두고, 마음에 드는 짓을 하면 도와주고 칭찬해 주며 부추겨 줬어요. 저희들이 스스로 느끼게끔."

하지만 자녀들 생각은 박사와 다른 것 같다. "야단 한마디 친 일이 없는데도 걔들은 '아버지는 우리를 완전히 풀어 놓는 것 같은데 가만히 보면 꽁꽁 묶어 놓았다.'고 그래요. 그러면서 저희들 마음대로 하라고 해도 마음대로 못합니다."라고 말하는 박사가 더 어려웠을 수도 있을 테니까. 차라리 잘못했다고 야단을 치면 반발이라도 하련만…….

시골 사범학교에서 학생을 가르칠 때 어린 자녀들을 책상머리에 붙잡아 두지 않고 산으로 들로 뛰어다니며 자연과 함께 키웠다는 자연주의

내가 애들보다 아는 것이 많고 경험이
많다고 해서 애들을 가르치겠다고
하면 도리어 교육이 되지 않습니다.
아이들은 저마다 생긴 그대로 크는 겁니다.
아이들이 뭘 붙잡으려고 애를 쓰는데도
붙잡지 못하면 잘 붙들 수 있도록 도와주기만
하고, 마음대로 뛰어놀게 해야 해요.

자 김종서 박사는, "조물주 손을 떠날 때는 만물이 모두 선하였으나 사람 손에 들어오자 만물이 타락한다."는 『에밀』 첫 구절에 나오는 말씀대로 사람들 본바탕은 본디 착하고 훌륭한데 어른들이 잘못된 생각을 가지고 간섭을 하기 때문에 나빠진다고 말씀한다.

"애들에게 공부를 잘해야 훌륭한 사람이 된다는 말을 한마디도 한 적이 없어요. 그리고 애들을 학원에 보낸 적이 없어요. 저희들이 가려고 하지 않는데 왜 보냅니까?"

풀어 놓음 때문일까? 동국대학 불교학과 교수로 있는 둘째 아들 김성철은 치과 의사를 15년이나 하다가, 평생 다른 사람 이빨만 들여다보고 살겠느냐며 의사 길을 접고 자기가 하고 싶은 일을 찾아 동국대학원에 가서 석박사를 마치고 불교학과 교수가 되는 새 길을 열었다.

김성철 교수를 비롯한 삼 남매가 대학교수이고 한의사가 한 사람이니 자연주의 교육 힘도 크겠지만, 타고난 유전자가 좋아서 그런 건 아닐까? 김종서 박사는 "유전자 관계가 없다고 잘라 말할 수는 없지만, 환경과 유전 가운데 환경이 더 중요하다."고 말씀한다.

"손자들한테도 이래라 저래라 한 적이 별로 없어요. 한번은 손자 녀석이 대학에 가는데 하실 말씀이 없느냐고 묻기에 뭐든지 너 하고 싶은 대로 하라고 그랬더니 머리에 물을 노랗게 들이고 왔어요. '물들이고 들이지 않고는 문제가 아니다. 머리 물들인 일을 잘했다고도 잘못했다고도 이야기를 하지 않겠다. 그러나 네 생각대로 했으니 그럴수록 어머니, 아버지에게 잘해야 한다.'고 했어요. '뭘 잘하면 됩니까?' 묻기에 '난 이야기하지 않겠다. 네가 생각나는 대로 해 봐라. 어떻게 하는 게 잘하는 건지.' 그랬어요."

자기 성찰을 해서 자아실현을 이루는 일이 참된 삶이란 말씀 아닐까.

몇 해 전까지 길상사 불교 기초교리 강좌에서 〈가정에서 자녀 교육〉이란 제목으로 강의를 하던 김종서 박사. 『금강경오가해』에서 야부 스님이 읊은 노래에 나오는 "산은 산이요, 물은 물이다"라는 가르침을 그대로 받아들이면 "어린이는 어린이요, 어른은 어른이다"로 풀이할 수 있다는 말씀으로 어린이를 어린이답게 키우지 않고 어른처럼 만들려는 어른들 잘못을 짚는다.

자연 흐름에 맡겨 잘된 일은 부추기고 잘못된 일은 내버려 두면 제 스스로 알아서 길을 찾아간다는 말씀은, 이해는 가지만 실천하기는 어렵다. 삼척동자도 다 아는 '착하게 살라'는 말씀 못지않게. 김종서 박사 가르침은 『반야의 지혜를 먹고 자라는 아이들』에서 만날 수 있다.

이
철
수

내 길을
밀어내지 않고
뚜벅뚜벅
걸어갈 뿐

목판화가. 1970년대 후반 작품 활동을 시작, 군홧발에 짓밟힌 사회에 저항하는 민중과 어깨동무하다가 물줄기를 틀어 내면 성찰을 다루었다. 자식 세대만큼은 좋은 사회에서 살게 하겠다는 열망으로 빚은 삶이었는데, 기대만큼 바뀌지 못했다. "호미 끝에 화두를 싣고 밭에서 살아라. 일에서 목숨이 들고 나는 문을 발견하지 못하면 헛사는 일"이라며 호미 놓지 말라는 농부 화가.

사랑하는 이를 뒤로 하고 울고 넘었다는 천등산 박달재 아랫마을 사는 판화가 이철수 화백 집 앞. 잠자리가 한가로이 노니는 가지런한 논을 넋 놓고 바라보는데 마중 나온 이 화백이 말을 건넨다.

"우렁 각시 도움으로 벼농사를 지은 지 한 십오 년 가까이 되었어요. 그전에는 집사람하고 둘이 꼬박 논에 매달려도 일이 그치지 않았어요. 김매다가 집사람이 쓰러진 적도 있을 만큼. 그런데 요즘에는 논에 들어가는 일이 거의 없어요. 먹을거리를 모두 길러서 먹으려니까 밭농사도 이것저것 골고루 지어요."

담쟁이가 소복이 덮인 벽 사이로 능소화 넝쿨이 운치 있게 늘어진 대문에 들어서니 잘 다듬어진 잔디 위로 활짝 핀 백련이 손들을 반긴다.

"제가 아주 젊어서 법정 스님이 번역하신 부처님 일대기를 봤어요.

반듯한 우리말로 번역한 부처님 일생을 만나면서 '이렇게 친절한 분이 계신가?' 하는 느낌을 받았어요. 나중에 보니까 『무소유』란 수필집도 내셨더군요. 이런 인연이 쌓일 거라고는 짐작도 하지 못했어요. 그랬는데 뒷날 제가 스님 대표작 『무소유』 표지 그림도 그리게 되고. 뒤늦게야 이렇게 만나고 또 흘러가는구나 하는 생각을 하게 되었어요. 씨앗을 많이 뿌리신 분이세요. 저는 어려운 걸 어렵게 이야기하는 사람보다는 어려운 걸 쉽게 이야기해 주는 사람을 따르고 존경했어요. 스님도 그런 분이셔서 옆에서 무슨 소리를 해도 같이 가겠다는 생각을 하며 살았어요."

인터뷰 약속을 해 놓고 나서 이 화백은 법정 스님을 언제 어디서 처음 뵈었는지를 떠올리려고 지난날을 곰곰이 되짚어 봤지만, 아스라이 기억 저편으로 사라진 스님과 첫 만남을 떠올리지 못했단다.

"처음에 청학 스님과 같이 뵈었을 거예요. 《불일회보》 연재를 할 즈음이었다고 기억을 해요. 저는 사람들과 이야기 줄거리를 기억하지 못하고 스냅사진처럼 화면을 떠올려요. 대사들을 떠올려야 하는 상황이 오리라고는 생각도 하지 못했어요. 그냥 오다가다 장삼이사(張三李四)로 뵌 게 아니어서 긴장을 했을 텐데도 어디서 어떻게 뵈었는지 도무지 기억이 나지 않아요. 이오덕 선생님은 우리 부부 주례를 서 주셨는데도 처음에 어디서 뵈었는지 모르겠어요. 젊은 사람이 어른하고 뵌 걸 떠올리지 못하니 참 딱한 일이지요."

# 맑고 향기롭게
# 얼굴이 된 판화

젊어서는 그냥 책만 열심히 봤다는 이철수 화백. 1970년대 말 군대 제대를 하면서 세상 이야기를 하는 그림이 별로 없기에 '나라도 하자!'는 생각으로 그림을 시작했다.

"보고 들은 것이 적은 탓도 있었지만 문학은 세상 이야기를 많이 하는데 미술엔 별로 없었어요. 책에서 이따금 외국 사례와 만날 수 있을 뿐. 그림을 시작하면서 세상 이야기 하기에는 판화가 가장 좋겠다 싶었습니다.

진보 쪽에 서서 청년기를 넘기면서 보니 그 안에서 만나게 되는 사람들 가운데 실망감을 주는 사람이 하나둘 생기더군요. 자신을 돌아보는 힘이 진보엔 반드시 필요한데 저나 제 둘레 사람들이나 그런 생각이 너무 모자랐어요. 게다가 안팎이 다르지 않다는데 바깥에다 대고 손가락질하는 그림을 십 년 가까이 그리며 살다 보니까 '너는 어떤데?' 하는 의심도 스스로 품게 되면서 제 모습을 돌아보게 되었어요."

그렇게 민중 아픔을 드러내던 이철수 화백. 질그릇에서 비롯되어 청자로 하얀 달항아리로 이어 온 우리 그릇처럼, 사람 속으로 한 발 한 발 걸어 내면 깊숙이 들어가면서 질그릇 같았던 그림이 더 덜어 낼 수 없을 만큼 정제되어 오롯이 결을 이룬다.

자신을 돌아보는 힘이 진보엔 반드시
필요한데 저나 제 둘레 사람들이나
그런 생각이 너무 모자랐어요. 게다가
안팎이 다르지 않다는데 바깥에다 대고
손가락질하는 그림을 십 년 가까이
그리며 살다 보니까 '너는 어떤데?' 하는
의심도 스스로 품게 되면서 제 모습을
돌아보게 되었어요.

"출발은 오윤하고 닮았지요. 그런데 십년 가까이 지나니까 제가 보기에도 오윤하고는 다른 길로 가는 것 같더라고요. 그랬더니 가까이서 손을 늘 잡아 주는 이현주 목사님이 '기독교하고 할 때는 재미없었는데 불교하고 만나더니 날개를 달았다.'고 하고, 권정생 선생님도 '철수 안에 저렇게 예쁜 게 들어 있었구나.' 말씀하시더라고요. 조금조금씩 제 세계라고 할 만한 게 생긴 것 같아요. 날개를 다는 순간이 와야 하는데."

그림에 변화를 가져오면서 불교다움과 만났다고 돌아보는 이 화백. 불교와 만났다고 하지 않고 '불교다움'과 만났단다.

"그래서 《불일회보》하고도 연이 닿기 시작했어요. 청학 스님이 아무것도 없는 하얀 한지로 도배를 한 방에 앉아 있던 컷이 떠올라요. 아무것도 없어서 인상 깊이 남았어요."

그런 인연이 뿌리 내리고 싹을 틔워 법정 스님이 밥값이나 하고 가야겠다면서 만든 시민모임 '맑고 향기롭게' 소식지가 1995년 3월 창간되고, 넉 달 뒤인 7월부터 소식지 얼굴은 이철수 화백 판화로 꾸몄다. 그 뒤로 이 화백 판화는 4년 6개월이나 맑고 향기롭게 정신을 오롯이 담아 맑고 향기롭게 운동가들에게 띄웠다. 법정 스님 하면 떠오르는 수필집 『무소유』 3판을 낼 때도 강원도 산막 이미지를 오롯이 드러내는 이철수 화백 작품을 표지 그림으로 썼다.

## 대중과 소통하는 불교 만들라고

"법정 스님이 괴팍하신 데가 좀 있으시잖아요. 그런데 그 괴팍하심이 우리 집에서는 존중받지 못했어요. 그래서 웃는 일이 많았어요. 세상에서 당신을 무서워하지 않는 사람은 이 사람밖에 없다고, 하하. 가끔 오셨어요. 가을걷이를 하고 벼 타작할 때는 당신도 팔 걷어붙이고 타작을 하곤 하셨어요. 저는 그런 스님 모습이 뵙기 좋았는데 모시고 온 분들은 어쩔 줄 몰라 하던데요."

웃으면서 부인 이여경 여사를 가리키는 이 화백. 법정 스님하고 연배 차가 많이 나는데도 스님을 잘 챙겨 드리지 못했다고 돌아본다. 스님 성정으로 보아 깍듯하지 않고 스스럼없는 이 화백 내외를 외려 더 편안해하지 않으셨을까 싶다. 화실에 드니 은은하게 청록 빛깔을 띤 널따랗고 고풍스런 찻상이 반긴다.

"어느 해인가 저 상을 가져다 놨는데, 스님이 들어오다가 상을 보고는 멈칫하시더라고요, 아주 잠깐. 그러더니 얼른 수습을 하시고는 별다른 말씀은 없으셨어요. 상이 크고 좋아 보여서 앤틱이라고 여기셨나 봐요. 그래서 집에 사람이 많이 드나드는데 앉을 자리가 마땅치 않아서 제가 칠하지 않은 말간 상을 사다가 다리 밑동을 자르고는 끝을 뾰족하게 바꿔서 직접 칠을 해서 다듬었다고 말씀드렸더니, 그제야 잘 만들었다고 좋아하시더라고요."

오래 전 어느 해인가 이 화백은 선화(禪畵)라고 할 만한 그림들만 따로 모아서 달력을 만들었다. 그런데 일반 달력보다 훨씬 덜 나갔다. 그 이듬해 말 스님이 선화 달력이 올해도 나오느냐고 물었다. 팔리지 않아서 만들지 않는다고 말씀드렸는데, 스님은 그 뒤로도 이따금 선화 이야기를 꺼냈다. 그러다 돌아가시기 몇 해 전부터는 이 화백을 볼 때마다 선화를 계속하라고 한마디씩 꼭 건넸다. 이 화백이 꿋꿋하게, 장사도 안 되는데 만들어 뭐하겠느냐고 말씀드리면, 사람들이 알아보지 못하거나 팔리지 않더라도 좀 남겨 놓고 죽으면 좋지 않겠느냐고 말씀했다.

"돌아가시고 나니까 그 생각이 들더라고요. 스님이 대중과 호흡하는 글을 쓰셨다고 승가에서, 특히 선승들이 선승으로서는 재미없다고 깎아내린다는 이야기를 들었어요. 스님 글을 보면 공안이나 선 이야기를 별로 하지 않으셨잖아요. 그렇지만 당신이 살아오신 내력을 쭉 살펴보면 '공부는 당신이 하고, 대중하고는 잘 씹은 암죽 같은 글로 이야기하려고 하시는구나.' 하는 생각이 들어요. 그 모습이 괜찮아 보였어요. 제게 선화를 계속하라고 하신 까닭도 거기 있지 않나 싶어요. 어쨌든 인기인처럼 되셔서 그동안 힘든 일 많이 겪으시는 모습도 뵙고, 둘레 사람들 하소연이나 이런저런 이야기를 듣게 되어 안타까웠어요. 외로우셨을 것 같아요. 우리 내외가 앉아서 스님이 사람 복은 없으셨다고 이야기했어요."

## 저희 집에서는
## 제가 해 드린 밥을 드세요

"우리는 어떤 인물이든지 눈에 보이는 대로만 받아들이죠. 흔히 어른 둘레에서 일어나는 잘못을 모두 모시는 사람 허물로만 돌리잖아요. 그렇지만 돌이켜 보면 어른이 잘잘못을 제대로 짚어 주셨으면 문제가 일어나지 않았을 수도 있지 않겠어요? 그래도 잘못을 하는 사람은 내치면 되고요. 그런데 우리는 문제를 일으키는 사람이 다 잘못을 하고 어른들은 아무런 잘못이 없다고들 해요. 그러면 제가 나서서 그래요. 어떻게 다 그 사람 잘못만 있겠느냐고. 옆에서 문제를 지켜보면서도 어른에게 제대로 알리지 않는 사람들이나, 현상을 바로 보지 못하는 어른도 문제이지 않느냐고. 그런 말을 하니까 스님이 저보고 편하다고 그러셨던 거죠."

이철수 화백 말씀을 이여경 여사가 받는다.

"저희 집에 스님을 따라오는 보살들 가운데 공양거리며 반찬을 바리바리 싸 가지고 오는 이들도 있어요. 그런 걸 보면 기분이 나빠요. 그래서 스님께 퇴박을 놨어요. '그분들 마음을 받으려면 저희 집에 오지 마세요. 저희 집에서는 제가 해 드린 밥을 드셔야지요.' 스님을 모시고 온 보살들은 공양을 할 때 스님과 마주 앉지도 못해요. 바보들이야. 제가 스님하고 마주 앉아서 밥을 먹으면 스님이 '나를 무서워하지 않는 보살은

장한이 엄마밖에 없어.' 그러시며 웃으셨어요. 제가 농담처럼 스님께 말씀을 드렸어요. '스님이 은근히 즐기시는 것 아니에요?' 그러면서 싫으면 싫으니까 그만두라고 대놓고 말씀하지 않으면 앞으로도 그런 일이 되풀이될 수밖에 없지 않겠느냐고 말씀드렸어요.

모시는 어른 좋은 점을 드러내려고 옆에 있는 사람을 웃기는 사람 만들어서는 곤란하죠. 실수나 잘못이 모두 그 사람 잘못만은 아니잖아요. 이런저런 자잘한 허물도 가지고 계시는 스님이 더 가깝게 느껴지지 않나요? 저희도 허물이 큰 사람들인데."

이런 생각을 가지고 있더라도 드러내 놓기 쉽지 않은 일인데, 당차다. 바로 이 당참이 스님 발걸음을 박달재 아래로 이끌었을까?

"이렇게 해석해도 저렇게 해석해도 다 온전하기는 어려울 것 같고 그냥 묘용(妙用)은 얼굴이 워낙 다양해서 그런가 보다 여기고 그냥 받아들이는데, 만년 스님 둘레에 갈등이 많았어요. 출판 관련 이야기나 어지러이 믿기지 않는 이야기들도 있었고. 어떤 이야기는 스님이 가지를 칠 수 있는 일일 텐데 싶었어요. 제게 스님은 늘 고마운 어른이셨기 때문에 좋은 모습을 좋은 대로만 살리지 못하게 만드는 둘레에 제가 아주 화가 났어요. 안타까웠어요."

그때로 돌아간 듯 안타까움이 짙게 묻어나는 이 화백 얼굴이 상기된다.

"평소 스님 모습을 뵈서는 거침없이 잘라 내고 가르치셨을 것 같은데, 그러지 못하시고 참 서투셨어요. 간단한 스님 선기(禪氣)도 붙잡아 헤아리지 못하는 순진하기 짝이 없는 사람들 가운데 서 계시기가 너무 힘드셨을 것 같아요."

## 받아들이고
## 뚜벅뚜벅 걸어갈 뿐

"그런저런 생각을 하다가 제가 성이 났어요. 그래서 스님 책에다 그려 드리기로 한 그림 준비를 다 해 놓고도 못한다고 억지를 부렸어요. 그러면 저는 스님이 '무슨 일이오?' 하고 전화를 하실 줄 알았어요. 그런데 스님이 이 화백이 왜 그러는지 모르겠다고 그러시면서 이 화백이 싫다면 그만두라고 하셨다는 이야기를 나중에 들었어요. 그 뒤에 스님이 제 전시회에 오셨어요. 그 자리에서 스님한테 제가 스님하고 둘이서만 뵙고 드릴 말씀이 있으니 시간을 좀 내 주시면 좋겠다고 말씀드렸더니 놀라시더라고요. 집사람 이야기대로 둘레에다가만 탓을 돌리기는 좀 어려우니까 스님이 모르고 계시는 일이라면 제가 받은 느낌을 스님께 알려 드리고 싶었어요. 그런데 그 뒤로 돌아가실 때까지 스님을 뵙지 못했어요."

이 화백이 그 말씀을 드리고 얼마 지나지 않아 스님 병환이 깊어지는 바람에 만날 겨를이 없었을 터였다. 이 화백은 스님이 돌아가시면서 당신이 세상에 펴 놓은 책들을 더는 찍지 말고 거두어들여 달라고 이야기하셨다는 소식을 듣고서 스님이 당신에게 주신 답이기도 하다는 생각이 들었다.

"제가 망설이다가 인터뷰를 하겠다고 했던 까닭도 이 이야기를 드리고 싶어서였어요. 예민한 어른이라 제가 그림을 그려 드리지 않겠다고 했을 때나 따로 한번 뵙자고 했을 때, 제가 무슨 소리를 하려고 하는지 모르셨을 리 없어요. 못되게 굴지 말고 찾아가서라도 뵙고 이야기를 드리고 말씀을 들었으면 좀 편안하셨을 텐데……. 저작물을 싹 거두라고 하신 말씀이 아주 통렬한 대답이 되었지만 부담스러웠어요. 당신 생각은 또 다른 큰 줄기를 이루는 말씀이겠지만. 그러면서 선화를 계속하라고 하셨던 말씀도 새삼스럽게 되새김질하게 되었어요."

길상사를 처음 받았다고 하셨을 때 길상사를 둘러본 적이 있다는 이 화백. 스님 돌아가시고 난 뒤에 가 보고는 너무 많이 달라진 모습에 놀라 서둘러 돌아왔다고 한다.

"이제 남은 건 스님과 추억들뿐이네요. 그런 일로 말년에 뵙지 못하게 되어 송구스럽고 아쉬워요. 불운이든 행운이든 한 얼굴로 다가오지 않으니까요. 돌아가시고 나서 불일암을 텔레비전 뉴스에서 비춰 주는데 제 그림이 걸려 있더라고요. 스님 한 분이 바람을 거슬러서 나뭇잎이 휘날리는 밑을 걸어가는 그림인데 스님은 그런 그림을 좋아하셨어요."

"내 산거(山居) 한쪽 벽에는 이철수 판화 〈소리 - 바람 부는 날 나뭇잎들〉이 걸려 있다. 가을바람에 나뭇잎들이 온통 떨며 흩날리는 그 속으로 한 수행자가 가사 자락을 날리면서 바람을 거슬러 뚜벅뚜벅 걸어가는 그림이다. 이 '소리'에 귀 기울이고 있으면 아늑한 평온이 내 안에 깃든다. 그리고 내가 가는 길이 어떤 길인지 아슴아슴 보이는 것 같다. …… 이철수 글에서는 저녁연기 피어오르는 산촌에서 쇠여물 삶는 질박하고 구수한 냄새가 난다. 단순하고 질박한 판화가 곁들인 간결한 화제는 그림과 어울려 선미(禪味)를 풍겨 주고 있다."

-법정, 이철수 전시회 도록에 실은 추천사

이철수 화백은 『무문관』 48칙을 하나하나 그림으로 만드는 연작을 준비하고 있다. 선화를 해 보라고 했던 스님 말씀에 대한 화답으로 "그림으로 창을 하나 내는 일"이란다.

"『무문관』을 비롯해 앞으로 『조주록』이나 『벽암록』처럼 평소 가까이 두고 보던 책 몇 권을 가려내어 풀어 보려고 해요. 제 몫이 아니라고 생각하고 살았는데, 스님 말씀이 큰 동인이 되었어요. 그때 그렇게 드나드실 때마다 말씀하셨어도 내 몫이 아니라고 여겼어요. 그런데 이젠 피해 갈 수 없다는 생각이 들어요. 그렇게라도 스님 뜻을……, 재밌는 책이 될 거예요."

# 홍
# 쌍
# 리

법정 스님
작사,
홍쌍리 선생
작곡

청매실농원 대표. "밥상이 약상이니 농사를 작품 하듯 정성스레 지어야 하는데 어떻게 농약도 쳐요? 내 코, 내 눈, 내 입으로 들어갈 텐데……." 만병은 잘못된 음식에서 비롯되므로, 옛날로 돌아가 자연에 가까운 우리 음식을 먹어야 건강하다고 말씀하는 건강 전도사. 아픈 사람이 한시름 내려놓을 수 있는 쉼터를 만들어 유기농 곡식으로 지은 따뜻한 밥상을 차려 주고 싶다는 농부.

매화는 본디 환한데 梅花本瑩然
달빛이 비쳐 물결 같구나. 映月疑成水
서리 눈에 흰 살결 곱게 드러나 霜雪助素艷
맑고 차가움이 뼈에 스민다. 淸寒徹人髓
마주 보며 마음 맑히니 對此洗靈臺
이 밤 찌꺼기 하나 없네. 今宵無點滓

– 율곡 이이, 「매화 가지에 걸린 밝은 달(梅梢明月)」

"매화나무 밑에 보리를 심었어요. 파릇파릇한 보리치마폭에 송골송골 맺힌 이슬 위로 하얀 매화 꽃잎이 날려서 곱다라니 왕관을 씌워요. 하얀 매화저고리와 파란 보리치마 사이를 하얀 티셔츠 차림으로 거니는 법정 스님은 그대로 '학'이셨어요."

법정 스님을 그리는 청매실농원 홍쌍리 선생 말씀을 듣다 보니 마치 선화 한 폭과 마주 선 느낌이다. 애틋하게 스님을 추억하는 선생 눈매가 달빛 받은 매화 같다.

## 매실농축액은 만병통치약

약이 되는 밥상을 찾아 셀 수 없이 해외 나들이를 한 홍쌍리 선생. 우리나라 흙은 밥이고 산천초목이 반찬이며 산에 흐르는 물이 숭늉이란다.

"우리나라같이 산에서 도라지나 더덕 뿌리를 쏙 뽑아 바짓가랑이에 쓱쓱 문질러 흙이 반이나 묻은 채로 그냥 먹어도 탈이 없는 곳이 없어요. 맵고 짜고 쓰고 떫고 신 오미오색(五味五色)이 산에 다 있어서 된장 한 가지만 달랑 들고 가서 나물들을 뜯어 씻지 않고 쌈을 싸 먹어도 탈이 없고, 철철 흐르는 개울물을 손으로 떠 마셔도 탈이 나지 않는 데가 우리나라뿐이더라고요."

사람들은 매실나무를 관상용으로 썼지 먹을거리로 여기지 않았다. 그런데 선생이 1966년도에 처음, 매실을 먹을거리로 만들었다. 시아버지한테서 매실농축액, 매실술, 매실김치 담그는 법을 이어받았기에 가능한 일이었다.

"동네 사람이 배가 아프다고 올라오면, 아버지는 얼른 물부터 끓이래요. 따끈따끈한 물에다가 매실농축액을 풀어서 먹이면, 몹시 체한 사람은 토해요. 두 번 먹여서 토하고 나면 세 번째는 토하지 않아요. 그런 뒤에 오뉴월에도 이불을 뒤집어쓰고 누워 있으라고 해요. '더워 죽겠다는데 웬 이불을 덮습니까?' 물으면 '춥든지 기분이 나쁠 때는 꼭꼭 씹어 먹어도 얹히지만, 날이 포근하든지 기분이 좋을 때는 설렁설렁 씹어 먹어도 잘 얹히지 않아. 한번 보래. 동네 제사가 언제인가. 거의 다 겨울이다. 늦가을에서 이듬해 초봄까지 아픈 사람이 많다. 탁한 피가 추우면 뭉치기 때문이다. 그러니까 나이 사십이 넘으면 몸을 따뜻하게 하고 차가운 것을 멀리해야 한다.'고 그러셨어요.

겨울 감기에 걸리면 밤이나 대추, 파뿌리나 생강, 팥을 함께 푹 삶은 물에 찹쌀 한 주먹 넣고 죽을 쑤어서, 매실농축액 먹이고 난 뒤에 먹여요. 그리곤 또 이불 덮고 누워 있게 해요. 따신 것은 몸을 데워 주고 매실은 소화를 시키니까. 아버지가 산꼭대기 의사입니다."

시아버지를 스스럼없이 아버지라고 부르는 홍쌍리 선생 말씀을 들으니 '겨우 살아 내기에 겨울'이라는 말씀이 실감난다.

## 매화꽃 송이송이
## 눈물이 방울방울

선생이 처음에 시집왔을 땐 둘레 45만 평이 다 시댁 땅이었다. 시집온 이듬해(1966), 스물네 살 먹은 며느리는 시아버지에게 밤나무를 베어내고 매화나무를 심자고 했다.

"아버지 진해 벚꽃은 4월에 피는데요, 여긴 2월 매화꽃 아닙니까? 꽃 소식을 가장 먼저 알리고 싶습니다."

돈도 되지 않는 매화나무를 심는다니까, 시아버지는 "매실은 아무도 주워 먹지 않고 사 가는 사람도 없다. 굶어 죽으려고 그러냐. 저 많은 일꾼들을 어떻게 먹일 거냐."고 역정을 냈다. 며느리는 끈질겼다. 시아버지 모르게 밤나무를 베다가 들키기도 여러 번.

"아버지를 붙들고 '명예를 떨어뜨리지 않을게요. 아버지 대를 잘 이을게요. 지켜봐 주세요.' 아무리 사정을 해도 소용이 없어서, 아침저녁으로 머리도 감겨 드리고 세수도 시켜 드리고 손발도 씻겨 드리고 팔다리도 주물러 드렸어요.

우리 아버지가 딸같이 잘 보듬어 주셨어요. 그렇지만 며느리가 밤나무를 베고 매화나무를 심으려 드니까, 내를 붙들고 울기도 많이 울었어요. 시아버지와 며느리가 대통령훈장 받은 사람도 우리 집뿐이라네요. 아직까지는."

눈이 내려 매화나무에 소복이 쌓이면 사람들은 설중매라고 모두 탄성을 지른다. 그러나 선생은 그런 밤이면 잠을 이루지 못하고 하얗게 지새웠다.

"방 안에서 왔다 갔다 왔다 갔다 했어요. '이 딸내미는 손 시리고 발 시려 죽겠는데, 엄마 니는 따뜻한 방에서 포근한 이불 덮고 자나?' 그럴까 봐 애가 쓰여 죽겠어요. 새벽에 나가서 매화꽃을 두 손으로 받쳐 들고 입김을 '호호' 쐬면, 눈 녹은 물하고 내 눈물이 매화꽃 가슴이랑 내 가슴을 다 적시더라고요. 그러다가 또 바람이 세게 불면 지들끼리 '얘들아, 이 강풍에 우리가 떨어져 죽으면 내년 봄에 엄마 못 만난다. 열두 달 새 우리 엄마 흰머리 더 나고 주름 더 깊어져서 엄마 얼굴 못 알아보면 어쩔끼고. 그러니까 눈 감고 입 꼭 닫아. 절대 떨어져 죽으면 안 돼.' 하는 소리에 나도 모르게 눈가가 촉촉이 젖어요."

매화나무 한 그루 한 그루가 선생 눈물을 밥인 양 먹고 자랐다.

섬진강가 돌멩이 보석을 베개 삼고, 새벽안개를 요와 이불 삼아 자고 일어나는 이 여인보다 더 행복한 여자가 있으면 나와 보라는 홍쌍리 선생도, 이 찬란한 아침을 맞기까지 폭풍우 몰아치는 혹독한 시련을 넘어서야만 했다. 경기도 수원 밑에서 광산을 차린 부군이 1969년부터 4년 동안 45만 평에 이르던 많은 재산을 다 털어 없앴기 때문에.

"그때는 이자가 개인 돈은 45에서 50프로, 농협 돈은 35프로였어요. 살 수가 없는 기라예. 날마다 쥐어뜯겨 싸서. 국산 옷은 확 잡아당기면

방 안에서 왔다 갔다 왔다 갔다 했어요.
'이 딸내미는 손 시리고 발 시려
죽겠는데, 엄마 니는 따뜻한 방에서
포근한 이불 덮고 자나?' 그럴까 봐
애가 쓰여 죽겠어요. 새벽에 나가서
매화꽃을 두 손으로 받쳐 들고 입김을
'호호' 쐬면, 눈 녹은 물하고 내
눈물이 매화꽃 가슴이랑 내 가슴을 다
적시더라고요.

잘 뜯겨 싸서 철없이 미제 스모루바지(미군 스몰 사이즈 바지)에 야전잠바를 입고 다녔어요. 45만 평이 빚에 다 넘어가고 요 뒤 악산만 하나 달랑 남았습니다."

하도 머리채를 쥐어뜯기다 보니 나중에는 빚쟁이들이 쥐어뜯을 머리카락도 없을 지경이었단다.

빚진 사람은 울지도 웃지도 못한다. 하루는 일을 하다가 저도 모르게 하하 웃었더니 지나가는 사람이 빚진 놈이 뭐 좋다고 웃느냐고 을러댔다. 한번은 울다가 들켰다. 이번엔 저렇게 청승을 떠니까 집구석이 그리된 게 아니냐며 끌끌 혀를 찼다. 그 뒤로 입을 닫았다.

잘살 때 시아버지가 지관을 데려다가 묏자리를 보고 허묘를 써 놓고 벌초를 하곤 했다. 선생은 시아버지에게 묘를 절대 거기다 쓰지 않겠다고 했다.

"느그 좋으라고 그러지."라는 시아버지에게 "아무리 좋아도 난 못 옵니다. 아버지 묘는 집 옆에 씁니다. 병든 아버지 아들한테 이런저런 힘든 소리를 할 것입니까, 아버지 손자한테 할 것입니까? 내는 대낮에 아버지 산소 앞에 엎드려서 울지도 못하고 웃지도 못합니다. 그러니까 산소를 집 옆에 모시고 밤 열 시가 넘어야 찾을 수 있습니다."라고 했다.

"돌아가신 뒤에 너무 힘이 들 때, 아버지 산소에 가서 수건을 입에 물고 용기를 달라고 실컷 울고 나니 흙이 이러는 것 같아요. '새댁아. 울고프면 입에 문 수건을 내뻗어 뿌리고 맘껏 울어 뿌라. 내 넓은 가슴으로 니 눈물 콧물 다 받아서 매화나무 목마를 때 주께.' 그때 정신이 바짝 들었어요."

사람들 귀에 우는 소리가 들어가지 않도록 수건을 물고 소리 죽여 울었다는 말씀에 가슴이 먹먹해진다.

## 마음 찌꺼기를 버리고 가도록<br>천국을 만들어 보라

그때 법정 스님이 오셨다.

"스님이 '저 가파른 산비탈에다가 매화를 심어서 꽃 천지를 만들어 보지 않겠느냐.'고 말씀했어요. '못해요.' 그랬더니 '후회하지 않을 텐데.' 그러세요. '그래도 난 못해요.' 그랬지요. 빈 몸으로 다녀도 힘든 곳이거든요. 얼마나 경사가 졌는지 떨어진 밤이 골짜기로 다 모여서 따로 주우러 갈 필요 없이 소쿠리에 쓸어 담기만 하면 될 만큼 가파른 곳인데, 거기다 매화나무를 심을라 카면, 아휴. 그래서 '빈 몸으로도 못 다니는 데 거기다 심으면 매실을 딸 수도 없습니다.' 그랬더니 '가팔라서 매실은 못 따니까 꽃 천지를 만들어 도시 사람들이 마음 찌꺼기를 버리고 갈 수 있도록 천국을 만들어 보라.'고 거듭 말씀을 하세요. 스님은 오시면 그냥 앉아서 이야기나 나누고 가는 성질이 아닙니다. 자꾸 같이 댕기재요. 나이 차는 그렇게 나지 않지만 스님을 아버지마냥으로 졸래졸래 따라다녔어요. '따숩기로 친정아버지보다 낫네.' 그러면서. 일 년에 서너 번, 적어도 두 번은 꼭 오셨어요. 꽃이 한 송이씩 필 때면 말씀 안 드려도 오세요. 그리고 꽃이 만개해서 바람에 휘날려 떨어질 때도 우찌 그리도 잘 아시는지 꼭 때맞춰 오셨어요. 그날 스님을 따라 모두 둘러보고는 '스님 내 할게요.' 약속을 드렸어요. 그렇게 시작했어요."

봄이 되면 온 나라 사람들이 구름떼처럼 모여 드는 매화 천국이 움틔운 지 어느덧 서른일곱 해가 지났다.

"정채봉이하고 동기간처럼 지낸 지가 20년이 넘지요. 채봉이도 스님을 아버지처럼 따르고, 나도 스님을 시아버지처럼 따랐어요. 돌아보니까 세 사람이 다 엄마를 일찍 잃었더라고요. 나는 촌놈이라 채봉이 글을 발바닥만큼이나 따라갈까요? 우리 형제들이 문장력이 참 좋았어요. 40년대 말 마을에 대학생이 네 명밖에 없을 때였는데 삼촌이 대학을 가고 오빠가 대학을 갔어요. 그런데 팔 남매 가운데 유독시리 나만 가르치지 않았어요."

배우지 않았어도 입을 열면 술술 나오는 말씀이 바로 시요, 노래다.

"이름을 지으러 갔더니 작명장이가 아버지에게 '얼마나 복이 없으면 (이런 대단한 사주를 가진) 사내애를 못 낳고 계집애를 낳았나. 애는 글을

떨어진 밤이 골짜기로 다 모여서 따로
주우러 갈 필요 없이 소쿠리에 쓸어
담기만 하면 될 만큼 가파른 곳인데,
거기다 매화나무를 심을라 카면, 아휴.
그래서 "빈 몸으로도 못 다니는데 거기다
심으면 매실을 딸 수도 없습니다."
그랬더니 "가팔라서 매실은 못 따니까
꽃 천지를 만들어 도시 사람들이 마음
찌꺼기를 버리고 갈 수 있도록 천국을
만들어 보라."고 거듭 말씀을 하세요.

가르치지 말고, 기를 못 피우게 눌러 키워라.'라고 했대요."

그러면서 이름을 상의(相義)라고 지어 줬다. 그런데 호적계에서 그만 두 쌍(雙)에 다스릴 리(理) 자를 써서 '쌍리'라고 올렸다. 뒤에 그 사실을 알고도 가시내니까 그냥 내버려 두라고 해서 이름이 되었다. '홍쌍리 청매실농원'이라고 하니까 사람들이 홍쌍리에 있는 청매실농원이라고 오해를 하기도 하는 선생 이름은 이렇게 지어졌다. 쌍(雙) 자는 둘이라는 뜻이지만 밭을 가리키기도 한다. 너른 흙을 다스리는 선생에게 걸맞은 이름이다. 작명가가 지어 준 이름 또한 넓을 홍(洪), 서로 상(相)에 옳을 의(義) 자이니, 넓은 세상에 의롭고 선량하게 어우렁더우렁 어울려 살라는 뜻을 지녀 그 이름 또한 홍쌍리 선생 삶과 잘 어울리는 훌륭한 작명.

"산을 까서 이 집을 지을 때 스님들 다섯 분이 와서 기도를 했어요. 내 손에 밤 가시 하나 찔려도 너무 아픈데, 포클레인으로 땅을 팔 때 지신(地神)님이 얼마나 아플까. 길을 낼 때도 날마다 '흙아! 미안하다. 고맙다.' 이게 내 노래예요. '천국을 만들려고 그러니까. 상처가 나도 지신님이 좀 이해를 하이소.' 용서를 구하는 말을 입에 달고 살았어요."

홍쌍리 선생 말씀에, 길상사를 일굴 때 경내에 있는 나무를 꼭 베어내야 할 사정이 생기면 당신과 먼저 상의를 한 뒤에 나무에게 베어야 하는 사연을 말하고 용서를 빌고 나서 베라고 했던 법정 스님 말씀이 떠올랐다.

## 3층을 올리면 알이 부화되지 않고 썩는다

"스님은 마음에 들게 해 놓으면 잘했다고 칭찬을 하시고, 마음에 안 들게 해 놓으면 마구 야단을 치세요. 바로 쳐다보지도 못할 만큼."

선생이 공장을 옮기려 할 때 스님이 오셨다. 스님에게 공장 터를 보여 드리면서 공장을 이리로 옮기려고 한다고 말씀드렸다. 선생 말이 끝나기 무섭게 법정 스님은 낙엽이 수북이 모여 쌓이는 곳이 어디냐고 물었다. 지금 서 있는 곳이라고 말씀드리니 그러면 창고가 아니냐고 말씀하고는 "내가 어디 가서 뭘 봐 주는 사람이 아닌데, 아무리 봐도 여긴 창고"라면서 공장 있던 자리에 가 보자고 했다. 공장 있던 터에 간 스님은 기계는 이미 뜯어 새 공장 터로 옮겨놓았는데도 "이곳에서 기계 소리가 나지 않나. 절대로 공장을 옮기지 마라."고 말씀했다.

그렇게 터를 잡아 준 법정 스님은 뒷산을 가리키면서 "쯧쯔, 좌청룡 우백호에 코가 있고 입이 있는데 턱이 없구나." 하며 혼잣말하듯이 말씀을 던졌다. "그게 무슨 말씀이냐고 한번 물어볼 법도 한데 묻질 않았어요. 그 뒤로도 오실 때마다 가끔 그러셨어요."

그러고 한참이 흐른 뒤에 광양시에서 김대중 대통령이 청매실농원에 가실 테니 헬기 앉을 자리를 만들라고 했다. 홍쌍리 선생은 전시관 앞비탈에 흙과 돌을 트럭 3천7백 대분을 부어 메웠다. 지금 장독대 자리다. 공사를 마치고 나니까 법정 스님이 오셨다.

돋워진 자리를 본 법정 스님, "잘했다. 이제 턱이 있어 됐다."며 "돈 많이 들었지? 빚 많이 졌지? 그래도 앞으로 괜찮을 것이다."라고 했다. 왜 진작 알려 주지 않았느냐는 선생 말에 "그땐 보살이 빚에 깔려 죽을 판인데 그 소리를 어찌 하겠나."라고 말씀했다. 그때 일을 벌인 김에 전시장 올라가는 왼쪽으로 축대도 새로 쌓았다. 그 모습을 본 법정 스님이 축대 위에다 항아리를 한 줄로 나란히 놓으라고 이르시기에 그대로 했다.

"그 뒤에 웬 스님이 한 분 오셔서 누가 저렇게 항아리를 일자로 놓으라고 했느냐고 물어요. '법정 스님이요.' 그랬더니 무릎을 치는기라. 햇빛 나면 항아리가 얼마나 번쩍거립니까? 그 스님은 용 비늘이 번쩍거린다고 하더군요."

어느 해 법정 스님은 섬진강 건너 산을 가리키면서 "저 앞산을 봐라. 수놈 학이고, 이 뒷산은 암놈 학이다. 암컷이 부화하려고 알을 품고 앉았는데 수컷이 섬진강 먹이를 끝없이 물어다 준다. 그러니 이곳에 집을 2층 이상 올리지는 마라. 3층 높이로 지어 버리면 알이 부화되지 않고 썩는다."고 말씀했다. 그러고 한참 뒤에 장독대 아래 집을 짓는데, 집 골조가 장독대보다 더 올라왔다. 마침 그때 법정 스님이 오셔서 차를 대어 놓기가 무섭게 건물 골조가 솟아 있는 걸 보시더니 두 말도 하지 않고 다시 차에 오르셨다. 느닷없는 스님 모습에 당황한 선생이 쫓아가서 차 문고리를 잡으며 다급하게 외쳤다.

"'스님! 와예?' 하니까 도로 내리시더니 아따 눈에 불을 번쩍이시면서 '저 건물 누가 저렇게 높이 지으랬어!', 아이고 너무너무 화를 내세요. '생각해 봐라. 코앞에 키 큰 사람이 앉아 있으면 아무것도 보이지 않는다. 내가 그러지 않았나. 지어도 절대 2층 이상은 짓지 말라고. 어쩌자고 저렇게 큰 건물을…….' 스님이 말을 잇지 못하셔예. 그걸 뜯어내는데 5천만 원도 더 들었어요. 그나마 지붕도 안 덮고 뼈대만 세워 놨을 때니까 망정이지. 뒤에 오셔서 '이제 됐다.' 그러시더라고요. 스님은 좋은 말씀을 하셔도 부드러운 인상은 아니거든요. 그런데 화가 나시니까 무섭데예. 평생 잊히지 않는 기라예."

뒷이야기지만, 홍쌍리 선생은 2층 이상 짓지 않으려 했는데 장성한 아들 고집을 꺾지 못해 생긴 일이었다.

## 밥상이 약상이제

"친정아버지가 나를 국문학과를 보내 줬더라면 얼마나 좋았을까 아쉬워하다가도 내를 공부시키지 않아서 다행이다 싶어요. 공부를 시켰더라면 흙을 일구는 농사꾼이 되지 못했을 테고, '밥상이 약상'이라는 걸 몰랐을 테니까요."

농사는 작품이지 돈이 아니라며 농부라서 행복하다는 홍쌍리 선생. 한 해 김장을 배추 5천 포기나 담는다.

"우리는 천오백 포기쯤 먹고 나머지는 장애인들이나 엄마 아빠 없는 아이들, 자식 없는 노인네들과 나누지요. 김장할 때보다 배추 가꿀 때가 더 힘들어요. 배추 속은 파란 벌갱이가 먹고 겉잎은 달팽이가 먹어요. 다닥다닥 붙어 있는 달팽이한테 '달팽아 맛있나? 니도 먹고 나도 먹자. 니가 조금만 먹는다면 잡지 않을게. 나는 식구가 많으니까. 이 어미 힘이 들어.' 그러지요. 나눠 먹어야지요. 벌갱이가 먹지 않으면 사람도 먹어선 안 돼요."

가꾼다는 말은 본디 몸을 매만지거나 꾸민다는 말이다. 그런데 우리나라에서는 채소나 곡식도 가꾼다. 땅을 걸구는 데부터 정성을 쏟아 마치 아이를 쓰다듬고 어르듯 한다. 개화기 기독교 선교사 게일은 우리 밭농사를 가리켜 "농사가 아니라 원예(園藝)"라고 했다.

"요새 웰빙이니 친환경농법이니 그런 말을 많이 하는데, 옛날 우리 조상님들이 짓던 농사나 음식이 가장 좋아요. 길은 새로 난 고속도로가 좋지만 농사를 짓든 먹든 '거꾸로 가라. 먹던 대로 먹어야 한다.'는 생각이에요. '전쟁에서 2등 하면 나라가 없는데, 농사라고 왜 2등을 할 것이

길은 새로 난 고속도로가 좋지만
농사를 짓든 먹든 '거꾸로 가라.
먹던 대로 먹어야 한다.'는 생각이에요.
'전쟁에서 2등 하면 나라가 없는데,
농사라고 왜 2등을 할 것이냐!
땅 살리고 풀 살리고 사람 살리는
약 밥상을 만들 것인가,
땅 죽이고 풀 죽이고 사람 죽이는
병 밥상을 만들 것인가.' 많이 아프다
보니까 그게 화두였어요.

냐! 땅 살리고 풀 살리고 사람 살리는 약 밥상을 만들 것인가, 땅 죽이고 풀 죽이고 사람 죽이는 병 밥상을 만들 것인가.' 많이 아프다 보니까 그게 화두였어요."

선생은 스물아홉 살 때 자궁내막염으로 수술을 두 번이나 했다. 또 류머티즘으로 밥을 떠먹지 못했고, 목욕은 물론이고 머리도 감지 못했다. 팔과 다리, 허리를 구부릴 수 없어서, 견디다 못해 자연농법 효시로 『짚 한 오라기의 혁명』을 펴낸 후쿠오카 마사노부를 찾아가 '흙이 밥이고 매실이 뱃속 청소기'란 걸 깨우쳤다.

온전히 우리 조상님들이 짓는 농사법대로 가야겠다고 마음먹은 선생은, 3만 평에 예순 종이 넘는 야생화를 모두 먹을거리로만 심었다. 산에서 일하다 내려오면서 이것저것 뜯어 그냥 나물도 해 먹고, 데쳐도 먹고, 겉절이도 해 먹고, 매실된장에 쌈도 싸 먹고 했다.

"류머티즘은 낫지 않는다고들 해요. 그런데 쑥뜸하고 매실농축액으로 싹 나았어요. 맵고 짜고 시고 떫고 쓴 오미오색이 다 담긴, 산에 난 풀이란 풀을 다 뜯어다가 채로 썰고, 열 가지가 넘는 곡식 가루 세 숟가락 매실농축액 세 숟가락 넣고, 십년 묵은 간장으로 간을 하고, 참깨는 볶아서 빻은 걸 뿌려서 김에다 싸 먹었어요. 국을 먹어야 할 때는 다시마, 무, 표고버섯, 두부나 콩나물을 넣고 된장에 멸치는 넣지 않고 끓여 먹었어요. 쑥뜸을 뜰 때 멸치를 먹고 뜨니까 가려워서 끊임없이 긁어 대니 피도

나고 못 견디겠더군요. 그때 멸치도 단백질이 많다는 걸 알았어요. 가장 좋은 게 미역이에요. 미역은 십 년 묵은 간장에 참기름 조금 넣고 자글자글 볶아 놓으면 기름이 안 뜨고 뽀얗게 돼요."

석 달 열흘씩, 세 해 동안 다섯 번 단식을 하고 나니 73킬로그램이던 몸무게가 53킬로그램이 되었다. 그 전엔 약을 너무 많이 먹어서 사람 얼굴이 둘셋으로 겹쳐 어른어른해서 잘 알아보지 못했는데, 그 뒤로 칠순을 앞둔 이제까지 안경 쓰지 않고도 저녁에 신문도 잘 본다.

## 하필이면
## 이 봄날에 가셨습니까

스님이 편찮다는 소식을 들은 선생은 강원도로 제주도로 반찬을 해서 부치고, 가슴앓이에 좋다는 음식은 뭐든지 다 해서 보내 드렸다.

"폐에 좋다는 뿌리, 잎, 꽃잎, 열매를 두루 고아 조청을 만들고 반찬은 일고여덟 가지를 했어요. 폐에 수수가 좋거든요. 그래서 수수 조청도 만들어서 함께 보냈어요. 그걸 받으시고는 하루는 스님이 전화를 하셨어요. '날이 따뜻해지면 초가집에 가서 하룻밤 자고 불일암으로 가마. 누가 이렇게 늘 정성스레 만든 반찬을 꾸준히 보내겠나. 보살 편지를 받아 들고 나도 모르게 눈물이 났다.'"

법정 스님은 치료를 받으러 미국 병원에 다녀오고 나서, 선생에게 길상사에 한번 다녀가라고 했다.

"딸내미하고 같이 갔는데, 행지실 문을 여니까 너무 많은 사람들이 들어앉아서 들어갈 틈도 없더라고요. 들어가 사람들 뒤로 가려고 하는데, 스님이 '그 먼 데서 왔네.' 그러시면서 자꾸 가운데로 오라케요. 옆에 가서 앉으니까 스님이 차를 따라 주면서 '보살, 이 떡 맛있어.' 그러시곤 내 손을 덥석 쥐고 치켜드는 거라, 그 많은 이들 앞에서. 그러곤 '내가 한마디 하면 둘셋을 하는 보살님이다. 내가 뭐라고도 많이 했지만 그 말을 믿고 이제까지 신통하게 잘해 왔다. 다른 데 가서 똑같이 시켜도 잘 따르지 않더라. 이 손 좀 보라. 여기 앉아 있는 분들이 한 번씩 다 가 봐라. 어찌 해 놓고 사는지를.' 이러세요. 민망해서 혼났어요. 너무 사람들 앞에서 내세우니까. 사람들이 모두 어떤 부모가 저렇게 말해 주겠느냐고 그러더군요. 비행기 시간이 다 되어서 가겠다고 일어나니까 스님이 사리문 밖까지 나오셔서 조심히 가라면서 손을 꼬옥 잡으셨어요."

그런 선생도 스님 말씀대로 하지 못한 게 있다고 아쉬워한다. 스님이 오시면 늘 앉아 섬진강을 물끄러미 바라보던 곳이 있었다. 어느 날 스님은 거기에 자그마한 암자를 하나 지어서 기도를 하면 보살님 몸과 마음이 편안할 것이라고 말씀했다.

"내가 '너무 좁아서요.' 그러니까 '혼자 들어가서 기도할 건데 좁으면 어때서.' 그러셨어요. 벌써 한 20년 됐어요. 터만 다듬어 놓은 채로 아직 그대로 있어요."

2008년 제주도로 요양을 가시기 전, 법정 스님은 선생에게 전화를 걸어 느닷없이 광양시장을 모셔 놓으라고 했다. 스님은 한 시간 앞서 오셔서 산을 다 둘러보고는 곱게 핀 꽃을 보면서 매화나무 몇 그루를 길상사로 옮겨 심어 달라고 했다. 농원을 한 바퀴 쭉 둘러본 스님은 예전과는 달리 숨을 가빠하셨다.

"그때는, 왜 나는 멍청이같이 스님이 힘들어서 그러시는 걸 몰랐을까요." 스님은 20년 넘은 동백을 보러 가자고 했다. 그곳에서도 당신 마음에 드는 동백나무를 골라 끈으로 묶고는 길상사에 심어 달라고 했다.

"스님은 하얀 땅콩죽에 백김치를 좋아하셨어요. 하얀 땅콩죽에 하얀 김치를 놓고 스님이 하얀 티셔츠를 입고 드시는 모습이 마치 외로운 학 한 마리가 앉아서 밥을 먹는 모습이에요."

밥을 드시고 난 법정 스님은 "보살님이 그동안 고생을 너무 했으니 시장님이 많이 도와주세요." 하고 광양시장에게 간곡히 부탁했다.

"너무 놀랐어요. 그런 말씀을 하실 줄은 꿈에도 몰랐어요. 그게 마지막이었어요."

코미디언 백남봉 씨는 "청매실농원아, 번개춤 춰라! 하동이 돈 벌꾸마?" 그랬단다. 3월 매화 축제를 하면 사람들이 청매실농원에 와서 꽃을 보고 즐기지만, 먹고 자는 일은 하동에서 다 한다는 이야기를 빗대서 한 말이다. 하동뿐 아니라 청매실농원이 있는 다압면은 물론이고, 멀지 않은 구례까지 매화 덕을 톡톡히 본다.

"다른 축제는 10일이나 길어야 14일쯤 하는데 여기는 30일이거든요. 꽃이 낮은 데서 피기 시작해서 꼭대기로 올라가면서 피니까요. 하동 사람들 한 해 소득이 매화꽃 축제 때가 으뜸이라, 자고 일어나면 청매실농원 쪽으로 절 한 자리 하고 아침밥을 짓는 사람들도 있대요. 우리 다압면 사람들은 온갖 잡곡이나 말려 놓은 채소들을 우리 집 앞에 와서 다 팔아요. 논 천 평 1년 농사짓는 것보다 여기 와서 한 달 파는 소득이 더 많다고 해요. 다 같이 살아야 하니까 다른 곳에서 온 잡상인들이 들어오지 못하게 삼교대로 경호를 서요. 잡상인이 밤중에 들어올지 새벽에 들어올지 모르니까."

사람들은 입을 모아 말한다. 청매실농원은 농원이 아니라 공원이라고. 법정 스님은 병풍 같은 산에 매화나무를 심어 마을 사람들 살림 넉넉해지고 메마른 도시 사람들 안식을 찾게 하는 '꽃 천지 마스터플랜'을 세우셨고 홍쌍리 선생은 그 꿈을 실현했다.

"스님! 하필이면 이 봄날에 가셨습니까? 매화가 피는. 매화꽃이 스님을 뵙고 싶어 어찌 살라고예. 봄이 오면 매화꽃이 스님을 얼마나 기다리는데예. …… 하얀 매화꽃 저고리, 스님이 앉아 계시던 파란 보리치마…… 지금도 보리 잎이 스님 온기를 기다리고 있네요. …… 스님, 부디 저세상에서는 아프지 마시고 건강히 글 많이 쓰십시오."

# 문순태

작은 것으로
기꺼워하기란
참으로 어렵다

소설가. 다듬이 소리, 엿장수 가위 소리, 뻥튀기 소리, 계절에 따라 달라지는 물소리, 바람 소리, 새 소리…… 이젠 볼 수도 없는 제비나 뜸부기 우는 소리를 그린다. 고왔던 아내 얼굴에 느는 주름이 안타깝고 애잔해도, 늙어 가는 모습이 바람 소슬한 늦가을 단풍 물들듯이 고즈넉하게 아름답기까지 하다며 부부가 손잡고 마지막 쉼터로 시나브로 다가가기에 편안하다는 소설가.

소설가 문순태 선생이 사는 마을 이름이 '생오지(生奧地)'이다. 깊숙한 두메산골.

"대학 정년을 하고 나서 고향 나들이 길에 수소문을 해 보니 빈 카페가 있었어요. 여기다 책을 두면 되겠다 싶어서 샀는데 며칠 와서 자 보니까 너무 좋더라고요. 처음엔 집사람이 들어오지 않으려고 해서 설득하는 데 시간이 좀 걸렸어요. 아침마다 산을 한 바퀴 돌고 내려오면 입맛이 돌아 밥맛도 좋고, 닭을 키워서 달걀을 먹고 채소 심어서 먹으니까 돈 들 일도 별로 없고, 조용하고 좋아요. 마을 사람들도 좋고. 이제 집사람은 아예 광주엘 나가지 않으려고 해요."

## 말에는
## 쓰는 사람 넋이 담겨 있다

집필실에서 가장 눈에 들어온 것이 두툼한 우리말 사전이었다. 뭘 몰라서 소설가도 사전을 보느냐고 물었더니, 선생은 사전이 없으면 글을 쓰지 못한다고 했다. 늘 사전을 떠들어 보는데 쓰지 않는 친근하고 살가운 토박이말들이 너무나 많아 무척 아깝단다.

"한때 가장 부러운 이가 우리 풀 이름, 꽃 이름, 나무 이름을 많이 아는 사람이었어요. 이젠 좋은 책이 많이 나오고 인터넷에서도 쉬이 찾을 수 있어서 넉넉하지요. 그러나 독자들이 영리해서, 읽어 보고는 자료를 인터넷에서 뺐구나 발로 뛰어 찾아냈구나 다 알아차려요."

땀을 흘려 발로 뛰어 찾은 자료만이 독자들에게 감동을 준다는 선생은, 사람들이 흔히 형용사나 부사에만 관심을 갖는데 우리가 쓰지 않는 토박이말 가운데는 명사도 아주 많다고 한다. 선생은 잘 쓰이지 않는 토박이말을 작가들이 많이 쓰면 쓰임새가 높아져서 언젠가는 표준말이 될 수도 있다는 희망을 놓지 않는다.

"제 장편소설 『타오르는 강』이 나오고 나서 얼마 지나지 않아, 책이 생각보다 잘 나가지 않는다고 그랬더니 황석영이가 '형, 표준말로 다 바꿔 버려. 그러면 많이 팔릴 거야.' 그러더라고요. 고민을 많이 했어요. 법정 스님께서 『타오르는 강』을 다 읽으셨다기에 '스님! 석영이

가 여기 나오는 토박이말을 다 표준말로 바꾸라는데요.' 그랬더니, 토박이말은 그곳에 사는 사람들 넋인데 더 살려 써야지 무슨 소리냐고 펄쩍 뛰셨어요."

작가에게 주어진 사명은 고운 우리말을 바르게 살려 쓰는 일이다. 문순태 선생은 작품에 오달지게 살갑고 도타운 우리 토박이말을 잘 버무려 넣어 『표준국어대사전』에도 여러 번 오른 몇 안 되는 작가 가운데 한 사람이다. 『우리말 소반다듬이』를 펴낸 권오운은 "우리말에는 까막눈인 요즘 젊은 작가들은 문순태 작품을 읽으려면 『임꺽정』을 읽을 때처럼 국어사전을 펴 놓고 시작해야 할 것."이라고 했다.

선생은 생오지로 옮겨온 뒤 창작집 『생오지 뜸부기』를 냈고, 사진과 어우러지는 전쟁 체험기 『나를 울린 한국전쟁 100장면』, 광주학생독립운동 사건을 그린 소설 『알 수 없는 내일』, 에세이집 『생오지 가는 길』과 『그리움은 뒤에서 온다』를 펴내며 왕성한 창작 활동을 하고 있다.

"아침에 6시에 일어나 산 한 바퀴 돌고 와서 개와 닭 모이를 주고 9시부터 12시까지 글을 써요. 지금은 소쇄원을 소재로 장편 하나 쓰고 있는데, 초고 6백 매쯤 썼습니다. 소쇄원을 조성한 양산보라는 사람이 굉장히 매력 있더라고요."

열다섯 살 때 서울로 가서 조광조 선생 제자가 된 양산보는, 자기 인

"형, 표준말로 다 바꿔 버려.
그러면 많이 팔릴 거야." 그러더라고요.
고민을 많이 했어요. 법정 스님께서
『타오르는 강』을 다 읽으셨다기에
"스님! 석영이가 여기 나오는 토박이말을
다 표준말로 바꾸라는데요." 그랬더니,
토박이말은 그곳에 사는 사람들 넋인데
더 살려 써야지 무슨 소리냐고 펄쩍
뛰셨어요.

생 좌표인 조광조 선생이 능주로 유배 와서 사약을 받자 스승 시신을 수습하고 고향으로 돌아와 은둔하면서 소쇄원을 만든다. 김인후, 송순, 임억령, 송강 정철 같은 많은 선비들이 소쇄원에서 시를 쓰고 담론을 주고받았지만, 막상 소쇄원 주인 양산보는 붓을 꺾었다. 양산보는 소쇄원 안에 봉황이 날아오기를 기다리는 대봉대(待鳳臺)란 초당을 짓고 벽오동을 심었다.

"옛 선비들은 나무 하나를 심는 데도 뜻을 부여했어요. 형제가 우애 있기를 바랄 때는 앵두나무, 큰 학자가 나오기를 바랄 때는 회화나무를 심는 식으로 은행나무 한 그루, 오동나무 한 그루, 매화나무 한 그루 심을 때마다 저마다 다른 뜻을 기렸어요."

양산보는 새로운 세상을 꿈꾸는 봉황이 나타나기를 기다렸다. 철저하게 스스로를 비우고 시 한 편 쓰지 않고 봉황을 품을 둥지만 튼실하게 가꾸었다. 봉황(鳳凰)은 본디 봉(鳳)이었다. 그런데 뒤에 수컷(鳳)과 암컷(凰)으로 나뉘었다. 양산보가 기다리던 봉황은 암수한몸이었던 봉(鳳)이었을 게다. 너와 내가 갈등 없이 한 몸이 되어 힘껏 날아오르는 후천개벽을 꿈꾸었을 양산보 생각에 잠시 넋 놓고 앉았다가, 법정 스님과 인연을 물었다.

## 법정 스님
## 주례사

“제가 전남매일신문사라고 야당 성향을 띤 신문사엘 다녔어요. 그 때는 기자들이 신문 행간에 의미를 담아내려고 애를 쓸 때가 아닙니까. 유신시대, 닫힌 사회니까 할 일도 별로 없고, 써 봤자 제대로 된 글도 쓸 수 없어서 법정 스님한테 자주 놀러 갔어요. 스님이 불일암에 계신지 안 계신지는 송광사 아래 광천지서에 전화를 해서 물어봤어요. 제가 80년도 봄에 「봄이 오네」라는 시리즈를 했어요. ‘봄’이 상징하는 뜻을 살려서. 맨 먼저, 민주화운동을 하신 법정 스님을 모셨어요.”

선생은 그 뒤로 1980년 8월, 기자들을 마구잡이로 내쫓을 때 가장 먼저 잘렸다. 그러자 경향신문사에서 나오는 월간지에서 법정 스님 인터뷰를 해 달라고 연락이 왔다. 일자리를 잃어 한 푼이 아쉬웠던 선생은 스님을 찾아가서 인터뷰를 부탁했다. 스님은 무슨 인터뷰냐며 그냥 놀다가 가라고 했지만, 그다지 막는 눈치는 아니어서 차도 마시고 밥도 얻어먹고 느긋하게 있었다.

조금 있으니까 스님 글을 너무 좋아해서 벌교에서 송광사로 신혼여행을 왔다는 신혼부부가 올라왔다. 법정 스님은 “내가 주례사 한마디 하지.” 하면서 새색시한테 운을 뗐다. “컬러텔레비전은 샀소?” 그때는 컬러텔레비전이 막 나올 때라 웬만한 집에서는 살 엄두를 내지 못했다.

"아뇨. 아직 못 샀는데요." 신랑이 대신 말했다.

"살 거지요?"

"사 주렵니다."

"냉장고는 샀소?"

"냉장고도 사야지요."

"그러면 두 개를 다 사지 말고 하나만 사고 하나는 남겨 두시오."

"왜요?"

"아, 컬러텔레비전을 사고 냉장고를 사고 나면 다음에는 또 뭣이 사고 싶겠소? 사람 욕망이 그치지 않아 점점 더 사고 싶은 욕심이 커지니까 둘을 갖고 싶을 때 다 사지 말고 하나는 늘 남겨 두시오."

스님은 그 밖에도 여러 가지를 짚어 줬다. 그리고 내려가는 신혼부부 등에다 대고 "송광사 입구에 초가집 한 채가 있는데, 노부부가 살고 있으니 꼭 들러서 사는 이야기 좀 듣고 가라."고 했다.

"거긴 왜 들르라 하셨느냐고 여쭈니까, 아주 가난한 노부부가 가진 것은 없지만 참 행복하게 사는데 당신 천 마디보다는 거기서 한 시간 있다 가는 게 사는 데 좋을 것 같아 그랬노라고. 참 뜻깊은 말씀이잖아요. 여러 사람들이 올 때마다 화두처럼 던지는 이런저런 말씀이 가슴에 와 닿더라고요. 그 이야기들을 듣고 내려오는데 뛰어 내려오면 흐트러져서 기억이 사라질까 조심조심 내려와서 송광사 아래 찻집에 앉아 꼼꼼히 적었어요."

말씀 끝에 법정 스님이 외환위기 때 하셨던 말씀이 떠올랐다.

찢어지게 가난한 선비가 살기가 너무 힘들어 저녁마다 향을 사르고 천지신명에게 열심히 기도를 올렸다. 비가 오나 눈이 오나 바람이 부나 한결같이. 그러기를 여러 달. 하늘에서 소리가 들렸다. "옥황상제께서 그대 기도에 감동하셔서 내게 소원을 들어 오라 하셨으니 소원을 일러 보라!" 느닷없는 소리에 어리둥절해하던 선비가 "소원이랄 것도 없고, 그저 몸이나 가리고 제때 밥걱정이나 하지 않고 한가롭게 산천을 두루 누비며 살았으면 좋겠습니다." 하고 말하니, "아니, 그것은 하늘나라 신선이나 누릴 수 있는 즐거움인데 어찌 그대가 누리기를 바라는가. 부자가 되기를 바란다면 얼마든지 해 줄 수 있지만 그것은 참으로 들어 주기 어려운 소원일세."라고 했다는데.

## 그냥 사람 사는 이야기<br>비어 있는 맑음

"스님은 장에 가는 걸 그렇게 좋아하셨어요. 장에 가서 시골 할머니나 아주머니들이 열심히 사는 모습을 보면 충전이 되신대요. 같이 가 보면 뭘 사지는 않고 늘 어떻게 사느냐, 벌이는 얼마나 되느냐 물으세요. 장바닥에 조그마하게 나물 같은 걸 뜯어다 파는 분들이야말로 가진 게 없잖아요. 그 빈 마음을 지닌 가난한 분들 말갛고 밝은 표정을 좋아하고 아주 부러워하셨어요. 스님은 둘레 오일장을 다 외우고 계셨어요. 순천, 승주, 주암…….”

그 무렵 불일암은 달맞이꽃이 한껏 제 자랑을 하며 피어 대고 대낮인데도 뒷산에서 귀촉도가 서럽게 울어 댔다.

“‘스님, 귀촉도가 밤에만 우는 줄 알았는데 이곳에서는 낮에도 우네요.’ 하고 말씀을 건넸어요. 스님이 ‘어젯밤에 귀촉도가 어찌나 서럽게 울어 쌌던지 잠을 통 못 잤어.’ 그러세요. ‘귀촉도가 왜 스님을 잠 못 들게 했을까요?’ 여쭸더니 당신이 전생에 누군가를 잠들지 못하게 했을지도 모르겠다고 하셨어요. 그래서 스님은 전생에 무엇이었다고 생각하느냐고 물었더니 ‘나는 전생에도 중이었던 것 같아. 어렸을 적에 스님이 탁발을 하러 마을에 오면 반가워서 쫄래쫄래 따라다녔거든. 스님이 마을을 떠날 때는 동구 밖까지 따라 나가서 스님이 보이지 않을 때까지 넋 놓고 바라보았다니까.’ 그러셨어요. 전생에 스님이었다고 확고하게 믿고 계시더군요.”

“큰절까지 내려가기 귀찮으니까 그냥 여기서 상추쌈으로 요기를 때우더라고.” 선생은 가끔 스님이 차려 주는 공양을 받았다. 밥상은 소박했다. 반찬이라고 해 봐야 상추와 생된장에 생오이 몇 조각과 된장에 버무린 취나물뿐. 그야말로 ‘무소유’ 밥상이었다. “그런데 스님, 불일암에는 왜 상좌가 없습니까? 허드렛일은 상좌 스님한테 시켜야지요.” 스님이 손수 차려 주는 밥상을 받으며 민망해 어쩔 줄 몰라 하며 선생이 물었다.

지식인 눈은 굴절되어 순수하지 못하죠.
세상이 무지렁이라고 일컫는 이들이 외려
더 순수해요. 보면 본 대로, 느끼면 느낀
대로 얼마나 깨끗해요. 있는 그대로 모습,
그 순결성이 얼마나 아름답고 소중한지.
낮아지면요, 세상이 더 잘 보여요.

"상좌 필요 없어. 아랫사람 하나 거두는 게 지옥 한 칸 끼고 사는 것이나 다름없거든. 그런데 왜 세상 사람들은 한사코 높은 자리에 올라가 많은 사람 거느리기를 좋아하는지 모르겠어. 이거면 충분히 한 끼 때울 수가 있겠지? 돼지는 입이 맨 앞에 있지만 사람 입은 얼굴 맨 아래에 있는 까닭 알아? 사람은 먼저 생각하고 보고 듣고 냄새 맡고 말하고 그다음에 먹는 존재이기 때문이지. 그런데 사람들은 마치 먹으려고 사는 듯이 기를 쓰고 먹는 걸 앞세우거든."

법정 스님은 문순태 선생에게 시사(時事)는 아무런 의미가 없으니 그런데 빠지지 말고 자연에 더 많은 관심을 가지라고 했다.

"그때는 무슨 말씀인지 잘 몰랐어요. 뒤에 신문사 그만두고 에세이집을 묶을 때 신문에 썼던 칼럼들을 모아서 책을 내려고 했어요. '이거 쓰다가 잡혀가면 어쩌지?' 하면서 가슴 조이며 썼던 칼럼들인데, 뒤에 보니까 아무런 의미가 없더라고요. 그제야 '아, 스님이 하신 이야기가 이 말씀이셨구나.' 싶었어요. 생선은 썩기 쉽고 썩은 생선을 먹을 수 없다는 말씀. 감동이 밀려들더군요. 그냥 사람 사는 이야기, 나무나 풀, 새들 이야기가 생명력이 있어요."

작은 꽃이나 풀잎 하나도 결코 하찮지 않다. 스님은 사람들이 처음 마음자리를 찾아 세상, 자연과 내가 둘이 아님을 깨달아 눈에 띠지 않는 작은 꽃 하나에 정성을 쏟게 했다. 맑고 향기롭게 '살림'.

## 낮아지면
## 비로소 보인다
## 작은 꽃에 담긴 우주가

"시골에 있으면 자연스레 낮아져요. 낮아질 수밖에 없어요. 제가 고추나 채소를 심을 때 여기 분들이 제게 유치원생이라고 그러세요. 그분들은 농사 잘 짓잖아요. 그런데 저는 번번이 실패를 하죠. 제가 한없이 낮아지는 걸 느껴요. 자연 속에서 낮아지고 사람들 속에서 낮아지고. 한없이 낮아질 수 있음이 얼마나 자유로운지."

선생 에세이 『그리움은 뒤에서 온다』를 읽었을 때 느꼈던 감동이 되살아난다. 질박하지만 누추하지 않은, 담백함.

"글에서 사치를 부리고 깨달음을 드러내 본들 무슨 의미가 있겠어요. 그냥 있는 그대로. 제 소설에 지식인이 별로 나오지 않아요. 어떤 평론가들은 지식인을 써야 소설이 고급해지고 수준이 높아진다고 하는데 그게 아니에요. 지식인 눈은 굴절되어 순수하지 못하죠. 세상이 무지렁이라고 일컫는 이들이 외려 더 순수해요. 보면 본 대로, 느끼면 느낀 대로 얼마나 깨끗해요. 있는 그대로 모습, 그 순결성이 얼마나 아름답고 소중한지. 낮아지면요, 세상이 더 잘 보여요.

봄이 되면 광대수염나물이라고도 하는 가장 먼저 피는 작은 보랏빛 꽃이 있어요. 코딱지만큼 작다고 해서 코딱지꽃이라고 부르기도 하는데

군락을 이루고 피어요. 그 작은 꽃을 통해서 우주를 보는 마음이 바로 글 쓰는 사람 마음이라야 하거든요. 우주에서 내려다보는 것이 아니고 작은 것을 통해서 우주를 보는…… 내가 낮아져야 보이죠. 나를 낮춰야 그 꽃이 보이지요. 낮아지지 않고는 보이지 않아요."

티끌 속에 우주라는 표현이 떠오른다. 새 소리 벌레 소리들이 운치 있게 화음을 이룬다.

"『생오지 뜸부기』라는 중편소설은 지식인이 도시에서 평생을 살다가 퇴직을 하고 고향에 내려와서 뜸부기를 찾아다니는 이야기예요. 뜸부기는 70년대에 완전히 없어져 버렸어요. 인터넷에 올라와 있는 뜸부기 사진은 거의 쇠물닭이에요. 넉넉한 현대인들이 작지만 소중한 것들을 잃어버리고 산다는 이야기인데, 뜸부기가 작지만 소중한 잃어버린 것들을 상징하죠.

제가 막상 고향에 돌아와 보니까 많은 것들이 없어져 버렸더라고요. 참새도 줄었지, 아지랑이도 없지, 연자방아, 물레방아 따위는 말할 것도 없고. 제비를 닮은 명매기(귀제비)는 있는데 제비는 없더라고요. 제비 집이 없어요. 그래서 소리 풍경 세상을 새삼스럽게 느꼈어요. 자연이 가지고 있는 원음. 원음이 제대로 보존되어 있는 데가 몇 군데나 될까요?"

# 맑고
# 향기롭게

마음 다스리기:
낱 목숨에서
온목숨 찾아가는 길

세상과 함께:
오늘에 살기,
오늘을 옹글게 가꾸는 삶

자연과 함께:
오늘에 더불어 내일을 살기,
오늘 안에 든 내일 모습을 헤아리는 삶

가까운 데서부터

한 발 한 발 나아가라.

낮추어야 바로 보인다.

철저히 홀로 되면 외롭지 않다.

철저하게 혼자인 사람은 전체와 하나이기에……

맑고 향기롭다.

# 넷째 마디

배
차
년

사람 방생을
하는
큰길을 가라

전국구 불자. 생각을 행동으로 옮기는 데 정성 아끼는 법이 없어 법정, 서암, 일타, 법전, 청화 스님 같은 분들이 두 손으로 반겼다. 운전을 하고 다니는 부군 걱정에 부적을 하면 어떻겠느냐고 법정 스님에게 여쭸다가, "온 인류가 부적을 지니면 이 땅에 교통사고란 모두 없어진다는 말이네요."라는 스님 말씀을 듣고 바로 생각을 접었다.

법정 스님이 "김천 가는 표로는 대구까지 가지 못한다. 샛길로 다니지 말고 큰길로 다니면서 바른 정진, 정법행(正法行)하라."고 채찍질한 대도행(大道行) 배차년 선생은 어려서부터 어머니 손에 이끌려 부처님 앞에서 열심히 복을 빌었다.

"젊어서 대처가 뭔지 비구가 뭔지 몰랐어요. 스님이면 다 스님인 줄 알았지." 막내 올케가 법정 스님이 주필로 있던 《대한불교》(《불교신문》 전신) 기자였는데, 형님이 다니는 데는 옳은 부처님이 아니라고 했다. 그러나 선생은 부처님이면 다 같은 부처님이지 옳은 부처, 그른 부처가 어디 있느냐며 들은 척도 하지 않았다. 안타까워하던 올케는 봉은사에 법정 스님이 계시는데 찾아가서 만나 보라고 간곡히 권했다.

혼자 불쑥 찾아가기 쑥스러워 가깝게 지내는 동생뻘 되던 이에게 봉은사에 법정이란 스님이 계시다는데 같이 가지 않겠느냐고 했다. 그이는 남편이 스님과 초등학교 동창이고 자기는 2년 후배라며 기꺼워했다.

봉은사를 찾은 두 사람. 종루 앞에서 스님 한 분을 붙잡고 법정 스님과 같은 고향 사람이라고 하면서 뵙기를 청했다. 그 스님은 그냥 찾아가면 만나 주지 않을 것이라면서 스님 얼굴을 알면 예서 기다렸다가 공양을 마치고 나오실 때 만나라고 했다. 그때 한창 민주화운동을 하던 스님을 형사들이 밤낮으로 지키고 있는 탓에, 스님은 찾아오는 사람들이 무슨 곤욕이라도 겪지 않을까 싶어 잘 만나 주지도 않았다. 그런가 하면 웬만한 사람들은 겁이 나서 잘 찾아오지도 못했다. 잠시 뒤 공양을 마치고 나오는 스님을 알아본 후배가 "저 사람이야 저 사람!"이라면서 쫓아갔다. 고향 후배를 알아본 스님은 어쩐 일이냐며 반갑게 맞아주었다.

법정 스님을 만나기 전, 선생은 봉은사 행사에 간 적이 있었다. 스님들이 모두 모직 옷을 입고 앉아 있는데 한 스님만 빳빳하게 풀 먹인 무명옷을 입고 있었다. 속으로 '아이고 저 스님은 아는 신도도 없는 갑다. 저 스님 옷을 한 벌 해 드리면 좋겠다.'고 마음먹었다. 그런데 법정 스님을 뵙고 보니 바로 그 스님이 아닌가. 스님과 가까워진 뒤에 선생은 스님에게 당신 나이 쉰이 되기 전에는 절대 모직 옷을 입지 않고 삼베와 무명옷만 입겠다는 말씀을 들었다. "옷을 하려고 하면 면으로 된 옷감이 별로 없어요. 동대문시장에 가서 헤매고 헤매다가 학생들이 해 입는 감이 있어서 동방을 해 드렸더니만 늘 그거 하나 입고 사셨어요."

## 샛길로 다니지 마라

그날은 차를 한잔 얻어 마시고 가벼운 인사만 건네고 일어나면서, 다음에 스님이 시간 날 때 찾아뵙고 싶다고 말씀드렸다. 스님은 며칠 뒤에 오라고 했다. 약속한 날에 다래헌을 다시 찾은 선생은 그전에 절에 다니면서 스님들한테 부적을 받았던 이야기를 별 생각 없이 드렸다.

"스님이 '보살님 몇 살이세요?' 하고 물어요. '임신생인데요.' 그러니까 손으로 방바닥을 탁 치면서 '우리 임신생들은 바보가 없는데 어디서 저런 바보가 하나 왔나 모르겠다.'고 그래요. 바보라는 말에 화가 나서 얼굴이 붉으락푸르락 하는데 스님은 아랑곳도 않고 '보살은 불명이 있어요?' 그래요. 그래서 '불명이 뭔데요?' 하고는 퉁명스럽게 되받았지요. 그랬더니 스님이 '아휴!' 하고 한숨을 푹 쉬시더니, 내가 여태 스님 노릇을 하면서 여러 사람이 불명을 지어 달라고 부탁해도 지어 주지 않았는데 보살님을 보니까 화가 나서 지어 준다면서 닷새 뒤에 불명 찾으러 오라 하더라고요."

며칠 있다 가니까 후배에게는 대원행(大願行), 선생에게는 대도행(大道行)이라 지어서 오계와 함께 주었다. 그동안 샛길로 다녔으니 이제부터는 큰길로만 다니라고 대도행이라고 이름 지었으니까 부처님에게 절을 세 번 올리라 일렀다.

"스님들과 뭘 도모하지 마라.
만약 토굴을 짓기로 했다가 문제가 생기면
스님들은 걸망 지고 떠나가 버리고 만다.
그러면 뒷감당은 고스란히 보살 몫이 된다.
아울러 부처 불(佛) 자 불사(佛事)를 하는 데는
시주를 해도, 아니 불(不) 자 불사(不事)를 하는
데는 시주하지 마라. 이 세 가지만 잘 지키면
좋은 보살, 일등 보살이 된다."

“뭣도 모르고 부처님 앞에 가서 절을 했어요. 찾아갔을 때 자리에 계시면 만나지 않겠다는 소리 안 하고 이야기를 잘 해 주시더라고. 그리고 이제껏 세상에서 들어 보지 못한 이야기를 해 주니까 재미가 나서 자주 다녔죠.”

법정 스님은 “어디서건 회장을 맡지 마라. 그리고 스님들과 뭘 도모하지 마라. 만약 토굴을 짓기로 했다가 문제가 생기면 스님들은 걸망 지고 떠나가 버리고 만다. 그러면 뒷감당은 고스란히 보살 몫이 된다. 아울러 부처 불(佛) 자 불사(佛事)를 하는 데는 시주를 해도, 아니 불(不) 자 불사(不事)를 하는 데는 시주하지 마라. 이 세 가지만 잘 지키면 좋은 보살, 일등 보살이 된다. 특히 아니 불(不) 자 불사에 동참하지 않아야 공범자가 되지 않는다.”고 거듭 말씀했다. “진짜, 진짜로 열심히 잘 지키고 살아왔어요.” 그때 스님은 『불교성전』을 주면서 가져가서 공부하라고 했다.

“『불교성전』을 잠도 자지 않고 읽었어요. ‘너 여태까지 뭐하고 살았니?’ 하고 모두 내 들으라고 멱살 잡아 흔드는 소리 같아 눈물 콧물 흘려가면서. 그 모습을 본 우리 집 영감이 ‘어디 가서 좋은 스님 만났네.’ 그러더라고.”

다 보고 나서 스님을 찾아가 다 봤다고 하니까 『선가귀감』을 내주면서 보살님은 어려워서 보기 힘들 테니 처사님 갖다 드리라고 했다.

“오기가 나서 영감을 주지 않고 내가 봤습니다. 뭐 대충 아는 것은 알고 모르는 것은 넘어가기도 하고, 책 끄트머리가 나달나달해지도록 읽었어요."

한번은 가니까 스님이 『선가귀감』을 처사님에게 드렸느냐고 물었다. "처사님 안 드리고 내가 봤는데요." 하고 답했더니 스님은 왜 거룩한 부처님을 삼서근(麻三斤)이라 했느냐고 물었다. "머뭇거리고 대답을 못 하니까 스님이 옳거니 싶었는지, '아, 잘됐다. 그거를 화두 삼아 공부를 하라.' 그래요. 화두가 뭔지도 모르는데." 그 뒤로 또 얼마 있다 가니까 스님이 "보살님 공부 좀 했습니까?" 하고 물었다.

"'아니요, 스님. 시골 사람한테 삼 서 근으로 베를 짜면 몇 장이 나오는지 물어 가지고 와서 대답할게요.' 그러니까 스님이 배를 잡고 웃으시면서 그게 뭐 한 고개, 두 고개, 스무 고개 해 가지고 테레비 타고 냉장고 타는 수수께끼인 줄 아느냐면서, 그걸 붙들고 자꾸 의심을 가지고 공부하는 거라고 그러시더라고."

## 불일암 상량식
## 집만 한 채 덩그마니

그렇게 한 해 남짓 다녔을까. 스님은 송광사 뒤에 불일암을 짓고 내려간다고 했다. 그러면서 색이 바래서 내버려도 아무도 주워 가지 않을 만큼 낡은, 애들 포대기만 한 다후다 이불 하나를 내놓았다. 산중에 가면 추울 테니까, 가져다가 보태지도 말고 떼먹지도 말고 솜을 다시 타서 그대로 이불을 만들어다 달라고 했다.

"얼른 받아다가 씻거 가지고 솜 틀어서 이불을 만들어다 드렸어요. 스님이 대충 챙겨 가지고 내려가시면서 9월인가, 상량식을 할 때 내려오라고 그러더라고요. 그때 스님이 삼베옷을 챙기면서 느닷없이 '서울 놈들은 내년에 더워서 다 죽었다.' 그러더라고. 무슨 소리인지 몰라 어리둥절해하는데 '내가 삼베옷을 다 싸 가지고 가 버리니까 서울 사람들은 내년 여름에 모두 더워 죽을 거라고.' 하며 깔깔 웃어요. 그제야 알아듣고 배꼽을 잡았지요."

그때는 교통편이 나빠 송광사 다니기가 많이 힘들었다.

"물어물어가 찾아갔더니 상량식이라고 스님들이 많이 올라오셨더라고요. 집만 하나 덩그마니 지어 놨지 전기도 없고 아무것도 없는거라. 눈물이 나더군요. 꼭 무슨 친정 피붙이를 산에 내삐리고 오는 기분이라. 어떻게 속이 상하는지."

전화가 귀할 때여서 편지로 사연을 주고받았다. 겨울이 닥치니까 산중이라서 손바닥만 한 덮개로는 추워서 안 되겠으니 이불하고 요를 만들어 부쳐 달라는 스님 편지를 받았다.

"가로세로 얼마 딱 이렇게 적어 가지고, 절대로 사치하면 안 되고

빨간 가방에다가 뭐 넣고 뭐 넣고 해
가지고, 짊어지고 갔다가 또 오고,
갔다가 또 오고 그랬어요.
뭐 너무너무 없는거라. 하루는 스님이
가방을 지고 앞을 내려가면서 그래요.
"가방아! 너도 참 팔자도 사납다.
주인 잘못 만나서 이 먼데를 여러 번 따라
다니고……."

회색으로 해서 부쳐 달라고. 동대문시장에 가서 회색 무명을 끊어다가 요하고 이불을 해서 내려갔어요." 그 뒤에 편지가 또 왔다. 전기는 어떻게 해서 넣었는데 전기세를 한 달에 만원씩만 부쳐 달라고 했다. "한 번 딱 붙이고 나니까 이럭저럭 괜찮으니까 앞으로 부치지 말라고 했어요."

이걸 해 놓고 나면 또 뭣이 없곤 해서 처음에는 한 달에 여덟 번을 오르내리기도 했다.

"빨간 가방에다가 뭐 넣고 뭐 넣고 해 가지고, 짊어지고 갔다가 또 오고, 갔다가 또 오고 그랬어요. 뭐 너무너무 없는거라. 하루는 스님이 가방을 지고 앞을 내려가면서 그래요. '가방아! 너 참 팔자도 사납다. 주인 잘못 만나서 이 먼 데를 여러 번 따라 다니고…….' 늘 스님이 주차장까지 데려다 주곤 했어요."

이듬해 여름방학 때 따님 은영이를 데리고 갔다.

"봄에 내려갔는데 뭣이 궁금해 가지고 또 내려갔더니 '보살님 풀 할 줄 알아요?' 물으세요. '알죠.' 그랬더니 시커먼 삼베옷을 하나 내놓으면서 풀 좀 하래. 난 부모들이 삼베옷을 늘 입어서 풀을 아주 잘하거든요. 풀을 해서 싹 다려 놓으니까 이리저리 돌려보면서 요렇게 해 놓으면 다른 것보다 세 번은 더 입는다며 그렇게 좋아하셔."

돌아오는 길 첫차를 타려면 아침을 일찍 먹고 빨리 나와야 했다. 배웅 길. 다른 때 같으면 스님 혼자 '휭' 하고 앞서 내려가는데, 그날은 중간쯤 가다가 멈춰 섰다.

"딱 서시더니 나보고 앞으로 가라고 해요. '왜요?' 그랬더니 앞에 가면서 이슬 다 씻고 가래. 당신은 풀 먹인 삼베옷을 버리면 또 새로 풀을 해야 하는데 나는 집에 가서 씻그면 되니까 이슬을 쓸고 가라는 이야기예요. 하하"

## 밥 먹여 보낼 손님 아니다

처사님과 함께 기도 다녀오셨다니 참으로 잘하셨습니다. 모든 일은 시절인연(時節因緣)이 도래(到來)하면 꽃이 피고 열매 맺기 마련입니다. 씨는 보살님이 일찍이 뿌려 두셨을 테니까요. 신앙(信仰)은 강요한다고 해서 되는 일이 아니고 스스로 마음이 내켜야 합니다. 마음 내키기까지는 친근(親近)한 이웃의 간절한 발원(發願)이 있어야 합니다. 보살님 발원 영험이 이제부터 나타나기 시작하는 모양입니다. 보살님이 너무 극성떨지 않으시면 처사님은 다 알아서 하실 테니 유념(留念)하시기 바랍니다. …… 자기 나름 가치관(價値觀)이 확립되지 않으면 시류(時流)에 흔들리고 오염되기 마련입니다. 아무쪼록 이번 기도를 계기로 불연(佛緣)이 더욱 충만하여 모든 일이 뜻대로 성취되기를 빕니다. …… 더위에 두루 평안하십시오.

六월 十四일 合掌

스님은 선생이 불일암에 가면 대댕이 왔으니까 저녁밥 좀 넉넉히 하라고 일렀다. 대댕이는 댕댕이덩굴을 가리키는 사투린데, 댕댕이덩굴은 줄기에 털이 있어 뭐든지 잘 달라붙는다. 선생이 사람을 몰고 다닌다는 말씀이다.

"대댕이 뒤를 틀림없이 누가 또 따라 올라올 텐데 다시 밥하려면 귀찮으니까 넉넉히 하라고 그러셨어요. 밥을 넉넉히 해 놓고 있으니까 어떤 남자 둘이 올라와서 왔다 갔다 해요. '스님, 손님 오셨는데 저녁 차려 드릴까요?' 그랬더니 '저 사람들은 밥 먹여 보낼 사람 아니고, 그냥 왔다 가는 손님이니까 아는 체도 하지 말라.'고 그러세요. '누군데 인사도 안 하고 밥도 안 줍니까?' 물었더니 그 사람들은 당신이 어찌 사나 감시하러 온 사람이래요.

한번은 봉은사 계실 때 종로경찰서에 붙들려 갔는데, 윽박질러서 꿇어앉히고 반말지거리를 험하게 했답니다. 그런데 어떻게 소문을 들었는지 김수환 추기경이 쫓아오셔서는 서장보고 이리 대접할 분이 아닌데 어딜 꿇어앉혔냐면서 야단을 치고 난 뒤에야 걸상에 앉으라고 했대요. 총무원이 바로 코앞인데 누구 하나 코빼기도 넘성하지 않더랍니다."

## 바삐 다니다간
## 극락을 지나친다

스님한테 좋은 이야기 듣고 또 들으며 말뚝 신심이 일어난 배차년 선생. 날이 새기가 무섭게 이 절 저 절로 기도를 하러 다녔다.

"자랑한답시고 스님에게 등을 다느라 전국을 일주하고 마지막에 송광사엘 왔다고 말씀드렸어요. 그랬더니 '마음에 등을 달아야지 그게 무슨 소용이냐!'고 야단을 치셨어요. 내가 말도 아닌 소리를 해 싸니 스님 답답해서 그러실 테지 하고 이해를 하다가도, 어떨 때는 '한동갑인데 스님이라고 나를 괄시를 해?' 너무 분하고 억울해서 '내가 여기 다시 오나 봐라.' 고개 짤랑짤랑 흔들고 올라와서는 조금 있으면 또 궁금해요. 그래서 또 뭘 사서 부쳐요. 그런데 하루는 스님한테서 편지가 왔어요. 지금 있는 걸로도 충분하니 이제 그만 사 보내라고."

법정 스님은 배차년 선생을 보기만 하면 "제발 절에 와서 불상한테 엎드려 빌기만 하지 말고, 공부하는 은영이 잘 돌보고 처사님 공양 잘하세요." 하고 타일렀다.

"자꾸 기도를 쫓아다니니까 오죽하면 스님이 보살님처럼 그렇게 바삐 다니면 극락을 지나쳐 버린다면서, '적당하게 다니다가 극락이 보이면 안으로 싹 들어가야지. 지나쳐 버리면 헛것이니 기도 그만 다녀라. 보살이 먼저 성불해서 가부좌 탁 틀고 앉아 있으면 그 앞에서 절을 해야 하는 내가 얼마나 죽을 맛이겠느냐. 그러니 날 위해서라도 제발 그만 좀 하라.'고 해요. 아이고, 날 주저앉히느라 스님이 고생 많이 했어요."

> 초파일에 여기저기 등을 밝히는 일은 잘한 일입니다. 마음속에 다는 지혜 등불을 밝히도록 하십시오. 눈에 보이는 절에 못지않게 자성사(自性寺)에도 환히 밝히도록 하십시오. 될 수 있으면 은영이를 데리고 왔으면 좋겠군요. 은영이를 섭섭하게 하지 마십시오. ……
> 너그러우신 처사님께 문안 사뢰어 주시고 착한 은영이한테도 안부 전해 주십시오.
>
> 四월 五일 山에서 合掌

"스님 말씀마따나 우리 처사님이 부처예요, 부처. 결혼하고 만 11년 만에 딸을 낳았어요. 그런데 세상 사람들이 별 소리를 해 싸도 끄떡도 안 해. '사람을 하나 들여서 애 낳았다고 당신을 밀어내고 그 사람을 데리고 살겠나? 그렇다고 애 낳은 사람을 밀어내고 당신하고 살겠나? 그냥 없으면 없는 대로 살자.' 진짜 귀한 딸이지요. 그런데도 만날 애만 집에 놔두고 기도한다고 쫓아다니니까……. 오죽하면 스님이 제발 애를 돌보라고, 보기만 하면 그러셨어요.

영감님이 싫어하면 못 그랬을 텐데 '오전에 봉은사 갔다가 오후에 법련사 들러서 저녁 늦게 몇 시나 되어야 들어오는데 괜찮겠느냐?'고 물으면, 재미없는 목욕탕에도 일곱 시간씩 앉아 있기도 하는데 그 재밌는

"적당하게 다니다가 극락이 보이면
안으로 싹 들어가야지. 지나쳐 버리면
헛것이니 기도 그만 다녀라. 보살이 먼저
성불해서 가부좌 탁 틀고 앉아 있으면 그
앞에서 절을 해야 하는 내가 얼마나 죽을
맛이겠느냐. 그러니 날 위해서라도 제발
그만 좀 하라."

데 가서 빨리 올 수 있겠느냐며 잘 놀다 오라고, 그땐 통행금지가 있을 때니까 통행금지에 걸리지만 않게 들어오라고 그랬어요."

선생이 불일암에 오르내린 지 그럭저럭 세 해쯤 지나니까 불일암을 찾는 사람들이 많아졌다. 스님은 그이들을 불일권속이라고 불렀다. 찾는 이들이 늘어나자 선생은 그 뒤로는 한 해에 한 번도 가고 두 번도 가고 했다.

"그러다가 우리 딸이 대학교 시험에서 떨어져 버렸어요. 어찌나 속이 상하는지. 스님한테 가서 하소연도 하고 좀 실컷 울려고 딸 데리고 내려갔어요. 그때 마침 우리 집 처사가 집에서 쉬고 있었거든요. 그랬는데 딸이 시험에 떨어지고 나니까 취직이 되더라고요."

집안 형편을 잘 아는 스님은 은영이한테 "네가 시험이 되고 아버지가 돈을 못 벌면 네 등록금 누가 대겠느냐? 한 해 쉬면서 재수 잘하면 다른 사람이 2년이나 3년 한 공부를 앞지를 수 있다. 그러니 재수 생활 잘 해라." 하면서, "은영이 시험 잘 떨어졌다. 은영이 시험 잘 떨어졌어." 울적한 기분을 풀어 주려는 마음에서 농을 건넸다.

"스님 말씀 뜻을 모르는 바는 아니지만 어미 마음은 그게 아니라 어찌나 속이 상하는지……. 위로받으러 갔다가 화만 실컷 내고 올라왔어요."

## 모기들도
## 너를 반길 거야

스님은 "은영아. 네가 와서 같이 밥을 먹으면 반찬이 없어도 밥이 저절로 넘어간다."며 은영이를 귀여워했다. 편지, 편지마다 아버지가 딸한테 당부하듯이 구구절절이었고, 선생에게 하는 편지에도 늘 은영이 안부를 빠뜨리지 않았다.

"우리 딸은 스님한테 돈도 많이 얻어 썼어요. 불일암에 갔다가 돌아올 때쯤 되면 '은영아 방 좀 닦아라.' 그러시고는 은영이가 걸레를 들고 가서 방을 닦으면 아이고 저 조막만 한 손으로 닦으면 얼마나 닦겠느냐면서 책을 한 권 주면서 가져가라고 그래요. 집에 와서 펴 보면 책갈피에 돈이 들어 있어요."

은영에게
잘 쓴 편지 잘 받았다. '일순이'보다는 '삼순이'가 훨씬 좋다. 앞뒤를 돌아볼 수 있는 여유가 있어 좋은 거다. 요 며칠 동안은 날씨가 많이 풀려 봄이 다가서고 있는 것 같다. 저 아래 골짜기에서 밤이면 개구리 우는 소리가 들려오고, 다람쥐도 엊그제부터 나다니고 있단다.
나는 음력 선달 그믐께부터 계속 찾아오는 방문객들 때문에 일에 크게 방해를 받고 있다. 이러다가는 더 깊고 험한 산골로 들어가야 할까 보다. 사람도 가끔 만나야 반갑지, 날마다 대여섯 사람씩을 대해야 하니 피곤하고 할 일을 못해 짜증이 날 때도 있다. 아무래도 이번 달은 그런 달인 모양이다. 한 달이 아무 일도 못한 채 휘딱 지나가 버린 것만 같다.

봄방학에 오고 싶어 했다니 무척 미안하다. 여름방학 때 차분한 마음으로 오너라. 은영이 다리를 좋아하는 모기들도 좋아할 거야.

너무 공부만 하지 말고, 더러는 놀기도 하고 맛있는 것 엄마한테 해 달라고 해서 먹기도 하여라. 그리고 공부할 때 책과 눈 거리를 알맞게 유지하도록 조심하기 바란다. 눈은 한번 고장 나면 평생 고칠 수 없단다.

그럼 늘 건강하고 계속 '삼순이'가 되기를 바란다.

2월 26일 산에서 스님이

어느 해 여름, 은영이와 함께 불일암을 찾은 선생이 방 청소를 끝내고 잠시 덧버선을 벗고 다리 뻗고 쉬었다. 지나다가 그 모습을 본 스님은 "은영아, 아버지가 엄마 발가락에 매니큐어 바르는 것 좋아하시니?" 하고 물었다. 은영이는 "아니요. 아버지는 좋아하지 않는데 엄마가 바른데요." 하고 일러바쳤다. 스님은 "손가락 발가락도 다 숨을 쉬는데 그렇게 발라 놓으면 숨이 막혀서 안 되지."라고 한마디 했다. "그 뒤로 손가락 발가락에 매니큐어를 바르지 않았습니다. 진짜 나는 스님 말씀 듣고 법대로 살려고 원력 세우고 애써 살았어요."

국수를 좋아하는 스님은, 국수를 삶으면 부엌에서 밑에 있는 물가로 냄비를 들고 빨리 뛰어 내려가야 하는데 보살님이 뛰다가 넘어지면 큰일 난다고 당신이 물가로 뛰어 내려가 찰랑찰랑 씻다가 "보살, 보살!" 하고 불렀다.

"쫓아 내려가면 헹군 국수 사리를 손으로 한 움큼 쥐어 손바닥 위에 놔 주면서 빨리 먹어 보래요. 국수는 이때가 가장 맛있다면서. 한번은 딸 여름방학 때 짜장면을 한다고 서울서 준비를 해 가지고 함께 내려갔어요. 가방에 양파를 세 개 넣어 가지고 갔는데 찾으니까 없어요. 막 찾으니까 스님이 그건 절간에서 먹는 음식이 아니라 빼놓았다면서 배고프다고 빨리 달라고 성화를 하셨어요. 그때 스님이 새로 옻칠을 한 발우에 담아 드셨는데, 다 드신 뒤에 보니까 옻이 올라가 입술이 퉁퉁 부르텄어요. 어찌나 우습던지. '거 보세요. 좀 식혀서 드셔야 할 텐데 빨리 잡숫자고 해서 이러잖아요.' 그러니까 '하룻밤 자고 나면 나아요.' 그러시더라고."

## 사람 방생을 하신다니
## 참 잘하셨습니다

대도행(大道行) 보살님께

긴 편지 반가이 받아 보았습니다. 어려운 일이 있을 때 '옛 단골'을 찾아 묻지 않고 관세음보살에게 매달려 정진하셨다니 참으로 잘하셨습니다. 불교(佛敎)를 밖으로 구하지 말고 내 마음속에서 찾으라는 것은 바로 그와 같은 경우를 말하는 것입니다. 중생에게 매달리면 잘못되거나 허망한 일을 겪게 되지만, 관세음보살 같은 성현(聖賢)에게 귀의(歸依)하면 항상 믿음직해서 든든할 것입니다. …… 한 걸음 한 걸음 큰길로 다니도록 정진할 때 보살님은 진짜로 大道行이 되는 것입니다. 大道行이란 말은 곧 정법행(正法行)이란 뜻이기도 합니다.

……

남해에 다녀가실 때 우리 불일암(佛日庵)에도 들르십시오. 필요한 것은 아무것도 없습니다. 제가 지금 가지고 있는 것만 해도 너무 욕심스럽게 느껴집니다. 산(山)에 오시면 그토록 알고 싶어 하신 『반야심경』을 해설해 드리지요. '고참 단골', '햇단골'이 어디 있습니까. 동대문시장도 아닌데. 부처님 법 가운데서도, 아무리 오래 절을 다녔어도 잘못 믿거나 알고도 행하지 않으면 '햇단골'이고, 어제부터 불교를 믿더라도 바르게 믿고 그대로 행하면 '묵은 단골(보살님 표현에 따르면 고참 단골)'이 되는 것입니다.

……

날씨가 몹시 춥습니다. 山에는 날마다 바람 소리가 요란합니다. 처사님, 은영이 세 식구 다 늘 건강하기를 빕니다.

一월 二十五일 合掌

불일암에 햇단골이 많이 든 뒤, 선생은 불일암을 찾지 않고 김천 수도암(修道庵) 불사에 매달렸다. 6년 동안 화주 보살을 맡았는데, 법전 스님이 선생에게 이제 자잘한 집 짓는 불사는 그만하고, 스님을 알선해 줄 테니 보살들 공부를 시키라고 했다. 그 소리를 들은 선생은 회장 맡지 말라고 했던 법정 스님 말씀이 떠올라 편지를 했다.

"이런 일이 있는데 제가 회장을 해도 되겠습니까 물었더니 이젠 괜찮다면서 '사람 방생을 하신다니 참 잘하셨습니다.'라고 답을 주셨어요. 아무것도 모르는 천둥벌거숭이를 불자 만드느라 법정 스님이 고생했어요. 내가 말도 잘 안 듣고 하도 고집을 세워 싸니까 한번은 아침 잡숫고 부처님 앞에 앉으셔서 가사 장삼을 수하고는 당신에게 절 세 자리 하래. 그래서 삼배를 하니까 『금강경』을 펴 놓고 15편까지 해석을 해 줬어요. 뭘 알아야 그게 머리에 들어가지요. 그래도 그 인연 공덕으로 아침마다 『금강경』을 독송합니다. 아파서 못 일어나면 누워서라도 하루도 빠짐없이 독송하고 있어요.

내가 무슨 복으로 이 좋은 법을 만나 가지고 법정 스님, 영암 스님, 일타 스님, 법전 스님, 청화 스님 같은 큰스님들이 대도행 왔느냐고 반기는 대접을 받고 살았나 싶어요. 어떨 때는 자다가도 어깨 힘이 들어가요. 부산 올케가 하는 말이 '우리 형님 저 성질을 가지고 불자가 되지 않았으면 무엇이 되었을꼬?' 그럽니다."

선생은 길상사가 개원하고 처음엔 가지 않았다. 선생 아니라도 따르는 분들이 많은데, 옛날에 불일암에서 스님 시봉을 좀 했다고 얼굴 내밀며 스님에게 번거로움을 끼치고 싶지 않았기 때문이다. 그래도 스님이 와서 계시는데 왜 안 가느냐고 보채는 이들이 많아 어쩔 수 없이 같이 가서 먼발치에서 법문만 듣고 그냥 오곤 했다.

"나이 일흔다섯에 심장병, 당뇨가 한꺼번에 오더니만, 일흔여덟이 되니까 무단히 몸이 불편해서 병원에 가니까 유방암이래요. 수술도 하고, 아프니까 한 해 동안 집에만 콕 틀어박혀 바깥나들이를 하지 않고 있었는데, 부산 사는 올케가 '형님, 스님이 많이 아프답니다.' 그래요. 그럭저럭 소문이 난 지가 한 해는 넘었는데 스님이 길상사에 오신다고 해서 일부러 갔어요. 먼발치서 봐도 살이 다 빠지고 많이 수척했어요. 그래도 먼발치서만 뵙고 그냥 돌아왔어요."

그러고는 2009년 4월 봄 법회. 스님은 전에 뵀을 때보다 눈에 띄게 초췌했다. 법회를 마치고 사람들에게 둘러싸여 공양을 하러 내려가는 스님을 뵈면서, 어쩌면 마지막이 될지도 모른다는 생각이 들었다. '오늘은 무슨 일이 있어도 스님을 꼭 뵈어야겠다.'고 마음을 굳게 다졌다.

"살살 따라 내려가서 비빔밥을 한 그릇 얻어 얼른 먹고는 가만히 기다렸어요. 얼마쯤 시간이 지나니까 스님들이 나오는지 웅성웅성하더라고. 가까이 가려니까 어깨띠를 두른 분들이 막아서면서 '보살님 오늘은 스님 친견 못합니다.' 하고 막아서요."

마음을 다잡은 선생은 오늘 세상없어도 스님을 친견해야 하니 막지 말라고 세게 나갔다.

"얼추 스님들이 다 나오고 나서야 스님이 나오세요. 쫓아가서 '스님!' 그러니까 '아이고, 우리 동갑 보살 왔다.'고 반가워하시면서 은영이 소식을 물어요. 스님 뒤를 바짝 따라 행지실로 올라가 보니까 스님들이고 보살들이고 방에서 진을 치고 앉았어요. 곁에 앉아서 찬찬히 스님을 살피니 많이 안 좋으세요. 그런 어른한테 딱히 드릴 말도 없고 해서 가만히 앉아 있는데 스님이 귤을 하나 밀어 주면서 먹으라고 그러시더라고. 그게 마지막이었어요."

나석정

천직 가진 사람은
날마다
새롭게 피어난다

의정부 포교원 정혜사 군법회 진행자. 정신분열증으로 고생하는 청년에게 아버지는 법정 스님이 세운 길상사 청년회에 나가 보라고 했다. "병이 나자 누구도 제게 관심을 기울여 주지 않았어요. 이 사회는 번듯한 학교를 나와서 제대로 된 직장에서 잘나가는 사람이 아니면 눈길도 주지 않아요. 솔직히 외로워서 갔습니다." 비 온 뒤 땅이 굳는다더니 어느새 서른두 살 청년이 되어 군법회를 이끈다.

"부처님은 마음이 열린 분입니다. 군 생활을 하면서 어려운 일들에 많이 부딪칠 텐데 부처님께서는 '행복이든 불행이든 따라가지 마라. 흘러가는 강물이고 해를 가린 구름과 같다. 그러니 내가 행복해하는구나, 불행해하는구나 하고 바로 알아차려라.' 말씀하시고, '늘 같지 않다. 이 세상 모든 어려움이나 행복도 다 지나간다.'며 제행무상(諸行無常)이라 하셨습니다.

사홍서원은 네 가지 넓은 서원이란 말인데 현대식으로 풀이하면 비전, 꿈, 희망이 되겠습니다. 나와 남을 함께 도모한다는 뜻에서 넓을 홍(洪) 자를 썼습니다. …… 이번 주에도 나라를 위해 열심히 군 복무를 해주어서 고맙습니다. 공양을 하면서 잠시 스스로 어떤 꿈을 이루고자 하는지 생각해 보세요. 법회 마칠 때 늘 나누는 말씀 '서로가 있어 살 수 있습니다.'에 담긴 뜻을 가슴에 새기면서 서로 인사 나누고 마무리하겠습니다. 애쓰셨습니다."

의정부 포교원 정혜사 3층 법당에서 두 해 남짓 주마다 군인 법회를 이끄는 나석정 거사. 서두르지 않고 차근차근 법회를 이끌고 마무리하는 품이 푸근하다.

## 다
## 지나간다

아버지가 사업을 하면서 일요일에는 법사로 활동을 했기 때문에 절에는 어린이 법회부터 다녔지만, 간절하게 마음공부를 받아들이게 된 데는 갑자기 몰아닥친 시련 때문이었다고 돌아본다.

"고등학교 1학년 한 해 동안 정말 공부를 열심히 했습니다. 그런데 1학년 말이 되면서 마음을 가누기 힘들었어요. 가슴이 답답하고 가만히 있어도 괴로웠어요. 병원을 찾았더니 정신분열증이라더군요. 약을 먹어도 통제가 되지 않았습니다. 결국 2학년을 올라가지 못하고 휴학계를 내고 집에만 박혀 있었어요. 마침 집에 아버지가 읽던 자그마한 문고판 책자 『무소유』가 눈에 띄었어요. 제목에 끌려서 책을 보기 시작했어요. 한창 마음이 괴로울 때였는데 신기하게도 스님 책을 읽을 때만은 마음이 평온해지더라고요. 글에 담긴 알 수 없는 독특한 향기를 낼 때까지 스님이 기울이셨을 수고에 늘 고마워합니다."

집 안에 틀어박혀 외로움과 고통에서 헤매기를 여러 해. 스무 살 석정 손을 잡아 끈 사람은 아버지였다. 아버지는 법정 스님이 길상사란 절을 여셨는데 그곳에 가서 또래 청년들과 어울리면서 마음을 추스르라고 했다.

"청년회에도 여느 모임처럼 무관심한 사람도 있고 따뜻한 사람도 있더라고요. 거기 섞여서 이런저런 즐거움도 느끼고 괴로움도 느끼고 행복에 젖어도 보고 보람도 찾았어요. 그러면서 외로움을 조금조금씩 덜어 냈습니다."

그 시절, 나는 곁에서 석정을 지켜보고 있었다. 참하게 맡은 일에 정성을 다하는 청년이구나 싶어 그윽하게 여겼었는데, 외로움과 사투를 벌이고 있었다니.

"어른 스님 법회 날에는 스님이 법문하신다는 의미 하나만으로도 너무 행복해서 겅중겅중 뛰어다녔어요. 스피커를 통해서 들리는 스님 말씀에 힘이 솟아 길상사 가는 일이 여간 즐겁지 않았어요. 이젠 군인 법회를 일요일이면 거르지 않고 진행하다 보니까 길상사에는 나가지 못하지만, 길상사에서 받은 소중한 에너지 덕분에 고통 가운데서도 무너지지 않고 이만큼 건강하게 살고 있다고 생각합니다."

석정은 길상사에 다니면서 괴로움에서 벗어나려고 저녁마다 108배를 하며 나무아미타불 염불을 했다. 그러기를 무려 여섯 해. 그러나 아무리 108배와 염불을 열심히 해도 괴로움을 떨쳐 내지 못했다.

"그때 저를 엄청나게 혼내면서 산에 다니라고 호통을 치신 분이 계셨어요. 그 말씀을 따라 일요일만 빼고 날마다 도봉산을 오르내리며 망월사라는 절에 들러 염주 2백 개를 돌리면서 나무아미타불을 열심히 찾았어요. 그러던 어느 날, 아미타불을 향하는 마음이 간절해 다른 생각이 들어올 염을 내지 못하더라고요. 그 뒤로 온 마음을 기울여 정성을 다했더니 집착이 덜해졌어요. 한 생각이 일어나면 거기 매달려서 옴짝도 못하던 제가, 그게 진짜가 아니라는 걸 알고 나니까 힘이 붙었습니다. 한 해가 지나고 나서 몽중가피(夢中加被)를 받았는데 고통이 천 분의 일로 줄어드는 느낌이었습니다."

## 나에겐 문제를 해결하고픈 의지가 있는가

두 해 남짓 마음을 가라앉히고 나서 길상사로 되돌아와 청년회 반야부장을 맡으면서 살 길을 찾았다. 남보다 늦은 사회생활. 제빵훈련원에서 빵 굽는 공부를 하고 취직을 했다. 그런데 바쁘고 일이 몰리고 엉키면 긴장한 나머지 머릿속이 하얘져서 쩔쩔매는 바람에 급여도 제대로 받지 못하고 내몰렸다. 힘들어하다가 다시 마음을 추스르고 바리스타 자격증을 따 커피 전문점에 취직했다. 그런데 손님이 몰리니까 머릿속이 하얘져서 무슨 메뉴를 만드는지도 모르고 실수를 거듭해 또 밀려났다. 살려고 몸부림쳤지만 길이 없었다. 다시 그런 일이 일어날까 봐 새로 도전하기도 겁이 났다. 하는 수 없이 아버지가 경영하는 병리검사센터에 나가

각 병원에서 혈액, 체액, 소변, 대변 따위 검사물을 거둬 오고 가져다주는 일을 하고 있다.

"단순한 일이지만 이 길을 가다 보면 분명 새로운 길이 열리리라는 믿음으로 열심히 하고 있습니다. 지난 10여 년, 아무도 제게 괴로움을 주지 않는데도 힘들었어요. 저희 집이 15층이었는데 너무 답답해서 창문으로 뛰어내려야겠다는 생각도 여러 번 했습니다. 저와 같은 환우들을 대할 때 언젠가 이분들 아픔을 조금이라도 위로해 주었으면 좋겠다는 생각을 했습니다. 사랑을 드리고 싶은 곳이 있기에 외롭지 않습니다. 요즘 저는 부처님은 '이해심 덩어리'라고 생각합니다."

사랑을 드리고 싶은 곳이 있기 때문에 외롭지 않다고 했는데 월급은 어떻게 쓸까?

"150만 원을 받는데 다달이 50만 원은 적립식펀드에 넣고 20만 원은 주택청약부금을 붓고 있습니다. 몇 만 원은 할머니께 드리고, 몇 만 원은 의정부에 사는 소외된 이웃을 보살피는 '좋은 일하는 사람들 모임'에 내고, 또 몇 만 원은 군인 법회 간식비에 보태고 있습니다. 앞으로 지출 구조를 조정해서 노후 대비 장기노령보험을 하나 들려고 합니다. 나머지는 용돈 하고. 그리고 조금씩 남는 부스러기 돈은 아플 때를 대비해 모으고 있습니다."

석정은 일요 가족 법회에 나오는 불자가 20여 명밖에 되지 않는 작

저와 같은 환우들을 대할 때 언젠가
이분들 아픔을 조금이라도 위로해
주었으면 좋겠다는 생각을 했습니다.
사랑을 드리고 싶은 곳이 있기에
외롭지 않습니다. 요즘 저는 부처님은
'이해심 덩어리'라고 생각합니다

은 절 '의정부 포교원 정혜사'를 찾아가 군인 법회를 돕고 있다. 부처님은 진리를 전하러 떠나는 제자들에게 둘도 말고 꼭 혼자서 가라고 했고, 법정 스님은 배웠으면 반드시 가르쳐야 한다고 말씀했다.

"아무리 설법을 많이 듣는다 해도 제 마음은 제가 열 수밖에 없습니다. 등산을 하며 제 마음 제가 열고 나서 길상사에 돌아가 청년회 반야부장을 2년 했던 경험이 군인 법회를 이끌 수 있는 바탕이 되었습니다. 법회가 이렇게 흘러가는구나, 절 조직이 이렇게 꾸며지고 운영되는구나 알게 되었으니까요. 구성만 알면 누구나 법회를 진행할 수 있다고 생각해요. 불자들이 겸손해서 탈이에요. 법회를 운영할 분이 모자라는데도 선뜻 나서서 운영하거나 운영에 힘을 실어 줄 생각을 못해요. 그래서 군부대에 법당이 없고 절들이 도심에서 밀려나 겨우 이름만 이어 가고 있어요. 선뜻 발을 내디디려고 하지 않기 때문이에요."

씨를 뿌리지 않고 어떻게 열매 맺히기를 바라겠는가. 스스로 주인으로 자리매김하지 않으면 팔만사천 경전이 무슨 소용인가. 내 불교 내가 하고 내 불성 내가 찾아서 내 땅 내가 디디고 살면 되는데 누구를 바라보나. 이 세상에서 가장 큰 문제가 무엇인가, 어떻게 해야 해결할 수 있을까 살펴야 한다. 세상 모든 문제는 마음에서 왔기에 풀 수 없는 문제란 없다. 묻고 또 물어야 한다. '나는 참된 가치를 이루려는 의지가 있는가?'

## 일은
## 삶 자체이다

"제 지갑에 신문에서 오린 글이 하나 있는데 단순합니다. '절대 잘못된 길은 없다.' 길상사에서 보낸 시간들이 밑거름이 되어 그 토양 위에서 산엘 다니겠다고 마음을 굳힐 수 있었고, 산에 다녔기에 건강을 되찾을 수 있었어요. 건강해졌기에 새로 사회생활을 시작하면서 높다란 벽에 부닥쳤을 때 주저앉지 않을 수 있었어요. 벽에 부딪쳐 봤기 때문에 세상에 소중하지 않은 직업은 없다는 걸 알았고, 그래서 마음이 평온하고 행복해요. 길상사에 다니면서 큰 깨달음은 없었지만, 거기서 배우고 익힌 바탕 위에서 정체성을 확립하고 있어요."

넋 놓고 듣다가 문득 도종환 시 「담쟁이」가 떠올랐다.

저것은 벽
어쩔 수 없는 벽이라고 우리가 느낄 때
그때
담쟁이는 말없이 그 벽을 오른다.
……
담쟁이는 서두르지 않고 앞으로 나아간다
한 뼘이라도 꼭 여럿이 함께 손을 잡고 올라간다
……

나석정 거사가 모든 직업이 소중하다고 여기는 데는 법정 스님 책 『새들이 떠난 숲은 적막하다』에 나오는 「직업인가 천직인가」라는 꼭지 힘이 컸단다.

"무슨 서류를 만들 때 직업란을 두고 나는 망설일 때가 더러 있다. …… 불교 승단에 소속되어 있는 몸이라 하는 수 없이 편의상 '승려'라고 쓰긴 하면서도 석연치 않다. …… 승려가 과연 직업이 될 수 있을지는 갸우뚱거려진다."

"그 꼭지에서 어른 스님은 윤오영이 쓴 『방망이 깎던 노인』 이야기를 하세요. 방망이를 깎아 달라고 주문한 손님이 차 시간에 쫓겨 더 깎지 않아도 좋다며 대충 달라고 하니까, 안 팔겠다며 다른 데 가서 사라고 내뱉는 고집쟁이 영감님 이야기요. 스님은 비록 그 영감님이 길가에 앉아 방망이를 깎고 있을망정 자기 일에 긍지를 가질 수 있게 된 데는 일이 생활 방편이 아니라 목적이며 삶 그 자체라고 여기기 때문이라고 하셨어요. 스님은 사람사회 균형과 조화를 위해 저마다 몫몫이 필요한 일이 주어져 있다며, '천직을 가진 사람은 꽃처럼 날마다 새롭게 피어나 제가 하는 일을 통해 날로 성숙되어 간다. 애착과 긍지를 지니고 마음을 다해 꾸준히 힘을 쏟는 그 일이 바로 천직이 아니겠느냐.'고 말씀하셨어요. 그 말씀은 스님께 직접 들은 듯이 귓가에 생생해요."

"천직을 가진 사람은 꽃처럼 날마다 새롭게 피어나 제가 하는 일을 통해 날로 성숙되어 간다. 애착과 긍지를 지니고 마음을 다해 꾸준히 힘을 쏟는 그 일이 바로 천직이 아니겠느냐."고 말씀하셨어요. 그 말씀은 스님께 직접 들은 듯이 귓가에 생생해요.

스님은 꼭지 끝에서 이렇게 말씀한다.

“우리에게 주어진 직업은 한낱 생계 수단이 아니라 사는 소재임을 알아야 한다. 그 일을 통해 아름다운 사람관계를 이루고 자기 자신을 알차게 만들어 가야 한다. 그 사람이 그 일을 하지만, 또한 그 일이 그 사람을 만들기도 한다. 그러니 남을 위한 일이 어디 있겠는가. 모두가 내 일이고 내 사는 몫이다.”

“제가 길상사에 다니고 몇 해 되지 않아 길상선원에 몇 달 다녔는데, 아는 누나도 함께 참선을 했어요. 하안거 결제 날 그 누나하고 선원 둘레 꽃밭에 쪼그리고 앉아서 이야기를 나누고 있었어요. 때마침 어른 스님이 지나가시다가 말씀 한마디를 건네셨어요. ‘이야기하다가 시간을 다 보내겠구나.’ 지금도 스님 모습이 눈에 선해요. 그때는 스님 뜻을 헤아리지 못하고 그저 말이 많으면 안 된다는 뜻으로 받아들였는데, 지나서 곱씹어 보니까 마음이 생각에 묶이면 안 된다는 말씀이셨지 않았을까 싶어요. 말을 할 때 해야겠지만 생각에 묶여 집착에서 나온 말은 분명 번뇌가 되겠지요. 어른 스님이 말씀하신 진의는 알 길이 없지만 스님 마음속에는 생각을 잡는 말이 없으셨을 것 같습니다.”

스님은 부모와 자식이 갈등을 할 때 언제나 자식 손을 들어 줬다. 제 삶은 제가 선택해서 살아야 한다면서. 꽃을 보는 청춘에게 말을 건네심은 시간 가는 줄도 모르고 꽃에 팔려 있는 청춘을 향한 정(情) 나눔이 아니었을까.

정
태
호

지금
이 자리에서
착하게

길상사 거사림 회원. "마산에서 회사에 다닐 때 여름철 크게 패인 웅덩이를 메우려는데 조그만 개구리가 있었어요. 사람들이 별 생각 없이 흙을 덮으려는 찰나, 한 사람이 안 된다는 거예요. 산목숨을 그냥 묻으면 어떻게 하느냐면서 장대를 구해다가 개구리를 끌어 올리더라고요. 불자였어요. 세상이 바르고 따뜻해지려면 불자가 많아져야겠구나 싶었어요."

"1976년, 대원각을 절로 만들어 달라는 김영한 할머니 말씀에 법정 어른 스님은 평생 주지를 맡아 본 적이 없을뿐더러 어디에도 매이지 않고 살아왔다고 하시며 10년 동안 사양하셨잖아요. 그러다가 대원각을 '맑고 향기롭게 정신운동' 도량으로 가꾸어 나가는 것이 좋겠다는 둘레 분들 말씀을 받아들이셨다는 보도가 나왔어요. 그때 '맑고 향기롭게 살아가기'란 말씀이 와 닿아서 바로 경복궁 앞 법련사에 가서 『무소유』를 사고 맑고 향기롭게 연꽃 스티커도 받았어요."

없는 걸 만들어 드려야 큰일인데 있는 걸 드렸으니 내세울 일이 아니라고 했던 길상화 김영한 보살 말씀에서 보시와 회향 참뜻을 헤아렸다는 덕운(德雲) 정태호 거사는 길상사 개원 이래 이제까지 길상사 일을 내 집 일처럼 살펴 온 든든한 살림꾼이다.

## 행복을 찾지 말고
## 네가 행복하게 살아라

덕운 거사 할아버지는 스님이었다. 범허 스님. 신라 진평왕 10년(588)에 건립된 문경 김룡사에서 대처승으로 살다 그곳에서 입적을 했다.

"집안도 그렇고, 절 아래 살다 보니 자연스럽게 불자가 되었어요. 오촌 당숙도 대한불교관음종 종회의장 법륜 스님이신데 인천 송도 흥륜사에 계세요. 길상사에 다니기 전에는 그곳이 원찰이었습니다. 그 스님은 저희들에게 '행복을 찾지 말고 네가 행복하게 살아라. 무엇을 보더라도 좋게 보라. 누구라도 칭찬하라.'고 늘 말씀하세요."

대한불교조계종 한국불교문화사업단장이며 청량사 주지인 지현 스님이 덕운 거사 육촌 형님이고, 동생이 지현 스님에게 머리를 깎은 운담 스님이다.

"사촌 동생이 화곡동 용문사 주지 스님으로 있어요, 관조 스님이라고. 고향 동네 김룡사는 지금은 직지사 말사가 되었지만 전에는 커다란 본찰이었어요. 성철 스님이 사신 적이 있고, 서암 스님도 김룡사에 계시다가 봉암사로 가셨어요. 동네 사람들도 물이 들어서 그랬는지 스님이 많이 나왔어요."

덕운 거사는 길상사에 다니기 전에는 당숙이 주지로 있는 인천 흥륜사를 열심히 다녔다.

"맑고 향기롭게. 뜻이 좋았어요. 스님 책을 읽을 때는 늘 설레었죠. 제가 다니던 회사가 건축회사이다 보니 지방 출장이 잦아 인천까지 가기 쉽지 않았는데, 마침 길상사가 문을 열어서 길상사에 다녔습니다. 개원하고 얼마 되지 않아서 맑고 향기롭게 본부장 윤청광 선생님이 월간지에 길상사를 소개하면서 저하고 선일 거사, 범우 거사 그리고 당시 거사림 부회장이었던 향적 거사를 인터뷰했어요. 저는 절이 좋고 어른 스님이 좋아서 길상사에 왔다고 말했어요. 그런데 다른 분들은 다 길상사에 뼈를 묻겠다고 다부진 각오를 밝히더군요. 제 믿음이 약한가 싶어서 불교를 제대로 배워야겠다고 마음먹었어요.

길상사 불교대학은 생긴 지 이태밖에 안됐잖아요. 그때는 길상사에 불교대학이 없을 때라 어떻게 할까 궁리를 하다가, 마침 창원으로 발령이 나서 창원 봉림사 불교대학을 다니다가 서울로 돌아와서는 정토불교대학을 다녔어요. 정토회는 어려운 이웃을 돕는 일에 가장 힘을 많이 쏟더군요. 그때 수행, 닦음과 실천이 따로 놀아서는 안 되겠다는 마음을 더욱더 다졌어요."

제가 그때 초등학교 재경 총무였는데,
모임 소식을 엽서로 보낼 때 제목을 '맑고
향기롭게'라고 했어요. 그리고 어른 스님
책에 나오는 향기로운 말씀 한마디를 먼저
적고 나서 모임 소식을 알렸어요.
그 글을 아이들이 보고 좋아한다면서,
좋은 글귀를 써 줘서 참 좋다고
친구들에게 고맙다는 말을 많이 들었어요.

## 무슨 일이든
## 기도하는 마음으로

덕운 거사는 어른 스님 가르침 가운데 "지금 이 자리, 여기서 최선을 다하라."는 말씀과 "착하게 살라."던 말씀이 늘 귓전을 때린단다.

"맑고 향기롭게는 '마음, 세상, 자연'을 맑고 향기롭게 하는 운동이잖아요. 제가 회사 다닐 때 회사 입구에다가 '마음을 맑고 향기롭게: 욕심을 줄이고 만족하며 삽시다. 화내지 말고 웃으며 삽시다. 더불어 삽시다. 세상을 맑고 향기롭게: 나누며 삽시다. 양보하며 삽시다. 칭찬하며 삽시다. 자연을 맑고 향기롭게: 아끼고 사랑합시다. 꽃 한 포기, 나무 한 그루 가꾸며 삽시다. 덜 쓰고, 덜 버립시다.' 하는 실천 덕목을 써서 붙여 놨어요. 제가 그때 초등학교 재경 총무였는데, 모임 소식을 엽서로 보낼 때 제목을 '맑고 향기롭게'라고 했어요. 그리고 어른 스님 책에 나오는 향기로운 말씀 한마디를 먼저 적고 나서 모임 소식을 알렸어요. 그 글을 아이들이 보고 좋아한다면서, 좋은 글귀를 써 줘서 참 좋다고 친구들에게 고맙다는 말을 많이 들었어요. 어른 스님 말씀에 젖어 살았습니다."

덕운 거사는 남편을 잃고 두 아들을 키우며 미장원을 하면서 홀로 사는 초등학교 여자 동창에게 법정 스님 책 『산에는 꽃이 피네』를 선물했다. 한참 만에 다시 만난 동창은 책을 외우다시피 한다면서 돈으로 따질 수 없을 만큼 큰 덕을 보았다고 고맙다는 인사를 건넸다.

"책을 읽고 스님 말씀대로 실천을 하고 있다면서 자랑을 했어요. 늘 깔끔하게 뒷정리하고 나들이를 간다든지, 소중하게 여기는 물건이 하나 더 생기면 얼른 다른 이에게 주어 살뜰함을 잃지 않는다고 말했어요."

지장전을 짓고 나서 천일기도를 할 때 법정 스님은 덕운 거사를 비롯해 기도에 동참한 사람들과 차담을 나눴다. 법정 스님은 "무슨 일이든지 기도하는 마음으로 간절히 하면 반드시 이룰 수 있다."고 말씀했다.

## 누구나
## 자기 몫을 할 뿐

개원 초기 길상사는 지붕을 새로 얹고, 도랑도 치고, 구석구석 파묻힌 쓰레기를 캐내는 일로 온통 몸살을 앓았다.

"제가 시골 출신이어서 일머리를 알아 열심히 했죠. 절에 오면 모두들 아예 작업복으로 갈아입고 도랑을 치고 하수도 청소도 하고 일주문 앞이나 마당도 쓰는 일을 스스로 찾아서 했어요. 거사림을 비롯한 모든 신행 단체 회원들이 누구 하나 힘들다고 하지 않고 자동으로 척척척척 돌아갔죠."

덕운 거사가 절 살림을 드러내지 않고 잘하는 줄은 길상사 불자라면

다 아는 일이다. 바깥에서는 어떨까? 덕운 거사 살림은 바깥에서 더욱 두드러진다. 1995년 세상을 떠들썩하게 만든 소쩍새 마을 사건이 있었다. 몸이 불편한 노인, 지체장애인 들에게 희망을 주는 성자라고 알려졌던 승려 일력이 성추행을 일삼고 후원금을 착복한 일이 드러났다. 그 뒤로 후원이 끊겨 장애인들이 어려움을 겪는다.

"후원이 끊겨 어렵다는 소식을 듣고는 도와야겠다는 마음을 냈어요. 가 보니까 어른이고 아이고 모두 장애인이더라고요. 아이들은 저를 '오빠, 오빠!' 하면서 반겨요. 저는 둘레 밭에 농사짓는 일을 거들고 안식구는 애를 보거나 아이들하고 놀아 주고 중증장애인들 수발을 들었어요. 딸들도 같이 가기도 하고요."

덕운 거사는 길상사 길동무 범우 거사 권유로 '부름의 전화 자원활동대'와 인연을 맺고 15년 세월 한결같은 마음을 나누고 있다.

"부름의 전화는 시각장애인과 중증 장애인 들이 시장을 가거나 병원에 갈 때 차로 모시며 보호하고 수발드는 일을 해요. 1998년에 처음 갔으니까 어이구, 벌써 10년이 훌쩍 넘었네요."

'부름의 전화 자원활동대'는 시각장애인을 모시고 다니는 파송 활동과 시각장애인이나 지체장애인 사회적응훈련 프로그램도 운영한다.

"집에 장애인이 있다는 말을 하기도 꺼려했을 만큼, 창피하다며 집 밖으로 내보내지 않던 때도 있었어요. 대장님이 가까스로 설득을 해 가지고 모시고 다녔지요."

처음으로 사회적응훈련을 할 때 시각장애인들에게 밭에 나가 풀을 뽑게 하며 농사일을 돕게 했다. 그러나 농사짓는 일은 멀쩡히 눈뜬 사람도 하기 힘들다. 그런저런 문제로 한 번에 5킬로미터나 10킬로미터를 걷는 문화 탐방으로 프로그램을 바꿔 장애인들에게 활기를 불어넣었다. 애기봉 통일전망대, 태풍전망대, 열쇠전망대, 고성 통일전망대도 탐방하고, '문학 향기를 찾아서'란 주제로 소설가를 찾아다니는 프로그램과 선사시대 유적지나 독립운동 현장을 두루 살피는 '역사 탐방'을 하고 있다.

"시각장애인들은 손끝으로 세상을 보잖아요. 만져서 보고, 귀로 듣고. 산에 가 보고 바다에 가 보고 싶은데 마음뿐이었던 분들이 세상과 만나 세상을 느끼게 하는 프로그램이에요"

어느 해 가을, 장애인들과 설악산에 가서 하룻밤을 자고 돌아오는 길 한계령 오르막. 유난히 곱다란 단풍이 눈길을 끌었다.

"장애인을 모실 때는 여기가 계단입니다, 올라갑니다, 내려갑니다, 옆으로 강물이 흐릅니다, 소나무가 있습니다…… 세세히 알려 드립니다. 그분들이 집으로 돌아가서 어디를 다녀왔다고 설명할 수 있도록. 구불구불 한계령을 오르는데, 대장님이 둘레 풍경을 설명하면서 눈물을 뚝뚝 흘리세요. 왜 우느냐고 물었더니, 이 절경을 보지 못해서 감동을 할 수 없는 저분들 처지가 하도 딱하고 안쓰러워서 당신도 모르게 눈물이 났다면서 일흔 넘은 노인네가 엉엉 우세요. 그때 세상 은혜를 너무 많이 입고 있다는 사실을 새삼 깨닫고, 장애인들 몫까지 누리는 우리가 더욱 잘 살아야겠다고 다짐했어요."

어느 해 여름, 태안해수욕장엘 갔다. 장애인과 봉사자를 반반씩 섞어 조를 짜서 줄다리기, 소리 나는 공을 가지고 달리기를 비롯한 어울림 한마당 잔치를 벌였다.

"꼬리잡기 게임에서 시각장애인이 제 허리띠를 잡고 뒤를 따라오는데 그만, 허리띠가 풀렸어요. 옷이 막 내려가는데도 앞이 보이지 않으니까 그냥 잡고 따라오는 거예요. 팬티가 드러나고 난처했어요. 하지만 어떻게 해요. 열심히 뛰는 분에게 멈추라고 할 수도 없고. 하는 수 없이 허리띠와 바지춤을 한 손으로 움켜쥐고 계속 달렸죠."

한 달에 두 번 가는 답사 활동은 거의 빠지지 않고, 직장생활을 하는 처지에도 틈틈이 파송 활동에 동참하는 덕운 거사. 나눴다기보다 장애인과 함께하면서 얻은 것이 너무 많아 부자라며 좋아한다.

"부름의 전화 자원활동대는 정부 돈을 받지 않고 일반 후원금으로만 운영을 해요. 김정희 대장님하고 식사를 한 적이 있어요. 그 자리에서 이런 기회를 줘서 고맙다고 인사를 드렸더니 '무슨 소리냐? 당신은 당신 몫을 할 뿐이고 나는 내 몫을 할 따름'이라고 말씀을 하시더라고요. 그 말씀에 가슴이 먹먹해졌어요."

구불구불 한계령을 오르는데,
대장님이 둘레 풍경을 설명하면서
눈물을 뚝뚝 흘리세요.
왜 우느냐고 물었더니, 이 절경을
보지 못해서 감동을 할 수 없는 저분들
처지가 하도 딱하고 안쓰러워서
당신도 모르게 눈물이 났다면서 일흔
넘은 노인네가 엉엉 우세요.

## 작은 일일지라도
## 바로 실천하는 삶이
## 맑고 향기로운 삶

다니던 회사를 그만둔 덕운 거사는 2006년 5월, 광운대학교 앞에 철판볶음밥집을 차렸다. 밥집을 하면서 알아보니 광운대학교에 학생불자회가 없는 것 같아 불자회를 하나 만들게 해야겠다고 원을 세웠다. 학교 총무과에 알아봤더니 '광불회'란 모임이 있다고 했다. 불자회가 있다면 작으나마 보탬이 되어야겠다고 마음먹고 불자회 사무실을 여러 번 찾아갔지만, 갈 때마다 문이 잠겨 있었다.

"전화도 여러 번 했는데 받지 않았어요. 때마침 우리 식당에 광불회 회원이었던 학생이 왔어요. 물어보니까 처음에는 활동을 좀 했는데 이제는 이름뿐이라고 했어요. 회장 전화번호를 알아 가지고 전화를 했어요. 우리 식당에 들러서 밥이라도 먹으면서 이야기 좀 하자고 했더니 그러마고 하고는 안 오더라고요. 몇 차례 전화를 했는데 오지 않아서 대불련(한국대학생불교연합회)에 전화를 했어요. 이곳 불자회가 활동을 하지 않는데 되살리고 싶으니 와서 머리를 맞대고 상의를 해 보자고 했어요. 세 번이나 오겠다고 약속만 하고는 오지 않았어요. 열매를 맺지 못하고 귀향하게 되어 안타까워요. 작은 힘이나마 보태서 불자회를 돕겠다고 한 데는 학생들 덕분에 돈을 벌었으니 회향하려는 마음도 있었지만, 불자가 한 사람이라도 더 늘면 좋겠다는 마음이 더 컸어요."

아는 사람과 의정부역 앞을 지나던 덕운 거사. 떨어진 담배꽁초를 보고 주웠더니 같이 가던 사람이 "그걸 왜 주워요? 청소부가 따로 있는데." 그랬단다.

"먼저 본 사람이 주워야죠. 주우면 바로 깨끗해지잖아요. 운전을 할 때도 차가 왼쪽에서 끼어들려고 하면 왼쪽 깜빡이를, 오른쪽에서 끼어들려고 하면 오른쪽 깜빡이를 켜 줘요, 속도를 늦추면서. 밤에 끼어드는 차가 있으면 라이트를 잠깐 끄고 속도를 늦춥니다. 엘리베이터 탈 때도 제가 가는 층을 먼저 누르지 않아요. 저희 집이 6층인데, 같이 타신 분이 8층을 누르면 8층에서 내려서 걸어 내려와요. 문이 열리고 닫히고 섰다 가는 데 전기가 많이 먹히잖아요. 3층쯤 차이 나면 그냥 내려서 걷고, 4층이 넘게 차이 나면 저희 집 층을 누르지요."

맑고 향기롭게 운동은 모두 잘 살자는 마음 씀이다. 작은 일일지라도 바로 실천하는 삶이 맑고 향기로운 삶이고, 그렇게 이루는 세상이 맑고 향기롭게 근본도량이다.

김
의
식

삶이란
무거운 짐을 지고
먼 길을 가는 것

불화장. 불화장은 불화를 모사하는 전통에 충실할 것인가, 창작을 시도할 것인가를 끊임없이 고민한다. 더구나 불화는 단순한 회화를 넘어 경배 대상이어서 더욱 갈등이 깊다. 그런데 김의식은 전통과 창작 둘 다 가지런히 감싸 안아야만 탱화가 부처님 숨결을 담은 새 이야기보따리로 거듭날 수 있다고 믿기에 고집스레 두 마리 토끼를 좇는다.

절집과 관계없는 이들도 절 하면 고즈넉한 산사, 목탁 소리, 풍경 소리 그리고 범종 소리를 떠올린다. 불자라 해도 법당 안에 들어서면 불상에 참배를 할 뿐 후불탱화나 신중탱화, 감로탱화는 무심히 스친다. 그러나 이야기 주머니를 조곤조곤 풀어내는 탱화는, 시인 안도현 말마따나 "별을 더욱 빛나게 하는 까만 하늘처럼/ 꽃을 더욱 돋보이게 하는 무딘 땅처럼" 불상을 더욱 장엄하게 하는 배경이 되어 주는 아름다운 일을 한다.

물이 논에 들어 벼를 빛내고 산에 들어 나무를 빛내듯이 고려시대에는 귀족, 조선시대에는 민중을 빛냈다는 탱화. 요즘에는 어떤 빛을 품고 있을까? 불화장(佛畵匠) 김의식 선생을 만났다.

## 누군가의 배경이 되어 주는 일

"조계사에서 불화 강의를 하고 있는데 청학 스님이 찾아와서 제 그림을 한번 보고 싶다고 했습니다. 저한테 처음 오신 게 아니라 몇 군데를 다녀서 오셨더라고요. 저희는 재주를 가지고 이야기하는데 스님들은 다른 시선으로 봅니다. 청학 스님은 처음엔 불사를 할 절이 길상사란 이야기를 하지 않으셨어요."

청학 스님은 누가 길상사하고 인연이 될 수 있을까를 이모저모 짚어 보고 나서 김의식 선생에게 인연을 맺자고 하면서도, 법정 스님 허락을 얻어야 한다면서 법정 스님과 길상화 보살님이 큰마음을 내신 절이니 사사로운 욕심은 뒤로 해 줬으면 좋겠다는 뜻을 넌지시 비쳤다. 선생이 길상사 극락전 탱화를 모시기로 결정을 하고 나서 법정 스님께 인사를 드리러 갔을 때 길상화 보살도 함께 뵈었다.

"법정 스님이 길상화 보살님한테도 절을 하라고 그러셔서 절을 올렸더니 보살님이 '아이고, 내가 살다가 불모(佛母)님 절을 다 받아 보네.' 그러셨어요. 어찌나 민망하던지. 덕조 스님이 자기는 스님하고 긴 이야기를 나눈 적은 별로 없다면서 저한테 '스님하고 무슨 얘길 나누긴 하시나 보죠?' 그랬는데 별 이야기 없었어요. 스님께서 '어떻게 지내요?' 하고 물으시면 저는 '덕분에 잘 지냅니다.' 이런 정도.

제가 지은 죄가 많아 그런지 그 어른이 편하기보다는 엄한 할아버지 같았어요. 그랬어요. 엄한 할아버지가 손자 앉혀 놓고 '너, 탱화는 제대로 하고 있냐?' 묻는 느낌. 눈매가 날카롭고 무서웠어요. 별 말씀 없으셨지만 바삐 살지 말고 쉬엄쉬엄하라는 말씀은 가슴에 남아요. 요즘도 말씀하신 뜻을 되짚어 보곤 해요.

그런 말씀도 하셨어요. 사람이 군더더기가 없어서 좋다고. 제가 불교미술을 하면서 느낀 감정이나 불화를 하는 사람으로서 아쉬움을 숨김없이 털어놓다 보니까 말을 돌려서 하거나 꾸미지 않는 사람으로는 보셨나 봅니다."

## 불모가
## 무엇입니까

길상사 초기, 선생이 개설한 불화반 수업 때 법정 스님이 가끔 다녀가셨다.

"조심스런 말씀이지만 주지 스님이나 다른 스님들은 고개도 넘성하지 않는데 법정 스님은 종종 들여다보셨어요. 그렇다고 티 나게 오시는 것이 아니라 살짝 다녀가시곤 했어요."

어느 날 법정 스님이 선생에게 불교미술을 하는 사람을 왜 금어(金

제가 지은 죄가 많아 그런지 그 어른이
편하기보다는 엄한 할아버지 같았어요.
그랬어요. 엄한 할아버지가 손자 앉혀 놓고
"너, 탱화는 제대로 하고 있냐?" 묻는 느낌.
눈매가 날카롭고 무서웠어요.

魚)라고 하느냐고 물었다. 선생은 태초에 인류가 생기기에 앞서, 물고기에서 비롯해 사람이 되었듯이 우리 안에 불성을 일깨워 준 부처님 미소를 잘 드러내라는 뜻에서 금어라고 하지 않았을까 싶다고 조심스럽게 말씀드렸다.

"그랬더니 '그런가요?' 그러시더니 다음에 또 물어보세요. 불모가 뭐냐고. 그래서 옛날에는 탱화나 단청, 불상 조성까지 다 하는 분들을 불모라 했습니다만 요즘은 세분화되어 불교미술을 하는 사람을 일컫는 말씀이라고 알고 있는데, 온 힘을 다 쏟아 부처님 이야기를 잘 드러내라는 뜻을 담아 그리 부르지 않는가 싶다고 말씀드렸습니다. 감히 그렇게 불리다니 늘 죄송스러운 마음입니다."

고고학자 김병모는 대학생 시절인 1961년 여름, 수로왕릉을 방문했다가 왕릉 대문에 그려진 물고기 한 쌍을 보고 강한 호기심을 느껴 뿌리를 찾기 시작했다. 그러는 가운데 가야, 가락국을 가리키는 가락(karak)은 고대인도 토착어인 구(舊)드라비다 말로 물고기를 뜻하고, 가야(kaya)는 신(新)드라비다 말로 물고기를 뜻한다는 사실을 알았다. 그리고 거듭 짚어 나가, 쌍어 신앙이 신석기시대 메소포타미아에서 싹터 사람들 삶을 보호하는 신앙으로 발전하여 바빌로니아 시대로 이어지고, 서쪽으로는 지중해로 동쪽으로는 페르시아로 퍼져 나가는 한편, 흑해를 근거지로 일어난 기마민족인 스키타이를 통해 중앙아시아 전역과 알타이 산악지대 유목민들에게 퍼졌다는 사실도 알게 되었다.

이 쌍어 신앙은 지역 토착 신앙과 섞여 힌두교와 불교에도 스며들어, 절집에서는 물고기가 석가모니를 보호한다고 보았고, 몽골에서는 물고기가 사람들이 잘 사는지 또는 위험에 처했는지 살피며 밤낮을 가리지 않고 보호한다고 여겼다. 고대 페르시아 사람들은 질병을 고치는 약을 생산하는 커다란 나무 뿌리를 지키는 물고기 두 마리가 인류를 모든 질병에서 구해 준다는 믿음을 가졌다.

우리나라에 들어온 쌍어는 왕릉과 부처님을 지키고, 절집 처마에 매달린 풍경, 목어(木魚)와 목탁(木鐸)으로 이어져 부처님을 외호하고 사부대중을 보듬는다. 그런 까닭에 불교 조각과 탱화, 단청을 삼절(三絶)이라 하고, 삼절을 모두 조성하는 장인을 금어나 불모라 하여 존중했으리라. 불교인을 불자라 하는데, 금어나 불모는 듣는 사람이 감당하기 어려운 호칭이다. 그래서 선생은 금어나 불모라 불리기보다 그저 불화장으로 불리기를 바란다.

## 스님 법문 들은 적 없고 책도 읽지 않았다

"법정 스님께서는 채색은 혼란스러운 감이 있으니 좀 담백하고 깔끔하게 조성할 수 없느냐고 하셨어요. 그 어른 성품 같았어요. 그래서 제가 '먹 바탕에 금니로 하면 어떻습니까?' 하고 말씀드렸더니 그렇게 하자고 그러셔서 극락전 후불탱은 먹 바탕에 금니로 조성했습니다."

길상사 불사를 총괄했던 최완수 선생은 극락회상도(極樂會上圖) 조성 당시를 이렇게 돌아본다.

"후불탱은 채색이 원칙이죠, 화려하게 보이니까. 그런데 법정 스님은 홍탱(紅幀)이 단순하게 보였던 모양이에요. 화려하게 꾸미는 것은 나도 싫어하지만 법정 스님도 싫어하셨는데, 사실은 가장 화려한 것을 좋아하는 거지요. 그래서 길상사 부처님도 도면에서 복잡한 걸 다 덜어 내고, 조각할 때 의식선이 복잡해 보이면 또 줄이고 줄여서 아주 단순하게 했어요. 요점 정리를 해서 단순화시키는 게 우리 민족성이에요. 극락전 후불탱이 지금 검정색으로 되어 있지요? 법정 스님이 홍탱을 주문하셨는데 나중에 보니까 흑탱(黑幀)이야. 이상하게 법정 스님은 홍탱에 대한 애착이 있으셨어요. 지장전에서 기어이 홍탱을 했잖아요."

이 말씀으로 보아 법정 스님은 붉은 바탕에 금니 탱화를 생각했으나, 장인 의견을 받아들여 검정 바탕에 금니로 조성한 듯하다.

"먹 바탕에 금니로 조성하는 탱은 흔치 않습니다. 아무래도 금니로 하면 정갈하고 힘이 있지요. 청학 스님이나 법정 스님도 제 선이 참 좋다고 그러셨어요. 그러니까 금니로 하라고 하셨을 겁니다. 법정 스님은 지장전 지장시왕탱(地藏十王幀)을 조성할 때는 먹탱도 좋지만 이번에는 홍바탕에 금니로 해 보자고 말씀하셨어요. 탱화를 하는데 이 절 다르고 저

스님을 뵈면 어려웠기에 늘 어서
이야기를 마치고 가야지 하고 꽁무니를
뺄 생각밖에는 없었어요. 저는 법정
스님 법문을 들으러 간 적도 없습니다.
책도 읽지 않고. 여기 화실에도 스님
책이 더러 있습니다만 책을 읽고
안 읽고는 스님을 존경하고 따르는
마음과는 별개 같더라고요.

절이 다르겠습니까마는 길상사처럼 뜻 깊은 도량에 솜씨를 남기다니 두고두고 고맙기 그지없지요."

"눈 오는 날이었어요. 지장전 불사 때문에 연락을 받고 길상사에 갔어요. 길상화 보살님 공덕비에 절이라도 올리려고 눈을 치우는데 웬 목소리가 뒤에서 들려요. '절을 했어요?' 깜짝 놀라 돌아보니 법정 스님이 서 계셨어요.

스님을 뵈면 어려웠기에 늘 어서 이야기를 마치고 가야지 하고 꽁무니를 뺄 생각밖에는 없었어요. 저는 법정 스님 법문을 들으러 간 적도 없습니다. 책도 읽지 않고. 여기 화실에도 스님 책이 더러 있습니다만 책을 읽고 안 읽고는 스님을 존경하고 따르는 마음과는 별개 같더라고요. 스님이 입적하셨을 때 뉴스를 듣고 길상사에 갔습니다. 행지실에 누워 계신 스님을 뵙고 내려와서 길상화 보살님 공덕비 앞에 한참을 우두커니 앉아 있었어요."

아무렇지도 않게 스님 책이 여러 권 있지만 읽지는 않았다고 했다. 이래서 스님이 군더더기가 없다고 하셨을까?

## 탱화,
## 여럿이 한 결을
## 이루는 오케스트라

길상사 지장전은 다른 절 지장전이나 명부전에서 느끼는 어둡고 칙칙한 구석이 없다. 지장보살상 뒤로 돌아가면 위패를 모시는 금 바탕에 연록색이 어우러지는 연꽃으로 조성된 부처님 세계가 있다. 은근하고 말간 연화장 세계.

"순금 바탕은 처음이었어요. 영가를 모시는 곳이어서 너무 밝고 화사해도 부담스러울 테니 은은하면서도 화사하게 회화 같은 느낌을 주려고 했습니다. 법정 스님께서도 처음에는 의구심을 품으셨어요. 순금을 바탕에 깐다는 데 부담도 느끼시고. 그래서 살짝 펴서 가뿐히 바르면 그다지 많이 들어가지 않는다고 말씀드렸습니다. 다 된 다음에 스님이 편안하고 색다른 맛이 있다고 말씀하셨습니다. 칙칙한 느낌이 들거나 무서워서는 안 된다는 한 생각만 가지고 그렸지요."

어릴 적 만화를 그리면서 화가를 꿈꾸던 소년 김의식. 가정 형편이 어려워 고등학교 진학이 힘들다고 여겼다. 중학교 졸업 무렵 '종교미술'을 배워 볼 의향이 없느냐는 친구 편지를 받고 선뜻 서울행 열차에 몸을 싣는다. 1975년 광명 조인행 선생 제자로 들어가 종교미술을 만난다. 무속화를 세 해 남짓 하면서 마음 한편에는 늘 미진하고 아쉬움이 남았다. 1978년 불교미술대전에 태성불교사가 출품한 탱화를 보고 가슴이 벅차올랐던 의식은 단걸음에 태성불교사 박용심 사장을 찾았다.

"참 인연이 묘하더라고요. 박용심 사장님을 찾아가서 '그림을 배우러 왔습니다.' 그러니까 '요즘 세상에도 탱화를 배우고 싶어 하는 별 희한한 놈 다 있네.' 그러면서 그림을 그린 사람은 당신이 아니라며 박동수 선생에게 보냈어요. 박용심 사장님은 제게 늘 '촌놈, 촌놈!' 그러셨어요. 박동수 선생 밑에서 밑그림 공부부터 다시 시작했습니다. 박동수 선생은 불화가 예배 대상인 성보(聖寶)라고 일깨워 주셨어요."

2년 동안 도제 수업을 받은 의식은 군 입대로 잠시 붓을 놓는다. 1983년 제대를 하고 나서 생활고에 시달리면서도 불화 그리기를 놓지 않다가 동강 김익홍 선생을 만난다. "동강 선생은 불화 조성 기초와 이론을 중시하셨는데, 오늘 이 시대 전통 불교미술이 나아갈 방향을 이끌어 주셨습니다."

선생은 1990년 제13회 대한민국불교미술대전에서 〈천수천안관세음보살〉로 대상을, 1993년 제18회 대한민국전승공예대전에서 대통령상을 받는다. 1995년 3월 '제1회 김의식 불교미술전'을 열어 불화장 세계를 펼치며 세상을 향해 성큼 나아간다. 그리고 2005년 『탱화: 그림으로 만나는 부처의 세계』를 출간, 불교미술을 연구하는 후학들 이정표가 된다.

제자들에게 "그림이 싫어지면 하지 마라.
웬만큼 하려거든 하지 마라." 그럽니다.
저희처럼 입에 풀칠하기도 어려웠을 때는
밥 먹기 위해서 그림을 했다는 이야기도 나왔지만,
지금처럼 모든 것이 넉넉한 세상에 왜 자신을
속이면서까지 해야 합니까. 제가 우리아이들한테
자주 하는 말이 있습니다. "삶이란 무거운 짐을 지고
먼 길을 가는 것과 같으니 너무 서두르지 말라."

탱화는 작가 창작품이기에 앞서 예배 대상이기에, 출초와 채색 끝내림에서 서로 재주는 다르지만 여럿이 마음을 모아 마치 한 사람이 작업한 듯이 한결같은 흐름을 보여야 하는 종합예술이다. 이를 이끄는 불모는 오케스트라 지휘자처럼 화음을 이뤄내야 한다. 불교성지 순례를 하며 중국을 돌던 선생은, 베이징에서 20킬로미터 떨어진 석경산구 취미산 남록에 있는 법해사(法海寺)에 들렀을 때 대웅보전 안에서 둔황벽화와 쌍벽을 이룬다는 커다란 명대 벽화를 보고 대뜸 "여럿이 했는데도 조화가 잘 맞았다."고 말했다.

같이 간 일행 가운데 불화를 하는 동국대 교수가 "어떻게 여럿이 한 걸 아느냐?"고 되물었다. 선생은 "세필을 다루는 사람들은 이렇게 큰 붓을 못 다룹니다. 마음으로는 할 수 있을 것 같아도 사람 능력은 그렇게 안 됩니다. 이 무늬는 솜씨가 조금 뒤집니다. 그리고 이 무늬를 세필한 사람은 이 새를 절대 치지 못합니다. 게다가 강한 철선법을 좋아하는 사람들은 연꽃을 이렇게 못합니다. 딱딱해지기 때문에."라고 했다.

나중에 안내원에게 물으니 과연 1443년 황제 명을 받아 궁정화가인 완복청, 왕서를 비롯한 중국에서 내로라하는 화사(畵師) 열다섯 사람이 모여 여섯 달이나 손발을 맞춘 뒤에 3년 가까이 걸려 이룬 대작이라고 했다. 불화를 가르치는 교수도 놓칠 만큼 호흡이 맞았다는 이야기인데, 수십 년 탱화를 해 온 매서운 장인 눈매를 비껴갈 수는 없었다.

## 삶이란
## 무거운 짐 지고
## 먼 길을 가는 것

"서른 중반까지도 어디 가서 탱화 한다는 소리를 하지 못했습니다. 죄짓는 것 같아서. 제 아이한테도 평생 하고 싶은 일, 좋아서 하는 일인데 왜 이렇게 죄짓는 기분인지 모르겠다고 그랬어요. 탱화가 그렇게 만들더라고요. 사람을."

그리워서 그림이라 했던가? 조심스럽게 존경하는 부처님과 보살을 그려 내려는 사려 깊음, 내가 어떻게 '감히'라는 마음에서 나온 생각이리라. 이 말씀 끝에 불국토를 일구는 마음으로 불국사 축대를 쌓으면서 90미터나 되는 인공석을 자연석 위에 얹으려고 곡선 따라 낱낱이 정으로 쪼아 정성껏 다듬어 낸 신라 장인을 떠올렸다.

쉼 없이 달려온 세월, 외길을 걸으며 굽이굽이 우여곡절은 얼마나 많았을까.

"제자들에게 '그림이 싫어지면 하지 마라. 웬만큼 하려거든 하지 마라.' 그럽니다. 저희처럼 입에 풀칠하기도 어려웠을 때는 밥 먹기 위해서 그림을 했다는 이야기도 나왔지만, 지금처럼 모든 것이 넉넉한 세상에 왜 자신을 속이면서까지 해야 합니까. 제가 우리 아이들한테 자주 하는 말이 있습니다. '삶이란 무거운 짐을 지고 먼 길을 가는 것과 같으니 너무 서두르지 말라.' 도쿠가와 이에야스 말씀이에요.

저는 한창때 무슨 영예를 누리겠다고 그걸 하는지 모르겠다는 이야기를 둘레 사람들에게 참 많이 들었습니다. 탱화 그리는 일은 앞이 보이지 않는 직업이었지요. 저는 속으로 외쳤습니다. '길게 보자, 길게!' 제자들은 제가 탱화를 할 때 무섭다는 말을 가끔 하는데요, 탱화는 한 번 삐끗하면 그만입니다. 아까 카메라를 들이댈 때도 긴장을 했습니다마는, 젖은 양말로 그림을 밟기만 해도 끝장입니다. 긴장을 하지 않으면 반드시 사고를 칩니다. 그래서 잘못하면 죽는다는 생각으로 불화를 조성합니다."

과연 불모(佛母).

그리고……

이태가 넘도록 취재를 하는 동안 만나 뵙고 싶었지만 만나지 못한 분들도 있고, 만나서 이야기는 들었지만 드러내고 싶지 않다는 분도 있었다. 맑고 향기롭게 운영 지침이나 법리를 다듬고, 스승 가시는 길, 형식에도 얽매이지 않고 곱다라니 가시도록 자리 깔았던 김유후 선생은 이제 당신 일을 마쳤으니 드러나지 않기를 바랐다. 모두 깨닫고 도를 통하는 '큰 것'만 이야기할 때 스승은 '지금 이 순간이 목적지'임을 일깨워 주셨다고 털어놓은 도현 스님은 이곳저곳에 짧게나마 인연 이야기를 했으니 그 밖 사연들은 가슴에 묻어 두겠다며 한지에 곱다랗게 사양하는 뜻을 적어 보냈다. 연재 지면 이념이 당신과 다르다고 손사래 친 윤청광 선생, 이름 드러내기를 꺼려했던 남도 나무꾼 원경 선생 같은 분들도 있었다. 그 가운데 윤청광 선생과 원경 선생 이야기는 고민 끝에 꾸지람을 각오하고 풀어낸다.

## 맑고 향기롭게
## 화두 풀이
## 마음, 세상, 자연

법정 스님은
중이 밥값이나 하고 가야겠다면서
'맑·고·향·기·롭·게' 여섯 자를 펼쳐 들었다.

"아니 스님, 어쩌라고요?"
"거사님이 알아서 하세요."

윤청광 선생은 여섯 자
세 마디로 화답했다.
'마음, 세상, 자연'
꼭지마다 세 가지씩 실천 덕목을 달아.

'마음을 맑고 향기롭게'
욕심을 줄이고 만족하며 삽시다.
화내지 말고 웃으며 삽시다.
더불어 삽시다.

'세상을 맑고 향기롭게'
나누며 삽시다.
양보하며 삽시다.
칭찬하며 삽시다.

'자연을 맑고 향기롭게'
아끼고 사랑합시다.
꽃 한 포기, 나무 한 그루 가꾸며 삽시다.
덜 쓰고, 덜 버립시다.

'맑고 향기롭게'라는 화두를 '마음, 세상, 자연'으로 풀어내 인가를 받은 윤청광 선생은 법정 스님 법통을 이어받은 진정한 적자(嫡子)이다.

"마음, 세상, 자연과 실천 덕목 모두 내가 끙끙대면서 짜냈어요. 어느 날 법련사로 부르셔서 가서 보니까, 마음으로 스님을 따르는 몇 사람이 함께 있었어요. 스님이 '내가 밥값은 하고 가야 되겠소. 가슴만 치지 말고 실천합시다. 나는 이것밖에 못해 왔습니다.' 그러면서 '맑고 향기롭게' 이것만 딱 내놓으셨어요. 밥값이나 하겠다는 스님 말씀은 양심 고백입니다. 그때 모인 제자들, 우린 '저는 유발상좌입니다.', '너는 내 상좌야.' 하고 임명장 따위 주고받은 적 없어요. 정채봉, 나, 김형균, 김자경, 청학 스님, 현호 스님에 법정 스님까지 일곱 사람이 맑고 향기롭게 원 멤버예요."

그 뒤 길상회 회장이던 강정옥 이사와 이계진 이사, 김유후, 이성룡 감사가 어울려 맑고 향기롭게 문을 열었다.

"내가 법정 스님 첫 수필집 『영혼의 모음』을 만들어 드리려고 처음 뵌 때가 72년 가을입니다. 그러니까 스님과 인연이 40년입니다. 내 차로 스님을 모시고 참 많이 다녔어요. 담배를 하루 두 갑 반 필 때니까, 좁은 차 안에서 찌든 담배 냄새가 얼마나 났겠어요. 참기 힘드셨을 텐데 냄새가 난다든가 담배 끊으라는 말씀을 한마디도 하지 않으셨어요. 그런데 김자경 사무국장 남편인 명지 거사에게는 '담배 끊어. 담배 안 끊어?' 그러시더라고. 내게 하는 말씀처럼 들려서 담배를 끊었어요. 담배를 끊으면 체중이 불잖아요. 스님이 '어? 우리 본부장님 얼굴이 부처님 됐네? 아, 어쩐 일이여?' 그러시더라고. '스님, 저 전매청과 거래 끊었습니다.' 그랬더니 그렇게 좋아하실 수가 없어요."

윤청광 선생은 1963년 11월에 문을 열어 1972년 10월 유신 때문에 역사 뒤안길로 사라진 MBC라디오 사회 고발 프로그램 〈오발탄〉 작가였다. 허리를 곧추세우고 펜을 굽히지 않았던 대쪽 같은 사람 윤청광. 선생이 쓴 〈고승열전〉은 절집에서는 모르는 사람이 없을 만큼 즐겨 듣던 라디오 드라마였다.

"한 편 한 편에 담긴 가르침이 다 다르죠. 법정 스님 가르침도 녹여 넣곤 했어요. 스님이 〈고승열전〉 재방송할 때 우연히 들었다면서 '그럴

듯하더구먼. 중이 들어도 그럴듯혀.' 그러면서 좋아하셨어요. '우리 거사님, 방송이나 글이 쉬워서 너무 좋다.'고 칭찬도 받고. 나는 절대 어려운 글을 쓰지 않아요. 불교가 문자 써서 망한 것 아니오. 스님은 늘 자비심이 종교라고 말씀하셨어요. 여러 말 할 것 없이 자비심을 빼고 나면 종교가 아니라는 거예요. 법정 스님은 날 사람 만들어 준 분이에요. 80년 전두환이가 듣기 싫은 프로, 보기 싫은 프로라며 내가 쓴 프로를 다 없앴어요. 하루아침에 백수가 되어 속이 불덩이라 한이 부글부글 끓는데 법정 스님이 다독거려 주셨어요. 그 덕분에 삶을 제대로 읽고 살아간다고 믿어요."

선생은 절집에서 법문을 할 때 "사천왕이고 복잡한 경전을 외우려고 들지 말라. 사천왕은 불법에 귀의하는 이들을 수호하는 호법 신장으로 동쪽을 지키는 지국천왕(持國天王), 서쪽을 지키는 광목천왕(廣目天王), 남쪽을 지키는 증장천왕(增長天王), 북쪽을 지키는 다문천왕(多聞天王)을 일컫는데, 남쪽을 지키는 남대문경찰서장, 서쪽을 지키는 서대문경찰서장…… 이런 식으로 알면 된다. 나쁜 마음은 내려놓고 좋은 마음으로 들어오라, 착한 사람은 보이지 않게 따라다니며 지킬 테니 마음 놓으라고 사천왕상이 일주문 앞에 서 있다."고 쉽게 말씀한다.

"성철 스님이 절은 불공을 드리는 곳이 아니라 불공하는 법을 가르치는 곳이라고 그러셨잖아요. '부처님한테 절하고 뭘 갖다 바치는 게 불공이 아니고, 굶는 이에게 밥 먹이고, 아픈 사람한테 약 주고, 약한 사람 돕는 일이 바로 불공이다.' 아주 명언이에요. 더 설명이 필요 없이."

선생은 길가에서 한여름 땀을 뻘뻘 흘리고 한겨울 꽁꽁 얼어 곱은 손으로 나눠 주는 전단지 한 장 받아 주는 일이 보살행이라며, 큰일을 하려고 들기보다 작은 일부터 한 발 한 발 톺아 가야 한다고 이른다.

윤청광 선생은 출판사를 하는 후배가 어려울 때 법정 스님에게 말씀드려 스님 책을 내도록 하기도 했다. 그러나 당신 출판사에서는 스님 책 한 권 내지 않을 만큼 스스로에게 엄격했다.

"문화방송에서 쫓겨나고 나서 집 잡히고 융자 받아서 80년 2월 22일에 출판사를 등록했습니다. 그 어려울 때도 스님한테 '스님 책 하나만 내십시다.' 하고 말씀드린 적이 없어요."

자신에게 엄격하고 세상을 보는 눈이 날카롭기 그지없는 선생. 암으로 고생하는 부인을 출근길 스포츠센터에 내려 주고, 오후 서너 시면 어김없이 부인을 모시고 집으로 들어가기를 수십 년째. 남달리 친구와 약주를 좋아하는 선생이 친구와 대포 한잔 기울이며 정담을 나누던 버릇을 딱 끊게 만든 콧등 아린 순애보다. 이렇게 선생 속사람이 따뜻하고 살갑다는 사실을 아는 사람은 드물다.

오른쪽 가지에 달린 잎이
왼쪽 가지에 달린 잎을
움직일 수 있을 때까지

법정 스님을 처음 뵙자마자 덥석 손을 잡아, 둘레 사람들이 무슨 짓이냐면서 나무랐다는 남도 나무꾼 원경 선생. 그때 스님은 "다 그만한 인연을 지어서 그러는 거니 괘념치 말고 내버려 두라."고 했단다. 이른 봄 동백꽃이 피고 바다에 순한 섬들이 조는 듯 떠 있는 한려수도 선생 댁. 안거가 끝나는 초봄과 초가을 한 해에 두 차례 법정 스님을 비롯한 스님들이 원경 선생 댁을 찾는 일을 연례행사처럼 여겼다. 이렇듯 스님들과 격이 없었던 원경 선생. 불일암에 사는 스님을 모시고 대중목욕탕에 가는 목욕 수발을 비롯해서 생필품을 사다 드리는 산문 밖 시봉을 오래도록 들었다.

"스님이 저희 집에 오시면 가장 맛있게 드시던 물미역을 20킬로그램 한 가마니 사 가면 송광사 스님 몇 백 명이 다 잡숴요. 바로 잘라 가지고 초장 찍어 밥에 싸서. 생각해 보세요. 산채만 들고 살다가 바다에서 갓 올린 싱그러운 해초를 맛보니 별미 아니겠어요?"

법정 스님은 그 맛을 당신이 맛봤던 물미역 가운데 으뜸이었다고 돌아봤다.

"어제는 시장에 나가 물미역을 사다 먹었다. 겨울철 내 미각을 돋우는 찬거리 가운데 으뜸은 단연 물미역이다. 물미역은 뜨거운 물에 데치지 않고 초고추장에 찍어 날로 먹어야 그 독특한 맛과 향을 느낄 수 있다. 한 묶음에 2천 원. 내 '용량'은 두 묶음쯤 되어야 한다. 물미역은 이파리보다는 줄기가 오돌오돌 씹혀 입맛을 돋운다. 요즘은 양식 미역이지만 1월 중순쯤이면 자연산이 나온다. 자연산 맛이 단연 앞선다. 줄기와 잎이 양식에 견줘 훨씬 부드럽고 달다. 양식 미역은 그 빛깔이 갈색이지만 자연산은 거의 검은 색에 가깝고 윤기가 난다."

오래전 원경 선생 아버지는 여러 사람과 함께 재건학교 지원 컨소시엄을 구성, 교육 재단을 만들기로 했다. 그러나 다른 사람들이 발을 빼는 바람에 아버지 홀로 학교법인을 세워 운영하다가 선생이 스물여덟 살 때 그만, 부도가 났다. 그러나 학교법인 경영이 만만치 않아 채권자들이 경영권을 내놓는 바람에 회사와 학교법인 경영을 떠맡게 된 원경 선생. 학교는 교장에게 맡기고 사업체 경영만 맡아 어렵사리 일어섰으나 5년 뒤 부도를 크게 맞고 낙담 끝에 법정 스님을 찾았다.

원경 선생이 오기 하루 전날, 스님은 인부를 불러 나뭇가지 쳐 내는 일을 했다. 가지치기를 도우려고 발로 나뭇가지를 누르다가 가지가 갑자기 부러져 몸이 전기톱 앞으로 쓰러져 톱날에 닿기 직전, 아슬아슬하게 전기톱을 빼냈다. 스님은 이렇게 목숨도 한순간에 사라질 수 있는 마당에 돈이란 있다가도 없어지고 없다가도 생기기 마련이니 절망 말고 찬찬히 헤아리고 톺아보면 솟아날 길이 있을 것이라면서, 어음을 가진 사람들을 찾아가 설득해 보라고 말씀했다. 스님 말씀에 용기가 솟은 선생은 산에서 내려온 이튿날부터 채권단과 협상에 들어가 회사를 살릴 수 있었다.

그 뒤에 또 한 번 큰 위기가 닥쳤을 때 찾아간 선생에게 스님은 "오른쪽 가지에 달린 나뭇잎이 왼쪽 가지에 달린 잎을 움직이려면 간곡한 마음으로 정성껏 기도해야 한다. 그러면 간절함이 뿌리에 전해져 어머니 뿌리가 왼쪽 잎을 움직인다. 그러니 마음을 다해 기도하라. 그리고 무슨 일이든지 기도하는 마음으로 간절히 하면 반드시 이룰 수 있다."고 말씀했다. 이 말씀에 힘을 얻은 선생은 간절한 마음으로 위기에서 벗어나길 빌었는데, 생각지도 않은 곳에서 도움 손길이 뻗어 와 살아났다.

어느 해 벗들과 어울려 떠난 해외여행길. 비행기를 갈아타려고 한 공항에 잠시 머물렀을 때 선생은 담배가 입에 당기는데 곳곳마다 금연 표지가 붙어 난감했다. 하는 수 없이 공항 직원을 붙들고 담배를 못 피우면 이 자리에서 죽을 수밖에 없다고 되도 않는 콩글리시로 어울리지 않는 애교를 떨었더니 배꼽을 쥐고 웃으면서 잠깐 밖에 나가 피우고 오라고 했다. 왕골초 원경 선생에게 법정 스님은 얼굴 볼 때마다 또는 편지를 쓸 때마다 담배를 끊으라고 거듭 말씀했다. 간절한 스님 호소에 그토록 즐기던 담배를 끊었다. "스님을 뵌 덕분에 일생을 잘 살았어요." 40년 가까운 세월, 스님 원력이 당신을 오늘까지 이끌었다면서 선생 눈가가 촉촉이 젖는다.

한결같이 얼굴에 밝은 미소를 짓는 낙천가인 선생과 마주하고 있으면 덩달아 미소를 짓게 된다고 법정 스님이 말씀하셨을 만큼 선생은 포대화상을 쏙 빼어 닮았다.

"포대화상처럼 살았으면 좋겠다는 꿈을 가지고 있었는데 포대화상을 닮았다면 제대로 살아온 것이야. 내 목표를 이룬 거예요. 다른 희망사항이 없으니까, 허허. 이렇게 웃고 자유롭게 어디에도 걸리지 않고."

포대화상을 닮은 선생은 깨달음 깊이도 만만치 않다. "스님이 글을 봐 주시면 그 글이 포로로 살아나요. 교정을 해 주시면 죽은 글이 바로 싹 살아난다고." 법정 스님이 손수 원고를 손보시고 출판사까지 들고 가 출판을 맡긴 선생 잠언집을 보면 그 깊이를 엿볼 수 있다.

「행복 1」
즐거움의 끝을 보지 않고
알맞게 머물 수 있다면
우리 삶은 즐거움이 넘칠 것이네

「해탈」
욕구가 충족되면 행복하고

좌절되면 불행하다

그러나 모두 놔 버리면 해탈

“지난 봄 방문을 마치고 돌아설 때 그가 큰 종이봉투를 내밀면서 나더러 알아서 해 달라고 했다. 몇 해 전에도 이런 책이 나온 바 있는데, 이제는 고인이 된 정채봉 님이 맡아서 출판했었다. 살아 있었더라면 이 책도 그의 손을 거쳤을 것이다. 원경 거사는 생업인 제재소 일을 하면서도 틈틈이 책을 읽고 명상하는 일을 거르지 않는다. 이 책에 실린 짤막짤막한 잠언들은 독서와 명상에서 이루어진 열매다. 글쟁이가 쓴 글이 아니기 때문에 그만큼 질박하고 진솔하다. 차례를 따를 것 없이 펼쳐지는 대로 읽어 나가면 공감할 바가 적지 않을 것이다. 함께 읽는 인연을 위해 책머리에 군더더기를 붙인다.”

–2004년 9월 法頂, 선생 잠언집 머리말에서

선생 이름과 책 제목을 밝힐 수 없음을 양해 바라며, 손사래 쳤던 원경 선생에게 용서를 빈다.

# 삶은 선택한 대로 이루는 물결

"나는 그런 군더더기 소리 안 하련다. 지금껏 한 말들도 다 그런 소린데……." 효봉 스님이 세상 떠나기에 앞서 한 말씀 해 달라는 제자들에게 던진 말씀이다. 그러면서 읊은 시 한 수.

| | |
|---|---|
| 내가 말한 모든 법 | 吾說一切法 |
| 그거 다 군더더기 | 都是早駢拇 |
| 오늘 일을 묻는가 | 若問今日事 |
| 달이 일천 강에 비치리 | 月印於千江 |

그동안 내놓은 말씀이 일천 강에 비친 달그림자일 뿐이니, 오늘 일은 스스로 달이 되어 헤아리란 말씀. 그 스승에 제자였을까? 스승은 살아 계실 때 "마지막 남기는 그 한마디는 살아온 한 생애가 지켜보고 있기 때문에 가장 그다운 한마디여야 한다."면서 세상 떠날 때 무슨 말을 보태느냐고 했던 말씀 그대로 한 말씀을 내어놓기는커녕 "그동안 풀어놓은 말빚을 다음 생으로 가져가지 않으려 하니, 부디 내 이름으로 출판한 모든 출판물을 더 이상 출간하지 말아 달라."며 야멸치게 달그림자조차 거둬 가 버렸다.

말씀 뜻을 모르지 않지만, 뜻은 이어받아 살리고 발전시켜 나아가는 일이 뒤따르는 이들 몫. 뒷날 스승을 뵈면 맞아 죽을 각오를 하고 자취가 다 사라지기 전에 흩어진 부스러기라도 꿰어 보려고 두 해 동안 허튼짓거리를 했다.

삶은 선택한 대로 이루는 물결. 오늘 삶은 내가 지은 책 한 장에 지나지 않아, 지나간 장들은 이미 썼고 뒷장들을 써 나가야 한다. 앞서 만났던 열아홉 분 이야기는 이미 다듬어 세상에 선을 보였고, 《현대불교》에 연재한 열일곱 분과 따로 욕심 부린 세 분 이야기를 보태 모두 스무 분 안에 담긴, 스승 숨결이 배인 빛나는 책 몇 쪽씩 엿봤다. 그러나 가자미처럼 쏠린 눈과 벼리지 못한 무딘 성품 탓에 호랑이를 그리려다 고양이는커녕 생쥐가 된 꼴이다. 소중한 시간을 아낌없이 내어준 분들께 엎

드려 죄스러움을 빌며 고마운 인사를 올린다.

취재를 시작하고 얼마 지나지 않아 도반 한 분이 스승 자취를 더듬는 일을 하는데 생업을 놓지 않고서도 제대로 할 수 있겠느냐고 했다. 듣고 보니 과연 그랬다. 자잘한 생업을 서둘러 정리하고 예까지 왔다. 먼저 두 해 동안 밥벌이를 하지 않아도 군소리 없이 밥 먹여 주고 보듬어 준 곁님, 꼬박 두 해 동안 귀하디귀한 지면을 내어 주고 격려를 아끼지 않은 《현대불교》 식구들 그리고 설익은 글을 곱다라니 엮어, 뜸 들여 갓 지은 밥처럼 소담스레 담아낸 불광출판사 식구들에게 고마움 드린다.

가슴이
부르는
만남

2013년 2월 1일 초판 1쇄 발행
2017년 2월 16일 초판 5쇄 발행

글 변택주 • 사진 고영배, 權承郞, 하지권
발행인 박상근(至弘) • 편집인 류지호 • 편집 김선경, 양동민, 이기선
디자인 백지원 • 표지일러스트 GOOROOVOO • 제작 김명환 • 전략기획 유권준, 김대현, 박종욱, 양민호 • 관리 윤애경
펴낸 곳 불광출판사 03150 서울시 종로구 우정국로 45-13, 3층
대표전화 02) 420-3200 편집부 02) 420-3300 팩시밀리 02) 420-3400
출판등록 1979. 10. 10 (제300-2009-130호)
ISBN 978-89-7479-224-4 03810 값 16,000원
잘못된 책은 구입하신 서점에서 바꾸어 드립니다.
독자의 의견을 기다립니다. www.bulkwang.co.kr
불광출판사는 (주)불광미디어의 단행본 브랜드입니다.